정복자들

Les Conquérants

세계문학전집 328

정복자들

Les Conquérants

앙드레 말로

최윤주 옮김

민음사

나의 벗, 르네 라투슈를 추억하며

차례

1부
접근

6월 25일.

광저우[1]에서 총파업이 결의됐다.

어제부터 붉은색 밑줄이 그어진 이 무선 전보가 나붙어 있다.
수평선까지 얼어붙은 인도양은 마치 옻을 발라 놓은 것처
럼 번들거리기만 할 뿐 (배가 지나간 흔적도 없이) 꿈쩍도 않는
다. 구름이 잔뜩 낀 하늘이 우리를 무겁게 내리누르고 답답한
공기가 온통 둘러싸서 마치 목욕탕 안에 있는 것 같다. 그리고
승객들은 오늘 밤 도착한 무선 전보들이 내걸릴 흰색 게시판
에서 너무 멀리 떨어지지 않으려고 조심하며 천천히 갑판 위

---

[1] 중국 광둥성의 수도이자 화난 지방 최대의 무역 도시.

를 걷는다. 하루가 다르게 새로운 전보들이 비극적 사건의 시작을 분명히 전하고 있다. 윤곽이 서서히 드러나, 이제는 직접적인 위협이 되어 이 여객선에 탄 모든 승객들 머리에서 떠나지 않는 것이다. 광둥 정부2)는 지금까지 자신들의 적개심을 말로만 표현해 왔다. 그런데 느닷없이 지금 여기 이 무선 전보들이 행동을 말하는 것이다. 각자 마음에 와 닿는 것은 폭동, 파업 그리고 시가전이라기보다는 예상치 못했던 의지, 심지어 영국 못지않은 집요한 의지, 더 이상은 말로 하지 않을 것이며 영국이 가장 애지중지하는 것, 즉 그들 재산과 그들 위신에 타격을 입히겠다는 의지이다. 영국산 상품이라면 설령 중국인이 판매하는 것이라도 광둥 정부의 관할지 내에서 판매가 일절 금지된다. 이런 식으로 시장들이 하나둘씩 정부의 통제 아래 들어가고 있으며 홍콩3)의 공장 노동자들은 태업에 들어갔고 드디어 이번 총파업으로 영국령 섬의 상업 전반이 순식간에 타격을 입고 있다. 그렇지만 다른 한편에서는 여러 신문사 특파원들마다 이구동성으로 광둥 군사 학교의 놀라운 활동을 대서특필하고 있으니 승객들이 마주한 것은 이제껏 없었던 새로운 유형의 전쟁, 다시 말해서 화난4)에 근거를 둔 무정부주의 세력이 도모하고, 그들에게도 거의 알려지지 않

---

2) 중국 신해혁명 후 쑨원의 국민당이 중국 광둥 성에 수립한 군 정부. 근거지가 광둥 성의 수도인 광저우였던 이유로 광저우 정부라고도 한다.
3) 중국 광둥 성에 속한 섬.
4) 중국 대륙 남동부 해안 지대의 광시 좡 족 자치구, 하이난 성 그리고 광둥 성을 포함하는 면적 약 60제곱킬로미터에 달하는 지역 총칭.

은 협력자들이 지원하는 전쟁, 영국이 아시아에 행사하는 지배력의 상징 그 자체이자 막강한 제국의 식민 지배가 시작되는 철통 같은 군사적 요충지이기도 한 홍콩을 상대로 하는 전쟁인 것이다.

홍콩. 지도 위로 주장강을 마치 빗장 모양 가로막고 있는 섬이 까맣고 또렷하게 저기 보이고, 강 위로는 거대한 잿빛 광저우가 펼쳐져 있으며 영국 포병 부대에서 기껏해야 몇 시간 거리에 있는 주변 지역들은 흐릿하게 점점이 흩어져 있다. 승객들은 어떤 계시라도 기대한다는 듯이 그 작고 까만 지도 위 점을, 처음엔 걱정스럽게 그리고 지금은 불안스레 매일매일 들여다보고 있으며 더 나아가 자기들 삶의 터전(세상에서 가장 부유한 바위섬)인 그곳의 방어가 어떤 형태일는지 예측해 보며 초조해한다.

만일 이곳이 타격을 입어 조만간 보잘것없는 항구로 전락해 버린다면 아니 간단히 말해서 이 섬의 입지가 축소된다면 중국이 지금껏 백인들과의 투쟁에서 보유하지 못했던 활동 무대를 확보할 수 있다는 것이며, 따라서 유럽 지배가 붕괴될 거라는 사실을 의미한다. 지금 나와 함께 이 배에 동승한 목화상들이며 가발상들은 이런 상황을 심각하게 받아들이고 있으며 그들의 불안한(그럼 앞으로 장사는 어떻게 되는 거지?) 표정에서 이토록 엄청난 투쟁, 다시 말해서 의지, 끈기, 무력에 관해서라면 타의 추종을 불허하는 민족에 맞서 급조되고 무질서하기 그지없는 세력이 벌이는 이 투쟁의 파장이 읽히는 것은 너무나 당연하다.

승객들이 서두르느라 서로 밀치며 비집고 들어선다. 무선
전보들이 게시된 것이다.

스위스, 독일, 체코슬로바키아, 오스트리아.

별거 아니니 지나가자.

러시아.

어디 좀 보자. 별 내용 없구먼.

중국.

아! 드디어.

선양에서 장쭤린[5]이……

지나가자.

광저우.

---

5) 장쭤린(1873~1928). 중국의 군인이자 정치가. 중국 혁명 정신에 반대하며
북벌, 즉 쑨원을 중심으로 중국 북방의 군벌 정권을 타도하기 위해 벌인 전쟁
을 저지했다.

제일 뒷줄에 있던 승객들이 가까이에서 보려고 우리들을 벽 쪽으로 밀어붙인다.

러시아 장교들의 지휘 아래 노동자들과 학생들로 이루어진 대규모 행진의 후위를 맡은 황푸 군관 학교 생도들이 사몐[6]을 향해 발포를 시도했다. 교량 수비를 맡은 유럽 해군 병사들이 기관총으로 반격을 가했다. 군관 학교 생도들은 러시아 장교들 명령에 따라 수차례에 걸쳐 교량 공격을 감행했으나 막대한 손실을 입고 퇴각했다.

사몐에 거주하는 유럽인들 가운데 부녀자들과 아이들은 가능한 최대 인원이 미국 선박으로 홍콩에 대피하게 될 것이다. 영국군 파병이 임박했다.

일순간 침묵이 흐른다.

승객들이 놀라 뿔뿔이 흩어진다. 반면 오른편에서는 프랑스인 두 명이 서로에게 다가가 "도대체 언제쯤이면 중앙 정부가 강력한 입장을 취할는지……."라고 말하며 바로 향하는데 귀를 멍멍하게 하는 불규칙한 엔진 소리에 그들의 말끝이 그만 묻혀 버린다.

우리는 열흘 후에나 홍콩에 닿을 것이다.

---

6) 광저우의 영국령 조계지.(저자 주) 사몐 또는 사몐다오. 19세기 영국과 프랑스 조계지로 0.3제곱킬로미터의 인공 섬.

5시.

사멘. 전기가 들어오지 않는다. 조계지 전역이 암흑 속에 묻혔다. 교량은 신속히 보강됐으며 철조망으로 통행이 차단됐다. 포함 탐조등이 교량을 밝히고 있다.

6월 29일.
사이공.
황량하고 인적이 드문 지방 도시. 대로변 길고 곧게 뻗은 거대한 열대 나무 아래로 잡초가 무성한 도시. 인력거꾼이 땀을 줄줄 흘린다. 갈 길이 아직 멀다. 드디어 우리는 검은색 서체가 멋지게 적힌 황금빛 간판들, 작은 은행들 그리고 각종 사무실로 가득한 중국인 거리에 도착한다. 앞을 내다보니 인력거는 잡초로 뒤덮인 넓적한 대로 한복판에 나 있는 좁은 철로 위를 지나가고 있다. 37번지, 35번지, 33번지…… 정지! 우리는 이 동네에서 쉽게 볼 수 있는 기차 찻간같이 생긴 어떤 집 앞에서 멈춘다. 정체불명의 사무실. 대문 주위로는 그리 유명하지 않은 광둥 무역 회사들 간판이 걸려 있다. 안쪽에는 거의 쓰러질 지경에다 먼지까지 잔뜩 낀 창구들 뒤편으로 중국인 직원 두 명이 졸고 있다. 한 사람은 송장같이 삐쩍 마른 몸에 하얀 옷을 입었고 몸집이 비대한 다른 사람은 황토색 피부에 허리춤까지 웃통을 벗었다. 그리고 벽에는 풍경들, 전설의 괴물들, 이마 위로 머리를 얌전하게 빗어 내린 젊은 여자들이 알록달록 그려진 싸구려 그림들. 내 앞에는 뒤엉켜 있는 자전거

세 대. 지금 나는 코친차이나[7] 국민당 당수의 집에 있다. 나는 광둥어로 묻는다.

"주인 계십니까?"

"아직 안 돌아오셨습니다. 한데 올라와서 좀 앉으시지요."

계단 같은 데로 위층에 올라간다. 아무도 없다. 나는 자리에 앉아 한가로이 주위를 둘러본다. 유럽식 옷장 하나, 대리석 상판이 얹힌 루이필리프 양식 탁자 하나, 검정색 나무로 된 중국식 소파 하나, 나사며 손잡이가 삐죽삐죽 튀어나오긴 했지만 제법 근사한 미국식 안락의자들. 내 머리 바로 위쪽으로 벽에 달린 거울에 비치는 쑨원[8]의 거대한 초상화 그리고 그보다 작은 이 집 주인의 사진 하나. 길거리에서 국을 파는 장사치가 내는 캐스터네츠 소리며 지글지글 음식을 만드는 소리에 실려 중국 요리에 쓰이는 비계 냄새가 포구에서부터 올라온다.

나막신 소리.

집주인, 중국 사람 두 명 그리고 프랑스인 제라르가 들어온다. 내가 이곳에 온 이유는 제라르 때문이다. 서로 인사. 나에게 녹차가 대접되고 곧이어 중앙 위원회가 안심할 수 있도록 '민주적 제도를 갖춘 프랑스령 인도차이나 반도 전역에 있는 지부들의 충성심 등등'을 보고할 임무가 나에게 맡겨진다.

이윽고 제라르와 나는 그곳에서 나온다. 국민당 소속으로

---

7) 베트남 남부 메콩 강 삼각주를 중심으로 하는 지역.

8) 쑨원(1866~1925). 중국 혁명의 지도자. 신해혁명 이후 임시 대총통에 추대. 중국 공산당과 제휴(국공 합작)하여 국민 혁명을 추진하였으며, 그 과정에서 북벌과 반제국주의 투쟁을 주장했다. 1925년 3월 12일 베이징에서 사망.

인도차이나 반도에 특파된 그는 이곳에 온 지 불과 며칠 되지 않았다. 키가 작은 그는 희끗희끗한 턱수염과 콧수염 때문에 마치 러시아 황제 니콜라이 2세와 비슷하며 시선은 어딘지 불안정하고 자신감 없어 보이지만 외모는 호인답다. 그에게서는 어딘지 모르게 근시안 대학 교수와 시골 의사 같은 모습이 동시에 보인다. 그는 가느다란 담뱃대 끝에다가 담배 한 대를 꽂아 놓고 내 곁에서 발을 질질 끌면서 걷는다.

그의 자동차가 길모퉁이에서 우리를 기다리고 있다. 우리는 그 차에 올라타서 느린 속도로 시골길을 따라 출발한다. 공기를 바꾸는 것만으로도 분위기가 새롭다. 지치고, 동시에 긴장한 근육들이 해방감을 느끼는 것 같다…….

"새로운 소식이라면요?"

"신문으로 알 수 있는 것들 정도지요. 여러 노동 위원회가 내린 파업 명령이 불러일으킨 효과는 완벽합니다……. 게다가 영국인들은 이렇다 할 방어책을 아직 찾아내지 못했고요. 자원봉사대 조직이란 게 농담 수준이니 폭동에는 효과가 있을지 몰라도 파업에는 아마 아무런 소용도 없을 테죠. 쌀 수출이 금지라서 홍콩 식량 문제는 그저 얼마간 보장된 거고요. 한데 우리는 도시를 기아 상태에 빠트릴 생각은 조금도 없었습니다. 뭐 하러 그렇게 한답니까? 반혁명 조직들을 지원하는 중국인 부자들은 이번 금지 조치에 마치 몽둥이로 호되게 한 방 맞아 박살 난 거나 다름없거든요……."

"그럼 어제부터는요?"

"아무 소식도 없습니다."

"코친차이나 정부가 무선 전보 내용들을 삭제했다고 보십니까?"

"아닙니다. 우편 전신국 직원들은 거의 대부분 안남 청년회[9] 소속이라서 만일 그랬다면 사전에 연락을 받았겠죠. 전보가 더 이상 도착하지 않는 곳은 바로 홍콩입니다."

잠시 침묵.

"그럼 중국에서 온 정보들은요?"

"중국 쪽 정보들은 선전부 권한으로 진행되니 더 말할 필요도 없습니다. 상공 회의소에서는 영국을 상대로 선전 포고를 하라고 회장에게 요구한 것 같고 사멘에 있는 영국 군인들이 광둥 사람들에게 포로로 잡혀 있는 걸로 보이는데 대단히 규모가 큰 시위가 준비 중인지도 모르죠……. 하긴 다 말뿐인 겁니다! 중요한 거 그리고 확실한 건 말이죠, 홍콩에 있는 영국인들이 이제껏 처음으로 자기들 재산이 제 손에서 빠져나가는 걸 눈 뜨고 그냥 바라볼 수밖에 없게 되었다는 겁니다. 보이콧이 제대로 진행된 거죠. 파업은 훨씬 더 효과적으로 돼 가고 있습니다. 한데 파업 이후에는 무슨 일이 벌어질까요? 우리도 그 이후 일은 도무지 알 길이 없으니 유감스럽군요……. 얼마 후면 제가 새로운 정보 몇 가지를 입수할 것 같기도 합니다. 어쨌든 이틀 전부터 홍콩으로 떠나는 배들은 단

9) 1925년 초반 청년이던 앙드레 말로가 사이공에 조직한 민족주의 단체. '안남'이란 오늘날 '베트남'의 다른 이름이자 19세기 프랑스 식민지이던 베트남 중부 지방 명칭. 이 책에서는 원문에 의거해 본문에 '안남'이 쓰인 경우 그대로 표기했다.

한 척도 출항을 하지 못하고 있습니다. 죄다 이곳에 정박해 있지요, 강에 말입니다……."

"그럼 이곳은요?"

"나쁘지는 않습니다. 아시다시피 최소한 6000달러는 가져가실 수 있을 겁니다. 600달러 정도는 더 예상하지만 확실치는 않습니다. 한데 제가 여기 온 지는 고작 사흘밖에 안 됐습니다."

"결과를 놓고 판단하기에 여기는 모두들 꽤나 열성적이로군요?"

"그럼요, 열성적이고말고요. 중국인들에게서 열의란 사실흔치 않은 건데 이번에는 이 사람들이 정말 열성적이라고 말씀드리지 않을 수 없군요. 게다가 제가 드릴 6000달러가 짐꾼, 부두 노동자, 수공업자같이 거의 대부분 가난한 사람들이 기부한 돈이라는 걸 생각해 보신다면……."

"아! 그 사람들이 희망을 가질 만하지요……. 홍콩에서 벌어진 일도 그렇고, 사멘에서도……."

"물론입니다. 꿈쩍도 않는 데다가 행동할 능력도 없는 영국을(그래도 대영 제국이 아닙니까!) 상대로 이렇듯 끓어오르는 전쟁의 열의가 그들을 열광시키는 거지요. 하지만 이 모든 게그다지 중국인답지 않은 면이라……."

"정말 그렇게 생각하십니까?"

그는 자동차 구석에 몸을 파묻고 눈은 반쯤 감은 채로 입을 다물어 버린다. 그런 그의 모습이 마치 생각에 잠긴 것 같기도 하고 목욕물처럼 감싸며 긴장감을 풀어 주는 이 신선한 공기에 온몸을 맡긴 것 같기도 하다. 푸르스름한 저녁 빛이 감도는 가운데 우리 곁으로는 물을 대어 둔 논들이 펼쳐지며 지나가고 마치 거울 같은 이 커다란 회색 물웅덩이들 위로 여기저기 수풀이며 탑 그리고 높다란 우편 전신국 철탑 들이 흐릿한 수묵화처럼 그려진다. 입술을 오므려 콧수염을 잘근잘근 씹으며 그가 대답한다.

"영국인들이 최근 홍콩에서 일명 '모나드'의 음모를 밝혀냈는데 아십니까?"

"금시초문입니다. 전 여기 지금 막 도착한 터라서 말이죠."

"그렇군요. 모나드라는 비밀 단체 하나가 홍콩과 광저우 간 연락이 고작 '후난'이라는 소형 증기선 한 척에 달려 있다는 점에 주목했지요. 홍콩항에 정박해 있는 동안 영국인 장교와 수병 몇 명이 이 증기선을 감시합니다. 그런데 이 단체 대표자들은 (대단히 놀라운 직관을 발휘해서) 이득을 볼 수 있다는 것, 즉 반혁명주의자들을 지원하기 위해 영국인들 무기를 실은 이 배가 광저우로 떠나지 못하도록 막았을 때 수익을 볼 수 있겠다는 사실을 알아냈던 겁니다."

"그 배에 우리 편은 아무도 없나요?"

"없습니다. 한데 말이죠, 그 무기들은 인적이 드문 주장강 어떤 지점에서 나룻배로 옮겨집니다. 수에즈 운하에서 성행하는 마리화나 밀수 수법과 동일한 거죠. 아무튼 그 음모 얘기를 계속하죠. 생명을 내건 결사대 여섯 명이 영국인 장교와 수병들을 죽이고 배를 장악해서 네 시간 동안 작업을 한 뒤에 훔친 물건들을 다른 배에 싣고 달아나려던 바로 그 순간 새벽에

순찰을 도는 영국 지원병들에게 그만 잡히고 말았습니다. 그런데 뭐 때문에 그렇게 된 건지 아십니까? 중국 배들의 뱃머리 양쪽에는 눈알을 그려 넣은 길이가 6미터나 되는 널빤지가 하나씩 붙어 있거든요. 그 널빤지 두 개 가운데 하나를 훔쳐서 떠나려다 그렇게 됐답니다."

"이해가 잘 안 되는데요⋯⋯."

"눈알 두 짝이 모두 다 있어야 배가 제대로 운항을 하지요. 눈알 한 짝만으로야 좌초될 테고요⋯⋯."

"아, 그렇군요⋯⋯."

"놀라지 않으셨습니까? 그러셨을 겁니다, 나도 그랬으니까요⋯⋯. 그러니까 결국은⋯⋯ 그 어떤 진지한 단체라 할지라도 말이죠, 심지어 선생이 가장 신뢰하는 단체라 할지라도 말입니다. 언제든 때가 되면 눈알 하나 달린 나무판자를 찾으러 가듯이 만사 제쳐 두고 떠나 버릴지도 모른다는 사실을 잊지 말아야 합니다."

그러고는 내가 웃는 모습을 보더니 말을 잇는다.

"사실을 너무 일반화한다거나 과장한다고 생각하시겠죠. 곧 알게 될 겁니다, 곧 알게 될 거예요⋯⋯. 보로딘이나 가린이라면 이와 유사한 경우들을 수백 가지라도 읊어 댈 텐데⋯⋯."

"가린을 잘 아십니까?"

"알다마다뿐이겠습니까! 우리는 같이 일한 적도 있는걸요⋯⋯. 제가 뭐라 하면 믿으시겠습니까⋯⋯? 그가 선전부에서 책임자로 했던 일에 대해서는 아시겠죠?"

"그저 조금."

"아! 한데 그건 좀…… 어렵네요. 설명하기가 쉽지는 않군요. 아시다시피 중국 사상이 행동을 지향한 적은 없었지요. 하지만 지금은 행동을 목표로 하는 사상이 중국을 사로잡고 있습니다. 마치 평등 사상이 1789년 프랑스 사람들의 마음에 강한 충격을 주었던 것처럼 말이죠. 그러니까 사냥감을 하나 입에 문 셈이죠. 어쩌면 황색 아시아 전역에 걸쳐서 상황은 같을 겁니다. 일본에서는 독일 연사들이 니체 사상 강론을 시작했다 하면 광신적인 학생들이 바위 꼭대기에서 몸을 던지기도 했으니까요. 광저우에서는 사정이 그렇게까지 노골적인 건 아니지만 어쩌면 훨씬 더 심각한 지경입니다. 예전엔 가장 기본적인 수준의 개인주의도 생각할 수 없었습니다. 그런데 이제는 짐꾼들마저도 자신들이 존재한다는 사실을, 그러니까 자신들이 존재한다는 사실 그 자체를 자각하는 중인 거죠……. 대중 예술이 있듯이 대중 의식이라는 게 있지요. 그렇다고 천박하다는 게 아니라 다르다는 겁니다. 보로딘의 선전은 노동자들과 농민들에게 이렇게 말하는 거였습니다. '여러분들은 놀라운 사람들입니다. 왜냐하면 여러분들이 노동자들이고 여러분들이 농민들이기 때문이며 따라서 여러분들이 이 나라를 지탱하는 가장 중요한 두 기둥이기 때문입니다.' 한데 말이죠, 효과가 전혀 없었습니다. 자신들이 나라를 지탱하는 강력한 힘인데도 매 맞고 굶어 죽는 형편이니 그들은 사람들이 자신들을 인정하지 않는다고 판단한 거죠. 그들은 노동자로 그리고 농민으로 이제껏 너무나 멸시당해 왔던 겁니다. 그들은 혁명이 이대로 끝나 버리는 건 아닌지 그렇게 되면 자신들이 그토록 떨쳐 버리고 싶었던 박해를 다시 받게 되지는 않을지 두려웠던 거지요. 반면에 가린의 민족주의적 선전은 그들에게 결코 그런 식으로 말하는 게 아니었어요. 가린의 선전은 분명치는 않지만 뭔가 감동적이면서도 폐부에서 우러나오는(더구나 전혀 예측하지 못한) 것이었으며 그는 강력한 힘을 발휘해서 그들에게 가능성을 부여했는데 이를테면 그건 바로 그들 스스로 자신들의 존엄성과 자신들이 중요한 존재라는 사실을 믿게 하는 그런 가능성이었던 겁니다. 얍삽한 고양이 같은 우스꽝스러운 얼굴에 넝마 조각 따위나 걸치고 밀짚모자를 쓴 인력거꾼 십여 명이 지원병으로서 능숙하게 무기를 다루고 그들 주변 군중에게서 존경받는 모습을 봐야 우리가 쟁취해 낸 게 무엇인지를 짐작할 수 있을 겁니다. 프랑스 혁명과 러시아 혁명이 강력한 힘을 발휘했던 건 토지를 분배한 덕분이었죠. 한데 이곳의 혁명은 민중들 각자에게 각자의 삶을 나누어 주는 겁니다. 그 어떤 서구 열강도 이에 맞설 수는 없을 겁니다……. 증오심이라는 것, 모든 게 바로 이 증오심이란 걸로 설명될 수 있겠죠. 너무 단순하지 않습니까! 우리 지원병들이 광신적인 이유야 나열하자면 수없이 많겠지만 우선 그들은 자신들이 원하는 대로 삶을 누리고자 하는 욕망을 품게 됐다는 겁니다. 그렇기 때문에 과거 자기들 인생에 침을 뱉을 수밖에 없는 거고요……. 보로딘은 아직도 그 점을 제대로 이해하지 못한 것 같습니다……."

"그 거물들 둘이 친한가요?"

"보로딘과 가린 말씀인가요?"

처음에 나는 그가 대답하고 싶어 하지 않는다고 생각했다. 그런데 그와는 달리 그는 골똘히 생각을 하고 있다. 바라보고 있자니 그의 얼굴선이 대단히 섬세하다. 저녁이 점차 자리를 잡아 간다. 자동차 엔진 소리는 매미들이 박자를 맞춰 울어 대는 소리에 그만 덮여 버린다. 길 양옆으로 논들이 연이어 펼쳐지고 멀리 지평선으로 빈랑나무 한 그루가 마치 느릿느릿 이동하는 듯 보인다. 그가 대답한다.

"그 둘이 아주 친한 것 같지는 않습니다. 그저 말이나 하는 사이인 거죠, 뭐. 서로 보완도 해 주는 사이입니다. 보로딘이 행동하는 유형이라면 가린은……."

"가린은요?"

"행동할 수 있는 유형입니다. 필요하다면 말이죠. 잘 들어 보세요. 광저우에는 두 가지 유형 사람들이 있습니다. 첫 번째 유형은 쑨원의 시대, 즉 1921년, 1922년에 행운을 찾거나 도박하듯이 자기 인생을 걸고 중국에 온 사람들이죠. 그들은 그야말로 모험가라고 불러야 합니다. 그들에게 중국이란 어쨌거나 그들이 몸담은 무대와도 같은 겁니다. 그들에게 혁명적 사고란 외인부대 병사들에게 있는 군대 취미와 맞먹는 거고요. 사회 생활에 결코 순응할 수는 없었지만 하고 싶은 건 대단히 많은 데다가 자기들 인생에 뭔가 의미를 부여하고 싶었기 때문에 이것저것 안 해 본 일 없이 두루 거친 후에 이제는 봉사하기로 마음을 먹은 겁니다. 반면에 보로딘과 함께 온 사람들, 즉 직업적 혁명가들에게 중국은 원석 같은 곳이죠. 첫 번째 부류는 선전부에서, 두 번째 부류는 노동 활동이나 군대에서 만나게 될 겁니다. 가린은 첫 번째 유형들을 대표하고, 또 통솔도 하는데 상대적으로 그들이 강인함은 부족하지만 훨씬 더 똑똑하죠…….”

“선생은 보로딘보다 먼저 광저우에 와 있었나요?”

“네.” 그가 웃으며 말을 잇는다. “정말 객관적으로 말한다는 걸 믿으셔야…….”

“그럼 그 전에는요?”

그가 입을 다문다. 당신과는 상관없는 일이라고 대꾸하려는 건가? 그렇다 한들 틀린 말도 아니고……. 아니다. 그는 다시 한 번 웃음을 보이며 자기 손을 내 무릎 위에 아주 살짝 올려놓으면서 답한다.

“예전에 나는 하노이 고등학교 선생이었지요.”

웃을수록 표정은 더욱더 빈정대는 듯하다. 이어 그는 내 무릎 위에 얹어 놓았던 자기 손을 지그시 누른다.

“하지만 전 다른 일을 더 좋아했지요. 짐작하시리라…….”

그는 마치 내가 다른 질문을 할까 봐서 어떻게든 막으려는 듯이 곧이어 말을 잇는다.

“보로딘은 대단한 사업가예요. 일에는 지독히 열심이고 용감하며 경우에 따라서는 대담무쌍한 데다가 자기 일에 완전히 빠져서 살아가는 무척 단순한 사람이기도 하죠…….”

“대단한 사업가라고요?”

“‘내가 그걸 이용할 수 있을까? 그렇다면 어떻게 가능할까?’ 매번 이런 식으로 생각하지 않고서는 배기지 못하는 사람 말입니다. 보로딘은 바로 그런 사람이죠. 그와 동시대 볼셰비키들은 단 한 사람 예외도 없이 모두 다 무정부주의자들을 상대로 한 투쟁에서 잔뼈가 굵었지요. 그 사람들은 하나같이 이렇게 생각하는 겁니다. 무엇보다도 우선 현실에, 다시 말해서 무엇보다도 우선 권력을 부리는 데 있어서 발생하는 문제점들에 집중하는 인간이 되어야 한다고 말입니다. 그리고 유대인인 그에게는 라트비아의 한 작은 마을에서 주위 멸시를 받으면서도 저 멀리 시베리아를 동경하며 마르크스를 읽는 데 몰두하던 사춘기 시절 추억이 남아 있답니다…….”

매미 소리, 또 매미 소리.

“잠시 전에 선생이 귀띔해 준 정보들은 언제쯤 얻게 될 것 같습니까?”

“몇 분 후면 되겠죠. 우리는 쩔런[10] 지부 책임자와 저녁 식사를 할 겁니다. 그는 여기 보이는 식당들 같은 아편 식당의 주인이랍니다.”

그러지 않아도 우리는 붓글씨와 거울 들로 장식된 식당들 앞을 지나고 있는데 분위기를 보아하니 인생이란 오로지 화려한 불빛과 시끄러운 소음뿐이라고 떠들어 대는 듯하다. 반사경, 유리, 천장에 달린 둥근 조명 기구며 전구, 마작 골패 부딪히는 소리, 축음기 소리, 여가수들이 내질러 대는 고성, 날카로운 피리 소리, 심벌즈, 징 소리…….

자, 이제는 불빛이 점점 더 촘촘해진다. 운전기사는 속도를 늦추고서 프랑스 대로에서보다 거리에 쏟아져 나온 군중이

---

10) 중국인들이 모여 사는 베트남 호찌민 서부에 있는 한 지구.

훨씬 많아서 마치 하얀색 천으로 뒤덮인 듯한 길을 뚫고 지나
가느라 연신 경적을 울리며 신경질을 낸다. 노동자들, 직업이
잡다한 가난한 중국인들은 낑낑대거나 삐걱거리는 자동차들
이 지나가든 말든 아랑곳하지 않으며 사탕이나 과일을 먹으
면서 어슬렁어슬렁 걷고 안남 출신 기사들은 고래고래 욕을
퍼붓는다. 프랑스와 비슷한 데는 그 어디에도 없다.

　자동차가 어떤 아편 식당 앞에 선다. 좀 전에 우리가 보았던
식당들처럼 조잡한 철제 발코니 장식이 없어서 그런지 식민
지 분위기가 덜하고 오히려 외관이 자그마한 개인 저택 같은
식당이다.

　다른 식당과 마찬가지로 금색 바탕에 검은색으로 쓰인 붓
글씨 두 자가 출입구 위에 걸려 있고 출입구의 오른쪽이건 왼
쪽이건 안쪽이건, 심지어는 세로로 된 계단 부분들까지도 온
통 거울투성이다. 계산대에는 웃통을 벗은 뚱뚱한 중국인 사
내가 안쪽으로 난 방을 반쯤 가리고서 주판을 들고 계산을 하
고 있는데 어두컴컴한 그 방 안에는 큼직한 접시 위로 은은한
빛이 도는 바닷가재나 속이 텅 빈 분홍빛 껍질 들이 피라미드
모양으로 쌓여 있고 그 주위를 오렌지빛 나는 몸뚱이들이며
빠른 손놀림들이 부산하게 움직인다.

　2층에서 나이가 사십 줄에 들어 보이고 얼굴은 마치 불도그
같이 생긴 중국인이 우리를 (향해 인사하며) 맞이한 뒤에 곧바
로 우리를 개인 사무실로 들여 보내는데 그곳에는 그와 동향
인 세 명이 기다리고 있다. 군대식 옷깃에 얼룩이라곤 도무지
보이지 않는 새하얀 정장들. 검은색 나무 소파 위로는 식민지

관리들이 주로 쓰는 모자들. 서로 인사. 물론 이 와중에 단 한 사람 이름이라도 제대로 알아듣기란 불가능하다. 식탁보 없는 탁자 위로 요리들이며 각종 소스를 담은 작은 접시들이 가득 놓여 있다. 그리고 등나무 의자 몇 개. 천장에 달린 여러 전구에서 나오는 빛은 마치 활기찬 이 밤에 구멍이라도 뚫을 기세로 쏟아지고 있다. 폭죽 소리, 도미노 패 달그락거리는 소리, 징을 치는 소리, 이따금씩 들리는 일현금 울리는 소리 따위가 사람들 웅성거림과 뒤섞여 선풍기도 맥을 못 쓰는 후끈 달아오른 열기와 함께 방 안을 차지한다.

식당 주인이자 통역을 맡은 불도그가 중국어 억양이 강하게 들리는 목소리로 나지막하게 나에게 말한다.

"프랑스 병원 원장님이 이번 주에 저녁 식사를 하러 이곳에 오셨지요."

그는 대단히 자랑스러워한다. 하지만 친구들 중에서 가장 나이 많은 자가 그의 말을 가로막으며 말한다.

"이분들께 말씀을 드리라고……."

내가 광둥어를 알아듣는다고 제라르가 그들에게 알려 주기가 무섭게 그들이 눈에 띄게 호의를 표시하며 대화를 시작한다. '민중의 권리' 등과 같은 민주주의에 관한 이런저런 대화. 내가 그들로부터 받은 강렬한 인상은 불안감이 그들의 유일한 힘이며 그들이 겪은 고통만이 그들이 진정으로 의식하는 대상이라는 사실이다. 나는 프랑스 대혁명 당시 국민 의회 산하 지방 단체들을 생각해 본다. 하지만 이 중국인들이 보여 주는 대단히 예의 바른 모습은 목으로 콧물을 삼켜 대는 중국인들 습관과는 묘한 대조를 이룬다. 그들 모두가 어찌나 약속을 철석같이 믿는지! 게다가 그들로부터 달러를 공급받는 기술 위원회의 냉철하고 집요한 활동에 비한다면 그들은 어찌나 애송이처럼 보이는지……!

자, 그들이 오늘 알게 된 내용들은 대략 다음과 같다.

중국 전역 모든 도시들에 거주하는 영국인들은 국제 조계지로 서둘러 피신하고 있다.

주요 인부 조합 연맹은 홍콩의 파업 노동자들을 돕기 위해 조합당 매일 500달러씩 불입하기로 결의했다.

재외 제국주의자들이 저지른 부당한 만행을 규탄하고 중국의 자유를 표방하기 위한 대규모 시위가 상하이와 베이징에서 준비 중이다.

중국 남부 지방들에서는 자원입대가 엄청난 규모로 진행되고 있다.

광둥군은 러시아로부터 군수 물자를 상당한 양 지원받았다.

그리고 다음과 같이 큼직한 글씨로 분명하게 인쇄된 내용도 있다.

홍콩에 전기 공급 중단이 임박했다.

홍콩에서 어제 다섯 차례나 테러가 벌어졌다. 경찰 청장이 중태에 빠졌다.

홍콩은 식수 부족 사태에 처하게 될 것이다.

그리고 마지막으로 국내 정치 뉴스는 거의 대부분 쩽다이라는 사람에 관한 것이다.

저녁 식사가 끝나고 하얀색 소맷자락들이 휘날리며 정중한 인사가 오가는 가운데 1층으로 내려온 제라르와 나는 잠시 걷기로 한다. 시원한 바람이 분다. 멀지 않은 강에 정박한 선박들의 사이렌이 마치 울부짖는 듯 눅눅한 대기를 무겁게 내리누르며 중국 식당들에서 나는 떠들썩한 소리를 덮어 버린다.

내 오른쪽에서 걷는 제라르는 걱정스러워 보인다. 그는 오늘 저녁 술을 많이 마셨다…….

"몸이 안 좋은가요?"

"아닙니다."

"걱정이 있어 보입니다."

"그거야 당연하죠!"

대답하기가 무섭게 그는 자기 말투가 거칠었다는 걸 깨달았는지 곧이어 덧붙인다.

"그럴 만하다 보니……."

"하지만 다들 기분이 아주 좋아 보이지 않던가요?"

"아! 그 사람들이야……."

"게다가 좋은 소식들이고……."

"어떤 소식들 말인가요?"

"물론 그 사람들이 우리에게 전해 준 정보들 말이죠! 발전소 가동이 중단됐다든지 그리고……."

"제 옆에 앉아 있던 사람이 하는 말은 듣지 못했습니까?"

"제 옆 사람이 혁명이니 자기 부친이니 떠들어 대는 바람에 그 얘기를 들어 주지 않을 수가 없었거든요……."

"제 옆 사람 말이 쩡다이가 아예 대놓고 우리와 겨루려 들게 확실하다는군요."

"그래서요?"

"아니, 그래서라뇨? 그걸로 충분하지 않나요?"

"제가 사정을 좀 안다면 충분할 테지만……."

"그자는 광저우에서 영향력이 가장 큰 사람이라 할 수 있습니다."

"어떤 부분에서 그런가요?"

"어떻게 설명해야 할지 모르겠군요. 게다가 선생이 앞으로 그자에 대해서 하는 말을 듣게 될 테니 더욱 그렇습니다. 너무 서둘러 알려고 할 필요는 없어요. 그자는 당내 우파 진영 전체의 정신적 지도자입니다. 그자의 친구들은 그를 흔히 중국의 간디라고 부르죠. 그런데 말이죠, 사실 사람 잘못 본 겁니다."

"자세한 설명이 필요합니다. 그자가 원하는 건 뭐죠?"

"자세한 설명이라뇨! 선생이 젊기는 젊은가 봅니다……. 나야 아는 게 전혀 없지요. 하기야 그자도 마찬가지일 테고요."

"그렇다면 뭣 때문에 그자가 성가신 겁니까?"

"사실을 말하자면 우리 관계는 이제껏 팽팽한 긴장의 연속이었습니다. 지금은 그자가 7인 위원회와 여론 앞에서 우리를 고발하려고 준비 중인 것 같아서……."

"무슨 일로요?"

"난들 어떻게 알겠습니까? 아! 선생이야 신 나는 무선 전보들이나 접하다 보니 만사가 잘 굴러간다고 생각하는 겁니다!

당내 사정도 외부 상황만큼이나 중요하다는 걸 아셔야……. 영국인들이 기대를 잔뜩 걸고 끊임없이 일으키고 있는 군사적 음모들에 맞서서, 홍콩뿐만 아니라 광저우까지도 투쟁을 한층 더 강화해야 합니다. 오늘 내가 들은 단 하나 정말 반가운 소식이란 영국 경찰 청장이 부상을 입었다는 사실, 그뿐입니다. 홍이라는 자는 내가 생각했던 것보다 재주가 많더군요. 그자는 테러리스트들의 우두머리인데 무선 전보가 이따금씩 그의 소식을 전하곤 하죠. 예를 들어서 '어제 홍콩에서 두 차례 테러가 발생했습니다……. 세 차례…… 다섯 차례…….' 뭐 이런 식으로요. 가린은 그를 대단히 신뢰했었죠……. 그는 우리와 함께 일했는데 가린의 비서였습니다. 자기 비서로 삼으려고 그따위 조무래기를 찾아가다니 아무튼 기발한 생각이기는 합니다! 가린이 보기에 홍이란 자에게는 젊음의 패기란 게 있었던 거죠. 가린이 자기 잘못을 깨달을 때가 올 겁니다. 한데 홍이란 자가 제법 웃기는 인간이라는 건 인정해야 합니다. 그자를 처음 본 게 홍콩에서였는데 그자가 브라우닝식 자동 권총으로 총독을 암살할 계획이었다는 걸 제가 안 거죠. 열 걸음 앞에 있는 문짝에다가도 총을 쏠 줄 모르는 그자가 말입니다. 내가 묵는 호텔로 큼직한 자기 두 손을 마치 물뿌리개처럼 흔들어 대면서 들어오는데 정말 아이더라고요. 어린애 말입니다. '당신은 내 계, 획, 을 알, 고, 계, 십니까?'라고 프랑스어로 말을 하는데 중국어 억양이 어찌나 강하던지 마치 턱으로 단어 음절을 하나하나 잘라 내는 것 같았다니까요. 그가 말한 '자기 계획'이라는 건 어리석기 짝이 없다고 그에게 설명했죠.

그러자 그는 내 말을 십오 분 동안 아주 따분하다는 듯 듣고 나더니 이어서 말하더군요. '네, 그건 그, 다, 지 중요하지 않아요, 할 수 없죠, 뭐. 게다가 난 맹, 세, 를 했거든요.' 물론 완전히 제거해 버려야만 했던 거죠. 어디 있는지도 모르는 어떤 근사한 절에서 자기 손가락 피로 맹세했다는데…… 그는 대단히 난처해했지요, 대단히 말입니다. 난 말이죠, 그래도 호감을 품고 그자를 지켜보았답니다. 그런 부류 중국인은 흔치 않거든요. 결국 떠날 때가 되자 그는 벼룩이라도 있는 사람처럼 어깨를 흔들어 대고는 내 손을 잡으며 아주 천천히 말하더군요. 이렇게 말입니다. '내가 교, 수, 형, 을 선, 고, 받, 는, 다, 면 젊은이들에게 나, 를, 따, 라, 하, 라, 고 해야 합니다.' 내가 '사형'이라는 말 대신에 '교수형'이라는 말을 들었던 건 정말 오랜만이었지요."

"책을 많이 읽었던 게죠……."

"한데 말이죠, 마치 '내가 죽으면 꼭 화장해 주세요.'라고 흔히들 말하듯이 그의 말에 감정이라고는 조금도 없었어요."

"그런데 총독은요?"

"그리고 이틀 뒤에 어떤 예식이 거행되는 동안 그는 총독을 쓰러뜨려야 했어요. 그때가 지금도 내 눈에 선합니다. 찌는 듯한 더위 때문에 옷은 홀딱 벗고 머리털은 고슴도치마냥 온통 서 있는 채로(아직 10시밖에 안 됐을 때부터) 침대 위에 걸터앉아 있었죠. 경적이며 나팔 소리며 고함을 들으면서 이 모든 게 예식의 끝을 알리는 건지 총독이 죽은 건지를 궁금해하면서 말입니다…… 한데 말이죠, 홍은 수상쩍은 인물로 찍혀서 그날 아침에 이미 추방을 당하고 난 뒤였습니다. 자동차와 사람들이 소란스럽게 지나다니는 와중에 그가 자기 턱으로 단어 음절 하나하나를 끊어 내듯이 말하는 모습이 내게 실제로 보이는 것만 같았고 무엇보다도 '내가 교, 수, 형, 을 선, 고, 받, 는, 다, 면……'이라고 말하는 그의 목소리가 내 귀에 들리는 것 같았어요. 심지어 지금도 내 귀에 쟁쟁합니다……. 허풍을 치는 게 아니었다는 건 아시겠죠. 그는 그 기막힌 자기 단어로 사형을 당할 거라는 생각을 실제로 했던 겁니다. 언젠간 그렇게 되겠죠……. 한데 너무 어려서……."

"출신은 어떤가요?"

"비천한 출신이죠. 누가 자기 부모인지도 모를 겁니다. 다행히도 어떤 작자가 부모를 대신했다던데 그자는 사이공에서 골동품 따위나 기념품 같은 것들을 팔고 있어요……. 자, 이리 와 보세요, 페르노나 한잔하시렵니까? 진짜 페르노랍니다."

"그러죠."

"마다할 이유가 없지요. 우리는 내일 그 사람 집에 갈 거예요……. 그러면 테러리스트를 '양성한' 사람들 가운데 하나를 직접 만나 볼 수 있을 겁니다. 이제는 그런 사람들도 점점 귀해지는지라…… 가서 좀 놀고 싶으세요?"

"그렇게까지는 아닙니다만……."

그가 운전기사를 가까이 부른다.

"티싸오 집으로."

우리는 그곳을 떠난다. 드문드문 있는 가로등 불빛에 환해지는 변두리 거리, 길게 늘어선 거무튀튀한 담벼락, 운하 수면 위로는 빛을 거의 잃은 큼직한 별들이 흔들리고 청색 사발이 무더기로 쌓여 있는 한가운데 상인들이 꼼짝도 않고 지키고 앉은 안남 노점들, 바로 그 노점들이 만드는 네모난 자국들로 여기저기 구멍이 뚫려 있는 듯한 형체 없는 밤……. 제라르는 과연 예전에 정말 학교 선생이었을까? 피곤한지 아닌지에 따라서 그의 기분, 그가 사용하는 어휘가 달라진다……. 좀 더 알아 보면 좋을 텐데…….

차가 빠르게 달려서 한기가 느껴질 지경이다. 구석에 몸을 처박고 두 팔로 상체를 거의 감싸다시피 하자 오늘 저녁 식사 때 나눈 민주주의에 관한 잡담들이 마치 귓가에 아직도 울리는 것 같다. 유럽에서는 웃음거리밖에 안 되는 한물간 구호들이 이곳에서는 녹이 다 슬어 버린 낡은 증기선처럼 흘러 들어오고 있는 것이다. 이 구호들이 이곳의 모든 사람들, 심지어 대부분 노인들인 그들에게 불러일으킨 진지한 열정이 지금도 내 눈에 선하게 보인다……. 더 이상 감추고만 있을 수 없다 보니 상처가 하나둘 터지듯 만천하에 공개돼 버리고 만 홍콩 발 전보들의 배후로서 이 모든 활동을 주관하는 광둥 위원회가 서서히 모습을 드러내고 있다.

7월 1일.

홍콩. 종합 병원의 중국인 간호사 전원이 파업에 들어갔다.
인도차이나 해운 회사 선박들이 항구에 정박해 있다.
어제 또다시 테러 사건들이 일어났다.

사몐 조계지에서 온 새로운 소식은 없다.

출항하는 배를 기다리느라 어쩔 수 없이 머무르는 도시에서 나는 무엇을 해야 할지 몰라 우울하고 지루하고 신경이 예민해졌지만 마음만은 어서 빨리 광저우로 가고 싶다. 제라르가 호텔로 나를 만나러 온다. 우리는 일찌감치 점심 식사를 하는데 식당에는 손님이 거의 없다. 그가 어제보다는 조금 더 분명하게 현재 영국 기관 책임자들을 하나둘씩 살해하고 있는 바로 그 훙이라는 자에 관한 이야기며 우리가 오늘 오후에 만나러 가 볼 사람, 제라르 말을 빌리자면 어찌하다 보니 '훙의 산파' 격이 돼 버린 사람 이야기를 해 준다. 그는 레베치라고 하는 제노바 사람인데 중국 혁명 시기를 몽유병자처럼 태평하게 보냈다. 벌써 수 년 전 그는 중국에 도착해서 사몐에다 가게를 하나 열었지만 그에 대한 부유한 유럽인들의 반감이 너무나도 컸던 탓에 결국 그곳을 떠나 광저우에 정착을 했고 거기서 1920년 제라르와 가린을 알게 됐다. 그는 유럽 시장의 싸구려 물건을 중국인에게 팔았는데 특히 노래하는 새라든가 발레리나, 장화 신은 고양이와 같이 동전 하나로 움직이는 자그마한 자동 인형을 팔아서 생활했다. 그는 광둥어를 유창하게 구사했으며 그곳 중국 여자와 결혼했는데 제법 예뻤던 그녀는 결혼 이후 뚱뚱해졌다. 1895년쯤 그는 무정부주의자로 꽤나 열성적인 당원이었다. 그가 자기 인생에서 바로 그 시기에 대해 말하기를 꺼렸던 건 사실이지만 자부심을 느끼면서도 슬픔에 복받쳐 당시를 회상하기도 했고 자신이 얼마나 힘

없는 존재가 되어 버렸는지를 깨달을 때면 더욱더 회한에 사무치는 듯 말했다.

"그래서 대체 뭐 어쩌라구, 죄다 지나간 일이라니까……."

이따금 제라르와 가린은 저녁 7시쯤 그를 만나러 가곤 했다. 그 시각엔 그의 가게에 달려 있는 큼직한 간판에 불이 들어오기 시작했고 앞머리를 빗어 세운 아이들이 땅바닥에 등 그렇게 둘러앉아서 불이 들어오는 간판을 구경하고 있었다. 저물어 가는 태양의 흔적이 인형들의 비단옷이며 거기 달린 반짝거리는 장식에 드리우고, 냄비 부딪히는 소리가 부엌에서 들려왔다. 그러면 레베치는 좁은 자기 가게 한복판에 놓인 기다란 등나무 의자에 드러누운 채 새로 나온 수많은 자동 인형들을 차에다 싣고서 시골 곳곳으로 돌아다닐 꿈을 꾸는 것이었다. 중국인들이 그의 천막 앞에서 장사진을 칠 게 뻔하고 그는 부자가 되어서 집으로 돌아올 테고, 그러면 그는 넓적한 가게를 하나 사서 그 안에다가 펀칭 볼이며 붉은 벨벳을 배에 두른 검둥이 인형이며 전기로 작동하는 장난감 총이며 시소며 온갖 종류 슬롯머신뿐 아니라 어쩌면 볼링장도 차릴 수 있을 것이다……. 그러다가 가린이 가게 안으로 들어오면 그는 마치 욕조 안에 누워 있다가 몸을 일으킨 사람이 자기 몸을 흔들어 물기를 털어 내듯이 몽상에서 깨어나 그에게 악수를 청한 다음 주술 이야기를 꺼냈다. 그건 그가 즐겨 대화의 소재로 삼는 화젯거리였다. 사실을 말하자면 그는 실제로 미신을 믿는 사람은 아니었고 그저 호기심이 있는 정도였다. 하기야 그 무엇으로도 이 세상에 귀신이 있다고 입증할 수는 없는 노릇이고 특히나 광저우에서는 더욱더 그렇지만, 그렇다고 귀신이 없다는 걸 증명할 방법이 있지도 않으니 그는 그 귀신들을 불러내는 편이 낫겠다는 데 생각이 이른 것이다. 그래서 몇 권 모자라긴 했지만 『위대한 알베르 주술서』 전집에서 자신이 찾아낸 귀신들 이름부터 시작해 거지나 하녀 들이 친근하게 여기는 귀신에 이르기까지 수많은 귀신 이름을 몇 번이고 불러대며 직접 주술 의식을 치르곤 했다. 그가 실제로 귀신을 찾아낸 적은 거의 없었지만 상당한 단서들을 발견했고 그것들로 손님들을 놀라게 하거나 그들의 가벼운 질병을 치료해 주는 데 이용하기도 했다. 한편 그는 아편을 한 대 피워 물기 무섭게 흔히들 낮잠을 즐기는 시각인데도 하얀 옷을 입고 어슬렁어슬렁 길을 거닐기도 했다. 납작한 모자, 좁은 가슴팍, 알제리 원주민 보병대에서 입는 것과 흡사한 통 넓은 바지, 발끝을 바깥쪽으로 향하며 걷는 채플린 같은 발걸음. 오래되긴 했지만 늘 정성스레 기름칠을 해 둔 자전거 한 대가 있어도 직접 타기보다는 손으로 끌고 다니며 돌아다니기를 좋아했다.

그는 오갈 데 없는 어린 소녀들을 데려다가 늘 자기 주변에 두고서 살았다. 하녀들이라고는 하지만 하는 일이라고는 레베치의 이야기나 들어 주는 정도였고 그의 아내는 남편이 뭔가 수작을 부릴 수도 있으리라는 사실을 전혀 모르는 바 아니었기에 그 여자애들을 경계하느라 늘 신경을 곤두세우고 있었다. 식민지 관리나 빠질 성적 환상에 사로잡혀서 『채찍의 지배』, 『노예』라든가 또는 그런 유 프랑스 소설들을 읽고 또 읽었으며 그러지 않으면 『솔로몬의 쇄골들』을 손에서 놓지 않왔다. 그리고 길고 긴 몽상의 나래에 자신을 내맡겼다가 거기에서 빠져나올 때면 몸이 달아올라 잔뜩 겁을 먹은 아이 같은 미소를 지었다. "가린 씨, 저 사랑에 더러운 것들이 있다고 생각하시는지?" "여보게 친구, 그렇지 않지, 한데 왠가?" "왜냐면, 왜냐면, 그냥 궁금해서……." 그의 책장에는 『레 미제라블』 전권이 자리를 가득 차지했고 장 그라브[11]가 쓴 소책자들이 몇 권 보였는데 그가 소장은 하지만 더 이상 즐겨 읽지는 않았다.

1918년부터 그는 홍에게 호감이 생기기 시작했다. 그의 이야기를 들으러 오곤 하던 중국인 청년들 가운데에서 유독 홍이 뛰어나 보였던 것이다. 귀신 이야기는 재빨리 집어치워 버리고 그는 홍에게 불어를(레베치는 이탈리아어로 된 책이라곤 하나도 가지고 있지 않은 데다가 영어라면 겨우 아는 정도였다.) 가르쳤다. 불어로 말을 할 수 있게 되자 홍은 읽기를 배웠고 곧이어 무지에 가깝던 영어를 거의 독학으로 익힌 다음 자기 손에 닿는 거라면(별거 없긴 했지만) 뭐든지 찾아내 읽었다. 책을 통한 배움이 끝나자 레베치의 경험이 그 뒤를 이었다. 깊은 우정이 그들을 하나로 묶어 주었지만 단 한 번도 겉으로 드러난 적은 없었다. 홍은 무례하고 제노바 사람은 사려 깊지 못한 데다 은근히 빈정거리는 성격이었기 때문에 그들 간의 우정을 가늠하기란 쉽지 않은 일이었다. 가난하게 살아온 홍은 나이 먹

---

11) 장 그라브(1854~1939). 프랑스 무정부주의자. 무정부주의 신문 《레볼테》에 참여했다.

은 이 친구의 진가를 재빨리 파악했다. 그는 거지들에게 적선은 안 하지만 그들과 함께 '한잔하러' 가는 사람이었고(물론 반들반들 윤이 나는 깨끗한 자기 가게 안에 거렁뱅이들 한 떼가 자리 잡고 앉은 걸 보고는 울화가 치밀어 그들 모두를 발길로 차서 쫓아내 버렸던 날까지만) 자기 동생이 비리비[12]로 이송되었을 때는 자기 일을 다 내팽개쳐 버리고 감옥 근처에서 지내면서 동생의 고통을 조금이나마 덜 수 있을 '술수'를 꾸민다고 이따금씩 동생을 보러 면회 가서 인사로 입맞춤하다가 루이 금화 한 닢을 동생 입안으로 밀어 넣는 그런 사람이었다. 레베치는 레베치 대로 자기 이야기를 들으면서 입을 크게 벌리며 천진하게 웃어 대는 이 청년에게 가슴 뭉클한 감동을 받았던 터였지만 범상치 않은 용기라든가 죽음 앞에서 비상하다 싶은 의연함이라든가 특히나 광적인 열정을 감지하고서 당혹스러워진 적이 종종 있었다. "너 말이야, 너무 어릴 때 죽지만 않는다면 많은 일을 하게 될 거야……."

홍은 장 그라브의 소책자를 다 읽고 나서 레베치에게 다짜고짜 어떻게 생각하느냐고 물었다.

레베치는 대답에 앞서 생각에 잠기더니(그에게서는 찾아보기 힘든 모습이었다.) 말했다.

"그건 생각을 좀 해 봐야 해. 왜냐, 너도 잘 알겠지만 나한테 장 그라브는 그냥 인간 한 명이기만 한 게 아니야. 그는 내 청춘이야……. 한땐 이런저런 꿈을 꿨지만 이젠 장난감 새나 돌

---

12) 북아프리카에 주둔해 있던 부대로 주로 중죄범들로 구성되었다.

리는 신세라……. 그때가 지금보다는 좋았지. 하지만 뭐 어쨌
건 생각을 잘못했던 거야. 내가 너한테 이런 말을 하는 게 이
상하냐? 그러냐? 그래, 우리가 틀렸던 거라고. 왜냐, 내 말 잘
들어. 단 한 번뿐인 인생인데 사회 체제를 바꾸겠다고 나서는
건 아니지……. 어려운 게 뭐냐 하면, 진짜 원하는 게 뭔질 아
는 거야. 그거라니깐. 만약 네가 대법관 머리통 위에다 폭탄을
하나 터뜨린다면 말이지, 그자는 다 터져 뒤져 버리겠지, 그럼
잘한 거라고. 하지만 만약 네가 정치적 이념을 알릴 마음으로
신문을 하나 낸다면 말이지, 어느 누구 하나 거들떠보지도 않
는 거야……."

그의 인생은 완전히 망가져 버렸다. 어디가 어떻게 잘못된
것인지 도무지 알 수 없었지만 어쨌거나 그의 인생은 실패한
것이었다. 그는 유럽으로 다시 돌아갈 수 없었다. 이제 와서
육체노동을 할 수도 없고, 그렇다고 다른 일을 하고 싶지도 않
았다. 그래서 그는 결국…… 광저우에서도 따분해했다…….
그가 지루하기만 했던 걸까, 아니면 자기 젊은 시절 희망들과
는 거리가 먼 삶을 받아들인 것을 스스로 자책했던 걸까? 하
지만 자책이란 얼마나 어리석은 짓인가? 쑨원 정부에서 경찰
서 책임자 자리를 제안받았지만 무정부주의 성향이 너무 강
했던 데다가 누군가를 고발하거나 감시하도록 명령하는 일
과는 맞지 않다는 걸 스스로도 잘 알았다. 시간이 훨씬 더 흐
른 후에 가린이 그에게 함께 일하자고 했을 때도 그는 말했다.
"안 됩니다, 안 돼요, 가린 씨. 정말 고맙습니다만 보시다시피
제 생각엔, 제가 보기엔 말이죠, 이젠 너무 늦은 거라……." 그

가 생각을 잘못했던 건 아닐까……? 결국 그는 자기 귀신들, 최면술 관련 서적들, 중국인 아내, 홍 그리고 자기 장난감 자동 인형들과 함께 만족스럽지는 않지만 적어도 조용히 지낼 수 있었다.

홍은 레베치가 자기 인생에 대해서 내리는 혼란스러운 평가에 대해서 깊이 생각해 보았다. 서양이 자신에게 가르쳐 준 것들 가운데 떨쳐 버릴 수 없을 정도로 강력한 것이란 바로 인생이 단 한 번뿐이라는 것이다. 단 하나인 인생, 단 한 번뿐인 삶……. 그렇기 때문에 죽음에 대해서 그가 두려움을 품었던 적은 조금도 없었지만(하기야 죽음이 무엇인지를 그가 제대로 이해한 적이 단 한 번도 없었다고 해야 옳을 테고 심지어 지금도 그에게 죽음이란 죽는다는 거라기보다는 매우 심각한 중상을 입고 극심한 고통으로 괴로워한다는 걸 의미한다.) 그게 자기 인생, 그 무엇도 결코 지울 수 없을 단 한 번뿐인 자기 인생을 망가트려 버릴지도 모른다는 두려움, 떨쳐 버릴 수 없는 끈질긴 두려움은 그에게 있었다.

이렇듯 별다른 확신도 없는 상태에서 홍은 가린의 비서 중 한 명이 되었다. 가린이 그를 선택한 이유는 홍의 용기가 이미 당내에서 극좌파를 이루는 수많은 중국 청년들에게 영향력을 끼치기 때문이었다. 홍은 가린에게 끌리면서도 경계심을 완전히 버리지 않았으며 밤이 되면 가린의 말이며 명령을 레베치에게 일러바치곤 했다. 그러면 이 제노바 출신 노인은 긴 의자에 드러누운 채로 종이 풍차가 돌아가는 데 신경을 쓰거나 물이 가득 든 중국식 유리구슬 안에 들어 있는 환상적인 정원을 들여다보다가 손에 든 것을 바닥에 내려놓고서 두 팔을 홀쭉한 자기 배 위에 포갠 다음 어찌할 바를 모르겠다는 듯 눈썹을 치키며 결국 이렇게 대답했다. "아니, 그러니까 말이지. 가린이 옳은 거 같아. 그 사람 말이야, 가린 말이 맞는 거 같은데……."

결국 갈등이 점점 자주 일어나고 레베치의 변명도 점점 궁색해지자 그는 "그 어느 누구도 밀고할 필요가 없을 것"이라는 분명한 확답을 들은 후에야 종합 정보국 자리를 수락했다. 그러고 나서 가린은 레베치를 사이공으로 보냈던 것인데 그곳에서 그를 필요로 했기 때문이다.

우리는 점심 식사를 끝내고 나서 일찌감치 거리로 나와 더위에 등을 축 늘어뜨린 채로 길을 걷고 있다. 그런데 제라르는 아무 말이 없다. 레베치를 만나기로 한 시간이다.

우리는 작은 시장 안으로 들어간다. 그림엽서, 불상, 담배, 안남산 놋그릇, 캄보디아 그림, 치마처럼 허리에 감는 천, 용을 수놓은 비단 방석 들. 햇빛이 들이치지 않은 쪽 벽으로 천장까지 매달려 있는 뭔지 모를 철제 물건들. 계산대에는 웬 뚱뚱한 중국 여자가 졸고 있다.

"주인 계신가?"

"아뇨, 손님."

"어디 가셨나?"

"몰라요."

"혹시 술집이라면?"

"어쩜 난룽 주점이요.

우리는 길을 건넌다. 난룽 주점이 우리 앞에 보인다. 조용한 카페인 그곳 천장에는 양털색 작은 도마뱀들이 낮잠을 즐기고 있다. 하인 두 명이 아편 흡연자들이 머리를 베고 눕는 네모난 사기 베개와 아편 파이프를 들고 가다가 우리와 계단에서 마주친다. 우리 앞으로는 허리춤까지 상의를 온통 벗은 사환들이 한쪽 팔을 머리에 베고 자고 있다. 검은 나무 의자 위에 드러누운 한 남자가 머리를 가만히 흔들면서 자기 앞쪽을 바라보고 있다. 그가 제라르를 보더니 자리에서 일어난다. 나는 좀 놀란다. 사실 나는 가리발디[13]같이 생긴 사람일 거라 기대하고 있었다. 그런데 마치 프랑스 인형극에서나 볼 수 있는 기뇰[14]처럼 곱슬머리라고는 전혀 없이 곧게 뻗은 머리카락이 벌써 희끗희끗한 데다 앞머리는 둥그렇게 잘랐으며 손가락 마디마디는 굵은 키 작고 마른 사람이라니……

"자, 이 양반은 벌써 몇 년째 페르노도 한 번 제대로 못 마셔 봤답니다." 제라르가 손가락으로 나를 가리키며 말한다.

"좋아, 거 뭐 잘됐네." 레베치가 대답한다.

그가 밖으로 나가자 우리는 그를 뒤따른다. "가린이 그를 프랑스 인형극 등장인물인 냐프롱이라고 부르곤 했죠." 우리가 길을 건너는 동안 제라르가 내 귀에다 대고 속삭인다.

우리는 그의 가게 안으로 들어가 2층으로 올라간다. 중국인

---

13) 주세페 가리발디(1807~1882). 이탈리아 통일 운동에 헌신한 군인이자 정치가.
14) 인형 목에 손가락을 넣고 조종하는 프랑스 인형극 주인공 이름이었다가, 인기가 높아짐에 따라 프랑스 풍자 인형극의 대명사가 되었다. 등장인물로는 주인공 기뇰을 비롯해서 냐프롱, 마들롱이 있다.

아내인지가 고개를 들어 우리가 지나가는 것을 한 번 쓱 쳐다 보더니 다시 잠들어 버린다. 방은 무척 넓다. 방 한가운데 모기장이 드리워진 침대 하나, 벽들을 따라서 덩굴무늬 천에 싸인 많은 물건들. 레베치가 방을 나간다. 자물쇠가 삐걱거리는 소리, 누군가가 함을 갑자기 닫는 소리, 수도꼭지에서 물이 쏟아지는 소리, 잔에서 물이 끓는 소리가 들린다. 제라르가 말한다. "잠시 내려갔다 오지요. 레베치 부인이 곤하게 잠들지만 않았다면 몇 마디 꼭 전해야 해서요. 부인도 기뻐할 이야기라서 말입니다."

잠시가 길게 느껴진다. 레베치가 쟁반에 술 한 병, 설탕, 물 그리고 잔을 세 개 받쳐 들고서 (여전히 말없이) 방으로 먼저 들어온다. 그는 자리에 앉아서 말없이 페르노 세 잔을 직접 만들더니 잠시 뒤 말한다.

"아니 그러니까 난 은퇴를 했어요, 아시다시피⋯⋯."

때마침 자기 수염을 쓰다듬으면서 계단을 올라오는 제라르가 크게 소리를 지른다.

"레베치! 그 동지는 자네 후계자 이야기를 자네한테서 직접 듣고 싶어 한다네! 아! 내가 너무 오래 기다리게 했지. 우리들이 미행당한다고 생각했거든. 그런데 아니었어."

제라르는 자신이 홍을 언급할 때 레베치 안색이 얼마나 달라졌는지를 보지 못했다.

"자네 말이야, 지금 이렇게 자네를 잘 아는 것마냥 내가 만약 자네와 막역한 사이가 아니었다면 말이지, 내 이 주먹이 자네 낯짝을 가만 놔두지 않았을 거라고⋯⋯. 그따위로 농담하지 마!"

"도대체 왜 이러나?"

"자네 오늘이 바로 그날이란 건 알기나 하나?"

"무슨 날?"

레베치는 짜증이 난다는 듯 어깨를 들썩거린다.

"오늘 조찬 모임 일로 의장 댁에 안 갔어?"

"아니, 안 갔는데."

"세상에, 정신이 제대로 있는 거야?"

"우리는 5시에 따로 보기로 했네."

"아! 그렇구먼……. 그렇다면 의장에게 홍의 소식을 직접 물어보면 되겠네, 의장한테 직접 말이야. 그럼 의장이 자네한테 홍이 그놈들 손아귀에 잡혀 있다고 할걸."

"영국 놈들? 백인들 말인가? 아니 언제부터?"

"어제저녁이라더군. 라디오에서 뉴스가 나온 지 두 시간 됐고, 어쩌면……."

레베치는 숟가락으로 술잔을 톡톡 치더니 단숨에 마셔 버린다.

"다른 날 같았다면야 나도 이러지 않지……. 게다가 페르노도 이렇게 벗들을 위해 있는데 말이야……."

7월 2일.

강 하류로 항해.

목적지가 조금씩 가까워짐에 따라 우리의 불안감도 점차 커지리라 예상했다. 그런데 전혀 그렇지 않다. 여객선은 오히려 무기력한 분위기에 짓눌려 있다. 우리의 두 손은 땀으로 온통 젖어 있고 평평한 강둑을 옆에 끼고서 짙은 안개 속을 시시각각 항해하는 동안 홍콩은 돌로 된 장식물과도 같이 바다 어딘가에 있는 한 지점, 한 개 이름이기를 버리고 점차 현실적인 곳으로 모습을 드러낸다. 삶의 현장이 파고드는 것을 모두들 느끼고 있다. 불안감이란 더 이상 없고 한결같은 여객선 속도에 대한 짜증과 지금이 각자 자신에게 주어진 마지막 자유의 순간이라는 인식에서 오는 뭔지 모를 마음의 동요만이 있을 뿐이다. 아직 체감이 안 되는 걸 보면 불안의 대상도 추상적인 것에 불과하다. 마치 노쇠한 동물의 힘이 배 전체를 통째로 삼켜 버리는 것 같은 기이한 시간. 행복에 도취된 듯한 몽롱한 상태, 신경질이 난 듯한 심드렁한 태도. 실제로 눈으로 직접 확인한 것도 아니고 소식들만을 접했을 뿐인 데다 아직은 쳐들어온 것도 아니니까…….

7월 5일.
5시.

　　홍콩에서 총파업이 결의됐다.

5시 30분.

　　정부가 계엄령을 선포한다.

9시.

홍콩항 정박지.

우리는 조금 전 등대를 지났다. 잠을 자려는 생각은 아예 포기한 듯 남녀 몇몇이 갑판 위에 올라가 있다. 레모네이드, 위스키소다. 수면 바로 위에 줄지어 늘어선 전구 불빛 때문에 중국 식당들이 마치 빛으로 가득한 점묘화처럼 보인다. 그 위로는 위풍도 당당하게 유명한 거대한 암벽이, 짙은 검정색이었다가 하늘로 올라갈수록 옅어지면서 가벼운 안개로 에워싸인 아시아풍 자기 봉우리 두 개를 별들 사이로 둥그렇게 도드라져 보이게 한다. 이건 그저 껍데기일 뿐이거나 오려 붙인 종잇조각이 아니다. 마치 시커먼 흙처럼 실제로 만질 수 있는 물질 같이 단단하고 심오한 실체인 것이다. 도로가 나 있는지 길게 늘어선 조명들이 두 봉우리 가운데 제일 높은 곳, 그 정상을 목걸이를 두른 듯 감싼다. 중국 식당들을 휘영청 밝히는 불빛들 바로 위로 거의 얽히고설켜 믿기 힘들 정도로 촘촘히 들어선 집들에서 새어 나오는 수많은 불빛들이 바위의 시커먼 부분처럼 위로 올라갈수록 색이 옅어지더니 저 하늘 위에서 드문드문 반짝거리는 별들 속으로 사라져 버린다. 작은 만에는 너무나 많은 대형 여객선들이 층층이 둥근 유리창마다 불을 환히 밝힌 채 잠들어 있고 그 유리창에서 이리저리 반사된 불빛들은 도시 불빛들과 함께 아직 뜨듯한 바닷물 위에서 뒤섞인다. 중국 바다와 하늘에 퍼져 있는 이 모든 불빛들은 자신들을 만들어 낸 백인들의 힘을 연상시키기보다는 오히려 폴리네시아풍 축제의 한 장면을 떠올리게 한다. 개똥벌레들을 섬의 밤하늘에 마치 곡식알들처럼 마음껏 풀어 놓고 몸에 색칠한 신들을 숭배하는 그런 축제의 한 장면을…….

위에서부터 무언가 희미한 장막 같은 것이 우리 앞으로 떨어지는 바람에 아무것도 보이지 않고 들리는 소리라고는 일현금 소리뿐이다. 돛이다. 공기가 훈훈한 데다가 바람 한 점 없다!

우리에게로 다가오며 반짝이던 불빛들의 장관이 일순간 멈추는 듯하다. 정지. 고철 더미가 서로 부딪히듯 귀청을 때리는 요란한 소리를 내며 닻이 바닷물 속으로 떨어진다. 내일 아침 7시에 경찰이 배에 오를 것이다. 상륙 금지.

다음 날 아침.

선원들이 선박 회사 보트에다 우리 짐을 옮겨 싣고 있다. 짐꾼들이라고는 단 한 명도 보이지 않는다. 우리가 탄 배는 수면과 거의 닿을 듯 산호들이 빽빽이 들어찬 바다 위를 거의 미동도 하지 않고 미끄러져 내려간다. 그런데 굴뚝과 신호등 따위가 고슴도치처럼 삐쭉삐쭉 솟아나 있는 작은 곶을 멀리 돌아가려는 순간 상업 지구가 느닷없이 모습을 드러낸다. 부두를 따라 옆으로 길게 늘어선 고층 건물들, 원추형으로 빼곡히 심긴 나무들 그리고 마치 오븐 뚜껑을 막 열기라도 한 듯 투명한 공기가 아지랑이같이 피어오르는 하늘 때문인지 함부르크나 런던과 비슷하면서도 어딘지 모르게 더 작아만 보이는 도시의 윤곽. 작은 보트가 기차역같이 생긴 선착장 부두에 닿는다. 예전에는 그곳에서부터 광저우까지 기차가 떠났었다.

짐꾼들이라고는 여전히 보이지 않는다. 선박 회사가 유명한 유럽 호텔들에 사람들을 좀 보내 달라는 부탁을 했다고는 하는데…… 아무도 없다. 승객들은 선원들 도움을 받아 간신히 자신들의 대형 트렁크들을 들어 올린다.

자, 이제는 중앙로다. 바위와 바다가 만나는 곳에 마치 경계선과도 같이 자리 잡은 이 도시는 그중 하나 위에 세워져 있고 그중 다른 하나에 매달려서 마치 초승달 같아 보인다. 그 안으로 나 있는 지금 이 길은 부두에서 봉우리 정상까지 이어진 모든 경사로와 직각을 이루며 교차해서 마치 은연중에 커다란 종려나무 잎을 새겨 놓는 것 같다.

섬의 모든 활동은 대부분 이 길로 집중된다. 그런데 오늘은 인적 없이 조용하다. 둘씩 짝을 이뤄 경계 근무를 서는 보이스카우트 복장 영국인 자원봉사자들이 시장으로 가서 야채며 고기를 나누어 주는 모습만 이따금씩 눈에 띈다. 나막신 소리가 들리다 사라진다. 백인 여성이라고는 단 한 명도 없고 자동차도 없다.

자, 이제는 중국 상점들이다. 보석 가게, 비취 파는 상인, 고급 상점. 영국식 집이라고는 내 눈에 거의 들어오지 않는다. 그런데 길의 방향이 갑자기 팔꿈치처럼 꺾어지면서 더 이상 가게들이 보이지 않는다. 모퉁이를 두 번 돌자 길은 어떤 안마당 같은 곳에서 끝나 버리는 것 같다. 층층마다 사방으로 글자들 투성이. 기다란 간판들에 검은색, 붉은색, 황금색으로 칠해 놓은 글자들 또는 대문 바로 위나 우리들 눈높이 혹은 저 높이 네모난 하늘 위에 대롱대롱 매달려 있는 큼직하거나 아주 작은 글자들. 그것들이 나를 에워싼 모양은 마치 한 무리 곤충들이 떼를 지어 하늘을 날아다니는 것 같다. 삼면이 벽으로 가로막힌 어둠침침하고 넓적한 이 구멍 안에 기다란 상의를 입은 상인들이 계산대에 앉아 거리를 내다보고 있다. 내가 나타나자마자 그들은 수천 년 전부터 천장 위에 매달려 있던 것 같은 마른 오징어, 문어, 생선, 시커먼 순대, 햄 같은 색깔로 번들거리는 구운 오리 들을 향해서 그들의 작은 눈을 돌려 보기도 하고 땅바닥에 놔둔 곡식 자루들이나 시커먼 흙에 뒤덮인 계란 상자들을 쳐다보기도 한다. 가늘고도 강렬한 햇살이 황토색 먼지를 가득 싣고 그들 머리 위로 떨어지고 있다. 그 앞을 일단은 그냥 지나치고 난 후에 슬쩍 뒤를 돌아보자 내 뒤를 따라오던 무겁고 증오심에 가득 찬 그들 시선이 내 눈에 우선 들어온다.

중국 은행들은 황금색 간판들이 뒤덮고 있고 창살들이 마치 감옥이나 도살장같이 가로막고 있다. 그 앞에는 영국군 병사들이 보초를 서고 있다. 아스팔트 위로 그들 소총의 개머리판이 부딪히는 소리가 이따금씩 들린다. 쓸데없는 상징. 영국인들의 집요함, 암석 위에 세워지고 중국에 기반을 둔 이 도시를 하나하나 정복해 냈던 영국인들의 그 집요함이 더 이상은 지지 않겠다고 마음을 단단히 먹은 30만 중국인들의 흔들리지 않는 적개심 앞에서 무력할 뿐이다. 쓸모없는 무기들……. 영국이 잃어버리고 있는 것은 재산만이 아니다. 그들은 전투의 기회마저도 놓치고 있다.

4시. 간신히 돌아가는 선풍기 때문에 낮잠을 자기도 어려운 무더위. 발전소가 부분적으로만 가동되기 때문이다. 찌는 듯한 무더위가 아직도 계속되고 있다. 그리고 거리에서는 아스팔트가 번뜩거리며 화창한 하늘을 비추는데 대기의 뜨거운 기운보다도 후끈한 열기가 먼지와 뒤섞이며 피어오르고 있다. 국민당 부위원장이 나에게 서류를 맡길 것이다. 발트 해 연안 출신인 최고 위원장은 최근 제명됐다. 어쩌면 나는 유럽인 측 파업 주동자인 클라인이라는 독일 사람을 만나게 될지도 모른다.

내가 그 부위원장에 대해서 아는 거라고는 그의 성이 뫼니에이고 예전에 파리에서 기계공이었으며 전쟁 중에는 기관총 부대 하사였다는 것뿐이다. 산 정상 바로 아래 있는 아주 소박한 식민지풍 자기 집 현관에 서 있는 그를 보고 나는 적이 놀란다. 그가 나이를 제법 먹었으리라 짐작한 것이다. 그런데 기껏해야 서른다섯 살 정도로 보인다. 갸름한 코를 향해 윗입술이 들러붙다시피 한 이 사람은 짧은 머리에 체격이 건장하고 작은 두 눈은 생기 있으며 머리카락은 헝클어져 있어서 어딘지 모르게 익살스러운 토끼를 연상시킨다. 차가운 박하 차를 담아 물방울이 가득 서린 큼직한 유리잔 두 개를 앞에 놓고서 등나무 의자에 몸을 깊숙이 묻은 채…… 십 분이 지나자 친절하고 수다스러운 데다가 언뜻 보기에도 프랑스어를 하는 데 신이 난 그가 말을 쏟아 내기 시작한다.

"아! 여보게 친구, 그러니까 말이야. 정말 멋지지 않은가? 영국이라는 한물간 회사를 지키는 개 한 마리, 단 한 마리 진짜 충견인 홍콩이 가만히 서서 당하고 있거든. 보잘것없는 벌레들한테 잡아먹히고 있는 거야. 오늘 아침에 도착했다니 거리를 좀 봤겠지? 지저분하지 않지? 아니 오히려 깔끔하지 않던가? 한데 여보게, 그건 아무것도 아니야. 아무것도 아니고 말고, 내가 장담한다니까! 속속들이 정말로 멋진지 알려면 그 속을 들여다봐야 아는 거지!"

"그래서 그 속에 뭐가 보이나?"

"그거야 수없이 많은 것들이지. 예를 들어서 물가라고. 작년에 5000달러 하던 집들이 지금 판다면 1500달러 달라는 상황이야. 경찰청도 쓸데없는 헛소리나 잔뜩 하고 있지. 자기들이 홍을 현장에서 체포했다는 소문을 퍼뜨렸었다니까. 그렇게 한심할 수가!"

"그게 사실이 아닌가?"

"그걸 말이라고 해!"

"하지만 다들, 심지어 사이공에서도 믿던데……."

"허튼 수작인 거지, 뭐! 필요한 건 그게 아닌데 말이야. 홍은 광저우에 있다니까, 별일 없이 아주 잘 있지."

"보로딘을 아나?"

"클레망소[15]가 마흔이나 마흔다섯 살 정도였다면 꼭 그랬을 거라고 생각하네. 경험이 보통이 아니야. 그에게 단점이 하나 있다면 러시아 사람들을 지나치게 좋아한다는 거지."

"가린은?"

"최근에 그가 엄청난 일을 하나 해냈지. 광저우에 있는 파

---

15) 조르주 클레망소(1841~1929). 프랑스의 정치가이자 언론인.

업자들, 그러니까 보로딘과 그가 광둥 정부로 하여금 수당을 지급하도록 해서 바로 그 수당으로 살아가던 파업자들을 정규 선전부원으로 만들었다고. 그야말로 군대라니까……! 그런데 가린이 말이야, 안색이 거의 산송장 같더군! 학질인지 이질인지 난들 알아? 박하 차 좀 더 하겠나? 이 시각에 의자에 파묻혀 있는 것도 나쁘지 않군……. 아! 그건 그렇고 이거 받게, 이 서류들은 자네가 가지고 있으라고. 그러면 확실히 잃어버리지 않을 거야. 홍콩, 광저우 간 운행을 전함 승무원들에게 일임한 거 말이야, 영국 애들이 정말 좋은 생각을 한 거라니까! 클라인이 잠시 후에 올 거고 그러면 둘이 같이 떠나는 거야. 사실 클라인은 며칠 후에나 떠날 예정이었지만 그의 소재가 들통나 버렸거든. 우리가 경찰청에 꽂아 놓은 빨대가 확실하다면 말이야. 그러니 서둘러 튀어야 한다고. 나도 한동안은 이러고 못 있을 게 확실해……."

"오늘 저녁 출항 때 내가 몸수색을 받지 않을 게 확실한가?"

"그럴 이유가 없지. 자네야 이곳을 경유하는 처지고, 게다가 그들도 자네 신분증에 하자가 없다는 걸 알지 않는가. 수색을 하든 하지 않든 결국 매한가지라는 걸 그들도 잘 안다고. 조심하는 거야 물론 잊지 말게. 어떻게든 구체적인 결과를 얻어 내려면 자네를 감옥에 처넣어야 할 테지만 그렇다고 한들 아직 위험한 건 아니야. 기껏해야 추방이니까."

"이상하군……."

"아니, 간단한 거야. 그자들은 정보국을 통해서 필요할 때 은밀하게 개입하는 걸 훨씬 더 좋아하지. 그게 맞지. 아무튼 개들 상황이 아주 특별해. 따지고 보면 정식으로 광저우와 전쟁을 하는 것도 아니라고. 뭔가를 찾아내려고 어떻게든 수를 써 볼 수도 있겠지만 자네와 클라인을 그렇게까지 오랫동안 잡아 두려고 하지는 않을 거야. 자네들을 파리 새끼들이라고 보니까……. 한데 말이야, 클라인을 모르나? 모른다고, 하기야 이제 도착했으니……."

방금 전 목소리가 왠지 마음에 걸려서 나는 그에게 묻는다.

"그에게 무슨 문제라도 있나?"

"좀 엉뚱한 친구라……. 그런데 일에서는 그야말로 실력자라고. 그 친구 일하는 걸 내가 전에도 봤는데 내 말을 정말 믿을 수 있을 거야. 그자는 연쇄적으로 파업을 터뜨린다는 게 뭔지를 안다니까! 일 이야기가 나와서 하는 말인데 사실은 아까 가린이 그야말로 탁월한 실력을 보여 줬던 시절 이야기를 하나 하려고 했었는데 그때가 언제냐 하면 그가 군관 학교를 조직했을 때지. 그때라면 우스갯소리 하듯 해서는 안 돼. 감탄하지 않을 수 없으니까. 중국인을 군인으로 만든다는 거, 그건 이제껏 단 한 번도 쉬웠던 적이 없었거든. 특히나 돈 많은 중국인은 훨씬 더 어렵지. 그런데 가린은 장정을 천 명 모아서 그들을 소규모 부대의 장교들로 키워 냈다고. 일 년 후면 그들 수가 열 배는 더 불어날 테고 그렇게 되면 과연 어떤 중국 군대가 그들에게 대항할 수 있을까……. 장쭤린의 군대라면 아마 가능할지도…… 확실한 건 아니고……. 영국인들로 말하자면 원정군을 파견하려고 하지만(하긴 영국군들이 맘대로 하게 내버려 둘 정도로 저쪽 우리 동지들이 물러 터졌다는 가정 아래에서겠지.) 아마 우리 쪽이 데리고 놀걸……. 군관 학교 생도들을 모으는 건 아무것도 아니었지. 그런데 가린이 그들에게 지위와 계급장을 줘서 그들이 대우를 받도록 했던 거야……. 그러고 나니 나머지는 결국 저절로 될 수 있던 거라고. 그런데 그게 말이야. 중국에서는 잘 알려져 있지 않은 악덕을 그들에게 가르쳐 준 꼴이 된 건데 그게 바로 용기라는 거지. 나는 존경하네. 나라면 절대로 그러지 못했을 거야. 물론 갈렌[16]과 특히 군관 학교 교장 장제스[17]의 도움을 많이 받았다는 거야 잘 알지. 가린과 함께 일급 장교를 모집했던 사람이 바로 그 장제스니까. 그가 그걸 해낸 거라고. 놀랍지 않은가, 영국인들이 바로 이 도시를 만든 것처럼 말이야. 한 사람 한 사람씩 붙잡고 용기를 주고 격려하며 채근하고 행동시키면서 말이야. 그런데 그 일이 장난이 아니었던 건 분명해……. 새끼손톱을 이렇게나 길게 기른 붉은털원숭이 같은 애들을 찾으러 가서 지들어미한테서 빼앗아 낸다는 게 말이야……. 지금도 눈에 선하네……! 그에게 덕이 된 건 예전에 태수 아들을 황푸[18]로 보냈던 일이었지. 그러고 나서 자기 가족도 그리로 보낸 걸로 아는데…… 아무튼 아주 잘한 거야. 더군다나 사관생도들은 군인

---

16) 본명은 블라디미르 블루셔. 소련이 국민당에 파견한 군사 고문. 영국 이름 걸린(Galin). 극중 인물 갈린과 근접한 실존 인물로 추측된다.
17) 장제스(1887~1975). 1918년 쑨원 지휘 아래 들어가 주로 군사 영역에서 활약했다. 1924년 황푸 군관 학교 교장을 맡았다. 2차 세계대전 이후 중국 공산당과 완전히 결별하고 내전을 개시했다. '자유 중국', '대륙 반공'을 제창하며 중화민국 총통이자 국민당 총재로서 타이완을 지배했다.
18) 중국 광둥 성 광저우에 있는 구.

이 아니라 혁명 대의에 봉사하는 사람들이라는 생각을 중국인 머리 속에 심어 주었다는 거 말이야, 그것도 대단한 거지. 그 성과가 지난 25일 사멘에서 확인된 거라고.”

“탁월한 성과라기에는…….”

“그들이 사멘을 차지하지 못했기 때문에? 그들이 거길 점령하려 했다고 생각하나?”

“그 점에 관해서 믿을 만한 정보라도 있나?”

“그곳에 가면 알게 될 걸세. 그 일이 어쩌면 쩡다이를 겨냥한 거였는지도 몰라. 바로 그자가 기정사실을 부인하지 않고 받아들이도록 하는 일이 더욱 절실해지는 것 같아. 두고 보자고. 아무튼 만천하에 드러난 게 뭐냐 하면 기관총이 우리 편으로 발사되기 시작했을 때 군중은 여느 때와 같이 죄다 달아났지만 남자들 오십여 명은 막무가내로 달려들었는데 바로 그들이 사관생도들이었다는 거야. 물론 그들은 기관총이 있는 데서 30여 미터쯤 떨어진 곳, 그러니까 땅바닥에서 죽은 채로 발견됐지. 그런데 바로 그날 중국에서 뭔가 변화가 일어났다고 나는 막연하게나마 생각하네.”

“사멘 공격이 어째서 쩡다이를 상대로 이뤄졌다는 건가?”

“내가 ‘어쩌면’이라고 말했는데. 이제는 우리가 더 이상 잘 맞는 것 같지도 않은 데다가, 쩡다이의 친구라는 후한민[19] 총독한테는 이상하게도 신뢰가 안 가거든.”

“제라르는 벌써 걱정이더군……. 한데 쩡다이의 인기는 여

---

19) 후한민(1886~1936). 중국 정치가. 국민당 중진으로 공산당을 탄압했다.

전히 그렇게 높은가?"

"최근에 많이 줄어든 것 같기는 한데……."

"그자의 직책은 뭔가?"

"정부에서 그가 맡은 직책이란 없지. 하지만 그는 국민당 내부에서 가장 선명한 우파에 해당하는 수많은 비밀 조직의 리더라고. 여보게, 아무런 직책도 없던 간디가 하르탈[20]을 선포하며 인도인들에게 파업하라고 했을 때 말이야, 그들은 영국 황태자가 방문했는데도 아랑곳하지 않고 난생처음으로 자기들 일터를 버리고 죄다 떠나 버렸지. 그래서 황태자가 콜카타[21]를 순방하는데 마치 농아 학교에 온 것 같았다지. 그러고 나서 많은 인도 사람들이 자기들 일자리를 잃었고 굶어 죽은 사람들도 있었지. 하지만 뭐 어쩌겠어. 이곳에선 도덕적 위엄이 여기 이 탁자나 이 의자만큼이나 사실이고 확실한 걸……."

"하지만 간디는 성인이지."

"그럴 수도 있지만 인도 사람들은 아무것도 몰라. 간디는 신화야, 그게 바로 진실이라니까. 쩡다이도 마찬가지야. 그런 사람들을 유럽에서 찾아서는 안 돼……."

"그럼 정부는?"

"광둥 정부 말인가?"

"그래."

"저울 같다고 할 수 있을까, 한쪽으로는 경찰과 조합들을

---

20) 점포나 공장 등지에서 전면적으로 작업을 정지하는 총파업.
21) 인도 동부에 위치한 서벵골 주의 주도.

쥔 가린과 보로딘, 다른 한쪽으로는 아무것도 쥔 건 없지만 그렇다고 해서 가진 게 아무것도 없지는 않은 쩡다이, 이렇게 어느 한쪽으로 기울지 않도록 애를 쓰며 좌우로 흔들리는 저울 말이야……. 여보게, 무정부란 건 말일세, 정부가 힘이 없을 때지, 정부가 존재하지 않는 경우를 말하는 건 아니야. 우선 정부가 하나 언제나 존재하게 마련이고 일이 안 될 때는 여러 개 있게 되는 거고 다 그런 거지 뭐. 그런데 가린은 바로 그 정부로부터 확답을 받아내려고 하지. 가린이 원하는 건 자신이 제안한 그 대단한 법령을 정부가 공포하게 하는 거야. 영국 놈들이 겁을 먹은 건 분명해! 항구에 기항할 배 한 척 없는 홍콩에다 중국으로 가는 선박들의 입항마저 금지된 홍콩이라면 이미 끝장난 항구가 아닌가! 생각 좀 해 보라고. 예전엔 문제가 생기기만 하면 영국인들이 이곳에 군사 개입을 즉각적으로 요청했었지. 한데 지금은 세상에……! 만일 가린이 이번 일을 해낸다면 그자는 영리한 사람이 되는 거야, 가린 말일세. 하지만 그게 쉽진 않아……. 쉽지 않다고……."

"왜 그런가?"

"글쎄…… 설명도 쉽지 않군. 자네도 알다시피 정부야 우리 편에 있고 싶겠지. 아니 가능하다면 군림하고 싶을 테지. 하지만 정부가 저만치 뒤에서 우리를 따라온다는 건 말이지, 정부가 영국이 되었건 우리가 되었건 잡아먹힐까 봐서 두려운 거라고. 만일 우리가 오직 홍콩을 상대로만 싸운다면야 상관없는데 문제는 내부라고, 내부라니까! 놈들이 우리를 잡으려는 건 바로 우리 내부 안에서부터라니까……. 좀 더 가까이에서 문제를 살펴봐야 해······."

우리는 열대 기후에서는 좀처럼 드문 침묵 속에서 심지어 선풍기마저도 돌아가지 않아 더욱더 적막한 가운데 유리잔에 가득 든 박하 차를 마시고 있다. 노래를 부르듯이 질러 대는 행상인 목소리도, 중국식 폭죽 소리도, 새나 매미 소리도 들리지 않는 고요. 항구에서 불어오는 가벼운 미풍에 돗자리가 창문에 걸려 있다가 슬그머니 쓰러져 도마뱀들이 잠을 자느라 들러붙어 하얗게 보이는 벽 모퉁이를 드러내고 길에서부터는 마치 아스팔트 타르가 익는 듯한 냄새가 바람결에 실려 온다. 이따금씩 쓸쓸한 사이렌만이 마치 숨이 막힌다는 듯 저 멀리 바다에서 울려 오고······.

5시쯤 클라인은 도착하기가 무섭게 피곤한 기색이 역력한 모습으로 두 손을 무릎 위에 떨어뜨리며 안락의자에 털썩 주저앉는데, 등나무로 된 의자가 그의 몸무게 탓에 삐걱거리는 소리를 낸다. 그는 어깨가 딱 벌어지고 키가 큰 데다가 얼굴은 아주 특이하게 생겨서 나는 적이 놀란다. 영국에서라면 이렇게 생긴 사람을 심심치 않게 보게 되지만 독일에서는 드물기 때문이다. 짙은 눈썹 때문에 도드라져 보이는 맑은 두 눈하며 납작한 코 그리고 빗장처럼 일자로 굳게 다물고 끝은 살짝 처진 입술, 더군다나 입술은 물론이고 코에서부터 턱으로 이어진 깊게 팬 주름살. 얼굴이 큼직하고 납작하며 목이 굵은 그 사람은 권투 선수 같기도 하고 불독 같기도 하고 푸줏간 주인 같기도 하다. 유럽에서라면 그의 피부는 매우 붉은 편에 속했을 게 틀림없는데 그의 뺨에 자잘한 붉은 반점들이 남아 있기 때문이다. 한데 여기서는 다른 모든 유럽인들같이 구릿빛이다. 그는 우선 불어로 말을 한다. 강한 독일 북부 지방 억양 때문에 조금 쉰 듯한 그의 목소리가 노래하는 듯해서 벨기에 사람이 하는 불어처럼 들린다. 그러나 대단히 피곤한 듯 그는 상당히 힘을 주어 가며 한 마디 한 마디 하더니 곧이어 작심한 듯 독일어로 말을 잇는다. 뫼니에가 이따금씩 그들 간의 대화를 불어로 정리해 주는데 그 내용은 다음과 같다.

광저우 총파업은 좌파 수뇌부 세력을 강화할 뿐 아니라 온건파 영향력을 약화하는 동시에 국민당에 반대하며 영국과 거래하는 부유한 상인들이 쥔 홍콩 부의 주요 원천에 타격을 가할 목적으로 지난 이 주 전부터 계속되고 있다. 보로딘과 가린은 5만 명에 달하는 노동자들을 파업 기금으로 먹여 살릴 수밖에 없는 상황이며 이 기금은 광저우에서 거둬들인 모금액과 '식민지'에 거주하며 혁명을 지지하는 수많은 중국인 동포들이 보내온 기금이기도 하다. 홍콩에서의 총파업 명령으로 10만 명이 넘는 노동자들이 조업을 중단한 상태이며 광둥 정부가 상당히 많은 노동자들에게 파업 수당을 지급하지 않을 수 없는 상황이기 때문에 현재 파업 참가 근로자에게 할당된 기금은 며칠 후면 바닥이 날 것이다. 이미 막일하는 인부들에게는 수당이 더 이상 지급되지 않고 있다. 그런데 영국의 비밀경찰이 지금까지는 홍콩에서 광둥 정부 조직들을 파괴하는 데 무력한 상태였지만 이제는 기관총으로 무장한 지원병으로 보강된 치안 경찰이 너무나 막강해진 상태라서 폭동의 승리를 장담할 수 없다. 최근 발생한 폭력 사태는 주먹다짐 정도에 그쳤다. 노동자들은 조업을 재개할 것이고 이는 영국이 기다리던 바이기도 하다.

현재 선전부의 총괄 책임을 맡은 가린뿐 아니라 보로딘도 마찬가지로 상황이 얼마나 위급한지 잘 알며 이번 대규모 파업이 극동에 사는 백인 전체를 경악시킬 만큼 엄청난 위력을 지녔음에도, 실패 위험 또한 얼마나 큰지 충분히 파악하고 있다. 둘 다 고문 자격으로만 활동하고 있을 뿐이며 법안이 공포되기를 기대하나 최고 위원회가 단호히 반대하는 상황이다. 클라인 말에 따르면 쩡다이는 모든 자기 영향력을 발휘하여 그들의 활동을 저지하고 있다. 다른 한편으로는 무정부주의자들 활동이(충분히 예측 가능한 일이었듯이) 한층 더 위험한 방향으로 커져 가고 있으며 광저우에서까지 일련의 테러 행위가 벌어지기 시작했다. 마지막으로 오래전부터 국민당의 적인 천중밍 장군[22]은 홍콩을 짓밟을 목적으로 새로이 군대를 (영국 지원금 덕분에) 소집하는 중이다.

우리가 탄 배가 출항했다.

수많은 작은 불빛들이 촘촘히 박혀 있는 듯한 섬은 이제 그 빛을 서서히 잃은 채 무력한 하늘에 검은 형체로 보일 뿐이다. 큼직한 광고판 글씨들이 가옥들 바로 위로 선명히 드러난다. 한 달 전까지만 해도 번쩍거리는 조명들로 도시 하늘 위를 장

---

22) 천중밍(1878~1933). 변호사, 정치인, 군벌 세력. 1921년 쑨원을 대원수로 삼은 2차 광둥 정부 수립에 참여했으나 이후 중국 북방의 군벌 정권을 타도하기 위한 전쟁(북벌)을 놓고 쑨원과 대립하다 결별했다.

악하던 영국에서 가장 큰 회사들의 광고판이다. 전력이 귀해
지다 보니 더 이상 밝힐 수 없어져서 형형색색 글자들이 어둠
속으로 사라져 보이지 않는다. 배가 급하게 방향을 바꾸자 산
으로 뒤덮인 중국 해안가의 나무 한 그루 없는 산자락이 갑자
기 눈앞에 펼쳐지고 잡초들 때문에 갉아먹은 듯 보이는 점토
질 해안선은 마치 3000년 전 모습 그대로 모기 떼가 기승을
부리는 짙은 어둠 속에서 그 흔적을 잃어 가고 있다. 마치 꾀
많은 배좀벌레조개들이 다 쏠아 먹고 마지막 위엄만은 남겨
두었지만 그마저도 하늘을 제대로 올려다보지 못하게 돼 버
린 듯한 이 섬에 어둠이 자리를 차지한 뒤 보이는 거라곤 빛을
잃은 부의 상징인 거대한 검은색 글자들뿐……

고요함. 완전한 적막감 그리고 하늘엔 별들뿐. 중국 배들이
우리가 탄 배보다 약간 아래에서, 우리가 거슬러 올라가는 조
류에 휩쓸려 소리도 표정도 없이 흘러간다. 우리를 둘러싼 저
희미한 산 속에도, 소리도 없고 철썩거리지도 않는 이 물 속
에도, 장님처럼 한밤중으로 빠져 들어가는 이 죽음의 강 속에
도 이 세상 것이라고는 아무것도 없는 듯하다. 우리 곁을 스
쳐 지나가는 나룻배들 안에도, 배 뒤편으로 겨우 보일 듯 말
듯 희미하게 반짝이는 불빛만 아니라면 인간적인 거라고는
없다……
"……냄새가 달라……."
이제는 어둠이 완전히 깔렸다. 클라인은 내 옆에 있다. 그는
불어로 대꾸하는데 들릴 듯 말 듯 한 목소리다.

"같지야 않지……. 자네 밤중에 강을 따라 여행해 본 적 있나? 유럽에서 말이야."

"있지……."

"너무나 다르지, 그렇지 않은가? 너무 다르다니까……! 유럽에서의 고요한 밤이란 평화지……. 그런데 이곳에서는 기관총이 난사되지는 않나 대비해야 하는 거라고, 그렇지?"

그렇다. 이 밤은 휴전의 밤이다. 침묵이 도처에 무기를 숨기고 있다는 것이 감지된다. 클라인은 거의 알아볼 수 없을 정도로 흐릿하게 깜박거리는 불빛들을 나에게 가리킨다.

"저건 우리 편이야……."

그는 마치 비밀 이야기라도 하는 듯이 계속 낮은 목소리로 말한다.

"이쪽에서는 아무것도 보이지 않아. 더 이상 불을 켜지 않으니까……. 저기 좀 보게. 벤치 위 말이야. 죽 늘어서 있지."

우리들 뒤쪽 갑판 위에는 자기네들 회사에 사멘 지부가 있어서 지원병을 도우러 간다는 유럽 청년 십여 명이 신문사인지(아니면 경찰청인지)가 보내왔다는 젊은 여성 두 명 주위로 둥글게 둘러앉아 일화를 쏟아 내느라 여념이 없다. "……사실 그는 레닌 것과 유사한 크리스탈 관을 모스크바에 주문하랬는데 러시아가 유리 관을 보냈지…….(쑨원 이야기임에 틀림없다.) 그리고 또 언젠가는 말이야……."

클라인은 어깨를 으쓱해 보인다.

"쟤들은 그냥 바보들인 거고……."

그는 내 팔 위로 자기 손을 올려놓고는 나를 바라본다.

"파리 코뮌[23] 당시에 말이야, 거물을 하나 잡아들였는데 그 자가 '아니, 경관님들. 저는 정치라고는 단 한 번도 해 본 적이 없답니다!'라고 외치자 뭘 좀 아는 경찰이 '바로 그래서지!'라고 대답하며 그자의 머리통을 후려갈겼다는 거야."

"그래서?"

"늘 같은 사람들만 고통을 겪을 수는 없지. 예전 어떤 축제 때가 생각이 나는군. 그때 바로 쟤네 같은 애들을 봤지⋯⋯. 아! 총알 몇 방이면 저놈의⋯⋯ 뭐라고 할까⋯⋯. 웃는 저놈 낯짝을 박살낼 수 있을 텐데 말이야⋯⋯. 처먹는 거 말고는 아무짝에도 쓸모없는 저것들 낯짝을 좀 보라니까! 그래, 인간다운 삶이라고 불리는 것, 그것이 존재한다는 걸 저자들에게 알려 줘야 한다고! 드물다니까, 아인 멘슈⋯⋯ 인간 말이야!"

나는 조심스레 대꾸를 삼간다. 그가 그런 말을 하는 건 호감을 사려고일까 아니면 참을 수 없어서일까? 그의 나지막한 목소리에는 울림이 없는 데다가 거기에 모기들이 돌아다니며 내는 소리가 합쳐져 목이 쉰 듯 들린다. 그의 두 손이 떨리고 있는데 그는 사흘 전부터 한잠도 자지 못한 것이다. 그는 피곤으로 정신이 반쯤 나간 듯하다.

뒤편에서는 철책 때문에 우리와는 분리된 곳에 터번을 두른 인도 군인 둘이 팔에 소총을 낀 채 조용히 아편을 피우며 마작을 하는 중국인 승객들을 감시하고 있다. 뒤로 몸을 돌린

---

23) 1871년 3월 18일부터 5월 28일까지 파리 시민, 노동자들의 봉기로 세워졌던 혁명적 노동자 정권. '피의 일주일'이라 불리는 참혹한 시가전 끝에 완전히 진압되었다.

클라인이 굵은 철책 쇠창살을 쳐다본다.

"감옥에서 말이야, 사람들이 어떻게 극심한…… 그러니까 고약하거나 몹시 끔찍한 시련을 견디는 줄 아나……? 사실 나는 도시에다 독약을 풀어 버릴까 하는 생각을 늘 했었지. 그거라면 내가 정말 할 수 있었어. 출소 후에 저수지에 갈 수도 있었을 테니까. 게다가 전기 기사로 일하는…… 어떤 친구로부터…… 청산가리 다량을 얻어 낼 수도 있었을 테고……. 고통이 너무 심할 때면 그걸 어떻게 사용할지 방법을 궁리하거나 구체적으로 상상하곤 했던 거지……. 그러고 나면 버티기가 훨씬 수월해졌다니까. 하지만 사형수, 간질 환자, 매독 환자, 불구자라면 사정이 남들 같지 않은 거야. 받아들일 수 없는 사람들이라고……."

도르래 하나가 방금 전 갑판 위로 떨어져 소리를 요란하게 울리는 바람에 그가 소스라치게 놀랐다. 그는 안도의 한숨을 내쉬고는 쓸쓸한 듯 계속해서 말을 잇는다.

"내가 오늘 밤 너무 예민하군……. 보통 피곤한 게 아니라니까! 그런 기억은 사라지지 않는 법이지. 극심한 고통 속에서도 인간이란 쉬이 없어져 버리는 게 아니야……. 고통이 끝난 뒤에 바로 그 인간을 버리지 말아야 할 거야……. 하지만 어려운 일이지……. 그들에게 그러니까 모두에게 혁명이란 뭘까? 혁명의 슈티뭉[24]이라는 거 말이야, 너무나도 중요한 거지,

---

24) stimmung. '분위기', '기분', '정취', '정신 상태' 또는 '여론'을 뜻하는 독일어.

그건 도대체 뭘까? 자네 대신 내가 답하지. 사람들은 그게 뭔지 몰라. 왜냐하면 우선은 가난이 너무나도 만연해 있기 때문인데, 단지 돈이 없어서 그렇다는 건 아니야. 하지만 어쨌거나…… 살아남는 건 언제나 저 부자들이고 나머지들은 그러지 못하지…….”

그의 목소리가 단호해졌다. 그는 여전히 뜨듯한 갑판 난간에 두 팔꿈치로 몸을 단단히 기대고는 마치 누군가를 주먹으로 치려는 듯 넓은 자기 어깨를 앞으로 내밀며 말을 끝맺는다.

“이곳은 달라졌어! 상인 지원병25)들이 상황을 예전으로 돌리려고 했을 때 그들 동네에 사흘 동안이나 방화 사건이 계속 일어났지. 전족 때문에 발이 제대로 자라지 못한 여자들이 펭귄처럼 뛰어다녔어.”

그가 멍한 시선으로 잠시 말을 멈추더니, 이어서 말했다.

“하여튼 바보 같기는 예나 지금이나 매한가지라니까……. 뮌헨에서 죽은 사람들26), 오데사에서 죽은 사람들27)……. 다른 희생자들……. 언제나 똑같이 벼엉신 같은 거라고…….”

그는 혐오감을 감추지 않으며 ‘벼엉신’이라고 말한다.

“그들은 마치 토끼들 아니면 그림처럼 그 자리에 있는 거

25) 국민당 활동을 방해할 목적으로 영국 지원 아래 결성된 지원병.
26) 독일 정치가 아이스너가 뮌헨에서 1919년 2월 암살당한 데 대한 보복으로 공산주의자들이 재판 없이 총살당했다.
27) 오데사 항구에 정박해 있던 전함 포템킨이 러시아 황제의 독재에 맞서 일으킨 반란에 오데사 항구의 민중들이 가세하면서 일어난 봉기로 사상자와 부상자 수천 명을 낳았다.

지. 그건 비극적인 게 아니야, 아니고말고……. 벼엉신 같은
짓이라고……. 특히나 그들이 콧수염이라도 달았다면 말이
야. 정말로 죽은 사람들이라고 자꾸 되뇌어야 할 판이라니
까……. 믿을 수가 없으니까…….”

다시 한 번 그가 말을 멈추더니, 쓰러지듯 갑판 난간에 온
몸을 기댄다. 갑판 위 흐릿한 조명 주위로 모기 떼며 벌레들이
점점 더 모여든다. 제대로 보지 않고서도 배에 달린 전구 불
빛이 어른거리는 어두운 강물이며 강둑이 어디쯤인지 짐작된
다. 여기저기 어두운 밤하늘에 뭔지 모를 물체들이 높다랗게
보인다. 아마도 어부들이 쳐 놓은 그물이리라…….

“클라인?”

“바스? 아니 뭐?”

“왜 잠을 청하지 않나?”

“너무 피곤해. 아래는 너무 덥고…….”

나는 기다란 의자를 하나 찾아다가 그의 옆에 펼친다. 그가
아무 말 없이 거기에 드러누워서 고개를 갸우뚱 어깨 위에다
기대 놓더니 잠든 건지 기진맥진한 건지 꼼짝도 않는다. 당직
사관, 인도인 보초들 그리고 나 말고는 다들 잠자리에 들었다.
철책 반대편 중국인들은 자기들 여행 가방을 깔고 누워 있고
백인들은 기다란 의자나 객실에 누워 있다. 엔진 소리가 잦아
들자 잠을 자며 코 고는 소리들, 심부름꾼들이 모기를 쫓으려
고 사방에 피워 놓은 향 때문에 어떤 중국 노인이 발작적으로
쉴 새 없이 헛기침을 해 대는 소리 말고는 더 이상 아무 소리
도 들리지 않는다.

도망치듯 나는 선실로 들어온다. 하지만 잠을 제대로 자지 못해 몽롱한 상태가 계속 이어진다. 두통, 피로, 오한……. 물을 한가득(수도꼭지가 너무 작아서 쉽지는 않았지만) 받아서 세수를 한 뒤에 선풍기를 틀고 선실 창문을 열어젖힌다.

나는 간이침대에 걸터앉아, 별 다른 이유 없이 호주머니 속에 든 종이들을 하나하나 끄집어 낸다. 열대 지방에서 필요한 약품을 선전하는 광고지, 오래된 편지, 해운 회사의 자그마한 삼색기 마크가 그려져 있는 하얀 종이…… 마치 술에 취한 듯 정신이 몽롱한 상태로 그것들을 전부 다 찢은 다음 창밖으로 던져 강물에 띄워 버린다……. 반대편 주머니 속에는 가린이라 불리는 자가 오래전 내게 보냈던 편지들이 있다. 조심하느라 가방 안에 넣고 싶지 않았던 것이다……. 그런데 이건 뭐지? 뫼니에가 나에게 맡겼던 서류 목록이다. 어디 한번 보자. 온갖 것이 다 있군……. 하지만 뫼니에가 서류 가운데에서 별도로 놔두었던 게 여기 둘 있다. 첫 번째 것은 쩡다이에 관한 정보국 기록 사본으로 우리 쪽 요원들 주석이 달려 있는 것이고 두 번째 것은 가린에 관한 홍콩 경찰청의 정보 자료다.

선실 문을 열쇠로 잠그고 문고리를 걸어 또다시 잠근 다음에 나는 셔츠 주머니에서 뫼니에가 나에게 주었던 큼직한 봉투를 꺼낸다. 내가 찾는 서류는 마지막 것이다. 그 서류는 내용이 길고 숫자가 적혀 있다. 첫 번째 페이지 상단에는 긴급 전달이라고 적혀 있다. 게다가 번호가 달려 있다.

호기심에다 불안감 같은 것까지 겹쳐 나는 무슨 말인지 읽어 보기 시작한다. 지난 수 년 동안 나에게 친구였던 그 사람

은 도대체 지금 무엇이 된 것인가? 그를 못 본 지 벌써 오 년이
다. 이번 여행 내내 사람들 말을 통해서건 우리가 접하는 긴급
전보들을 읽어 어렴풋이 알 수 있는 그의 행적을 통해서건 내
기억 속에서 그가 등장하지 않은 날은 단 하루도 없었다…….
나는 우리가 마르세유에서 잠시 이야기를 나누었던 때를 생
각하며 그의 모습을 상상해 보는데, 연속해서 생각나는 그의
얼굴들이 하나로 겹쳐지면서 어떤 얼굴이 떠오른다. 속눈썹
이 거의 없고 강인해 보이는 커다란 회색 두 눈, 살짝 삐죽하
게 굽은 코,(그의 어머니는 유태인이다.) 양쪽 뺨에 가늘고 선명
하게 주름이 패어 마치 로마인들의 조각상에서 보통 볼 수 있
는 양끝이 아래로 처진 얇은 입술. 그 얼굴에 생기를 불어넣는
것은 날카로우면서도 뚜렷한 윤곽이 아니라 조금 강인한 인
상을 주는 턱의 움직임에 따라서 팽팽히 당겨지는 입술, 나약
한 데라고는 조금도 찾아볼 수 없는 그의 입술이다. 정력적이
고 신경질적으로 보이는 입매…….

피곤한 상태지만 불어로 내가 천천히 읽는 문장들 하나하
나가 나에게 추억을 불러일으키고 추억들은 무리 지어 연이
어 떠오른다. 목소리가 방 안에 울려 퍼진다. 오늘 밤 내 안에
는 자기 꿈을 좇는 주정뱅이라도 있는 듯하다…….

피에르 가랭, 일명 가린 또는 아린. 1892년 11월 5일 제네바
에서 스위스인 모리스 가랭과 그의 아내, 러시아인 소피아 알렉
산드로브나 미르스키 사이에서 출생.
무정부주의 활동가. 무정부주의자들이 일으킨 사건에 가담

한 명목으로 1914년 파리에서 유죄를 선고받음.

그렇지 않다. 그가 '무정부주의 활동가'였던 적은 단 한 번도 없었다. 1914년은(그가 고작 스무 살이었을 때) 문학 공부를 끝낸 지 얼마 되지 않았을 때고, 또한 문학 공부를 통해서 알게 된 위대한 인물들의 저항으로부터 받은 영향이 여전히 남아 있었던 터라("쓸 만한 가치가 있는 책이란 회상록 말고 도대체 무엇이 있을까?"라는 말을 그는 늘 하곤 했다.) 체제에는 관심도 없었고 상황이 그에게 요구한다면 무엇이든 선택하기로 마음먹고 있었다. 무정부주의자들과의 교류에서 자신이 경찰 끄나풀들을 만난다는 걸 알았음에도, 그가 무정부주의자들과 극단적인 사회주의자들에게서 찾으려고 했던 것은 혼돈의 시대가 주는 희망이었다. 어떤 모임에서 돌아온 그가(순진하게도 그는 그곳에 바클레이 라벨이 붙은 모자를 쓰고 갔었다.) 자신이 만났던 소위 인류의 행복에 기여한다고 자처하는 사람들을 경멸하는 투로 빈정거리며 하는 말을 들은 적이 수차례 있었다. "그 천치들이 주장하는 건, 지들이 옳다는 거뿐이야. 이런 경우 우스꽝스럽게 흉내나 내지 않으려면 방법은 단 하나뿐이지. 자기 힘을 가장 효과적으로 발휘하는 거라고." 이런 생각은 당시 널리 유행하고 있었고, 특히나 생쥐스트[28]에 완전히 심취해 있던 그의 상상력에 영향을 미쳤다.

---

28) 루이 앙투안 드 생쥐스트(1767~1794). 프랑스 대혁명 말기 활약한 급진파 정치가.

사람들은 그를 흔히 야심가라고 생각했다. 진정한 의미에서의 야심이란 그것의 대상을 실행해야 할 구체적 행동 차원에서 인식할 때만이다. 그런데 그는 계속해서 정복을 갈망하기에도 그것을 준비하기에도 자기 삶과 그것을 동일시하기에도 여전히 역부족이었다. 그의 지성뿐 아니라 그의 성격도 필요할 때마다 술수를 부리기에 적합하지 않았다. 하지만 그는 자신 안에서 권력의 필요성, 끈질기고 흔들리지 않는 욕구를 느끼고 있었다. "우두머리를 만드는 건 영혼이 아니라 정복이라니까." 그가 언젠가 나에게 그렇게 말하고 나서 빈정거리는 투로 "불행히도 말이야."라고 토를 단 적이 있었다. 그러고는 며칠 후에(그는 나폴레옹의 『세인트헬레나 회상록』을 읽고 있었다.) "특히 우두머리 영혼을 유지시켜 주는 게 바로 정복욕이지. 세인트헬레나에서 나폴레옹은 심지어 이렇게 말했다니까. '어쨌거나 나의 인생은 파란만장한 한 편의 소설이 아닌가……!' 천재도 썩는 거야……."

그는 자신을 부추기는 소명감이 다른 많은 사람들에게서처럼 사춘기에 잠시 반짝이는 것이 전혀 아니라는 사실을 알았다. 왜냐하면 그는 그것을 위해 자기 인생을 포기했고 그것 때문에 일어나는 모든 위험을 감수했기 때문이었다. 권력을 통해서 그는 돈도 존중도 존경심도 바라지 않았으니, 권력이 아닌 그 무엇도 원하지 않았던 것이다. 꿈꾸듯 덧없는 욕망에 사로잡혀 그가 권력을 열망할 때조차도 그것은 거의 그의 몸에 배어 있을 정도였다. '쓸데없는 말'이 아니라 일종의 경련이고 팽팽한 긴장감이며 기다림과도 같은 것이었다. 튀어 오르기

일보직전에 웅크린 동물의 우스꽝스러운 모습이 그를 사로잡고 있었다. 그래서 그는 결국 권력의 행사를 안도감이나 해방감과도 같은 것으로 여기고 말았다.

그는 노름에 빠지듯 자신을 내걸 생각이었다. 그는 용감했기 때문에 전부를 잃는다 하더라도 결국 죽기밖에 더하겠느냐는 생각이었고 한창 젊다는 사실이 걱정을 덜어 주었다. 한편 만약 이긴다 하더라도 자신이 얻는 게 무엇일지는 구체적으로 생각도 하지 않고 있었다. 사춘기 시절의 막연한 희망이 서서히 뚜렷한 의지로 변했지만 나이가 스무 살인데도 경험없이 얻은 피상적인 지식뿐이었던 그는 폭력적인 면이 여전히 남아 있는 자기 성격을 제대로 통제하지도 못하고 있었다.

하지만 곧이어 그는 인생과 거칠게 부딪히지 않을 수 없었다. 어느 날 아침 로잔에서 나는 어떤 친구로부터 편지 한 통을 받았는데 피에르가 낙태 사건의 용의자로 혐의를 받고 있다는 내용이었다. 그리고 이틀 후에 나는 그에게서 편지를 받고 정황을 좀 더 상세히 알 수 있었다.

산아 제한을 옹호하는 선전이 무정부주의자들 사이에서 활발했지만 신념에 따라서 인위적으로 낙태를 유도하고자 했던 산파들은 대단히 적었기에 타협안이 제기됐다. 산파들은 '정당한 이유에 따라서' 낙태를 유도하지만 사례비를 받는다는 것이었다. 그런데 사실 피에르는 신념 반 허세 반으로, 가난한 젊은 여성 혼자서는 도저히 구할 수 없는 액수를 지불해 준 적이 여러 차례 있었다. 그에게는 어머니로부터 물려받은 적지 않은 재산이 있던 것인데 경찰은 조사 과정에서 그 점을 간과

하고 있었다. 사람들은 말만 하면 그가 들어준다는 사실을 알았고 그에게 어려운 부탁을 자주 했던 것이다. 누군가의 밀고로 산파 여러 명이 검거되었고 그는 공범으로 기소됐다.

우선 그는 망연자실했다. 자신이 한 일이 불법이라는 사실을 몰랐던 것은 아니지만 중죄 재판소에서 그 같은 종류의 행동에 가해진 말도 안 되는 재판이 그를 아연실색하게 했다. 더욱이 그는 그 같은 재판이 가능하다는 것을 도무지 이해할 수가 없었다. 그 당시 나는 그를 자주 만날 수 있었는데 그가 가석방 상태로 풀려 나왔기 때문이다. 대질 심문도 그에게는 관심 밖이었다. 그는 아무것도 부인하지 않았다. 턱수염을 기른 어떤 예심 판사는 매사에 심드렁할 뿐 아니라 무엇보다도 비유적인 법률상 표현으로 사건을 단순화하는 데 정신을 쏟고 있어서 그에게 예심은 한심한 수준으로 문답하는 자동 인형과의 싸움처럼 보였다.

그러던 어느 날 판사의 질문을 하나 받자마자 곧이어 그가 "무슨 상관이죠?"라고 되물었는데 판사는 "아니! 이 점은 형집행과 무관한 게 아닌데……."라고 대답했다. 이 대답이 그를 혼란스럽게 했다. 실제로 유죄 선고를 받을지도 모른다는 생각이 들었던 적은 단 한 번도 없었기 때문이다. 그래서 그는 비록 용기도 있었고 그에게 판결을 내려야만 하는 이들을 경멸하기도 했지만 자신에게 유리하도록 손쓸 수 있는 모든 사람들이 중재에 나서도록 노력을 다했다. 이렇듯 더럽고 가소로우며 자신이 선택하지도 않았던 카드에 자기 인생을 건다는 게 참을 수 없었기 때문이다.

나는 로잔에 발이 묶여 그의 재판에 참석하지 못했다.

재판이 진행되는 내내 그는 비현실적인 광경이 펼쳐진다는 인상을 받았다. 꿈속 같은 것이 아니라 이상한 희극, 약간 비열하고 허황된 것투성이인 희극을 보는 듯한 느낌 말이다. 중죄 재판소만큼이나 합의한 듯한 인상을 줄 수 있는 곳은 오직 연극뿐이다. 배심원들이 요구한 판결문을 재판장이 피로에 지친 학교 선생 같은 목소리로 읽자, 평정을 유지하던 장사꾼 열두 명이 놀라고 갑자기 감격에 겨워 하며 정의에 따라 한 치 실수도 없이 열의를 다해 판결을 내리겠다며 각오를 다지는 모습이 역력한 데 그는 깜짝 놀랐다. 자신들이 판결을 내리려는 사건에 대해서 아는 거라고는 아무것도 없을지도 모른다는 생각은 그들을 조금도 동요시키지 않고 있었다. 추호도 의심하지 않는 일부 증인들, 주저하는 다른 사람들, 재판장이 심문하는(문외한들 사이에서 전문가가 보이는 듯한) 태도 그리고 변호인 측 증인들에게 말할 때 그가 드러내는 반감 등 모든 것들이 피에르에게는 현재 진행 중인 사건들과 이러한 의식에 관련이 거의 없다는 사실을 보여 주었다. 처음에 그는 과도하리만치 관심을 기울였다. 변론술이 그에게 흥미진진했기 때문이었다. 하지만 곧 싫증이 났고, 그러자 마지막 증인들 심문이 진행되는 동안 그는 미소를 지으며 생각을 했다. '심판을 한다는 건 필시 이해하지 않는다는 것이다. 왜냐하면 만일 우리가 이해를 한다면 판결을 내릴 수 없을 것이기 때문이다.' 그리고 재판장과 검사가 이 사건의 결과를 배심원들이 모두 다 잘 아는 범죄의 개념으로 몰고 가려고 애쓰는 게 그에게는 어찌나 우스꽝스러운 흉내 내기로 보였던지 그는 어느 순간 웃음을 터뜨리기 시작했다. 그러나 바로 그 공간에서 정의란 너무나 막강한 것이었기 때문에, 또한 법관, 헌병, 방청객 들이 어찌나 한마음으로 똘똘 뭉쳐 있던지 분노가 들어설 자리는 그 어디에도 없었다. 자기 웃음이 무시당하자 피에르는 광신적인 군중 앞에서, 인간의 부조리가 속속들이 드러나는 현장 앞에서 느낄 수 있는 그런 비통한 무력감과 경멸 그리고 환멸을 동시에 느끼지 않을 수 없었다.

그는 자신의 엑스트라 역할에 짜증이 났다. 멍청한 관객이 동의한 터무니없는 가짜 심리극에 어쩔 수 없이 떠밀려 들어가서 단역 배우 노릇이나 하는 듯한 기분이었다. 넌더리가 나고 기진맥진해져서 그들이 틀렸다고 말하고 싶은 마음까지 상실한 그는 체념이 뒤섞인 초조함으로 연극이 어서 빨리 끝나 고역에서 해방되기만을 기다렸다.

자기 감방에 홀로 있게 되었을 때에야(심리가 있기 이틀 전에 그는 그곳에 수감되었다.) 심리의 특징이 그에게 중압감으로 다가오기 시작했다. 그 순간 그는 그것이 재판임을 이해한 것이다. 자기 자유가 그 재판에 달려 있으며 의미 없는 그 희극은 수치스러운 애벌레와도 같은 생활을 끝없이 하도록 자신에게 유죄 판결을 언도하면서 막을 내릴 수도 있는 것이었다. 감옥이 어떤 곳인지를 알게 되면서부터 충격은 덜했지만, 처지가 좋아지리란 희망이 전혀 없는 것은 아니라도 제법 긴 세월을 이렇게 보낸다고 생각하니 자기 안에 불안감이 솟구치는 걸 막을 도리가 없었고, 그러면 그럴수록 그는 자신이 더욱더 무력해지는 것을 느꼈다.

　육 개월 징역형을 언도받음.

　과장은 하지 말자. 피에르가 나에게 보낸 전보에 따르면 그
는 집행 유예를 선고받았다.
　다음은 그가 나에게 보냈던 편지 내용이다.

　나는 사회가 나쁘다고도 개선될 가능성이 있다고도 보지 않
아. 나는 사회가 부조리하다고 생각하지. 이건 정말 다른 거야.
내가 이 머저리들로부터 무죄를 선고받기 위해서 아니 적어도
석방되기 위해서 내가 할 수 있는 모든 것을 한 건 내가 내 운명
때문에라도(내가 아니라 내 운명 때문에라도) 그런 우스꽝스러운
이유로 감옥살이를 할 수는 없다고 생각했기 때문이네.
　부조리해. '상식적이지 않다.'라는 말은 조금도 하고 싶지 않
아. 이런 세상을 바꾼다는 건 내 관심 밖이야. 나에게 충격적인
건 이 사회에 정의가 부재한다는 사실이 아니라 무언가 더 심각
한, 다시 말하자면 그것이 무언이건 간에 나는 어떤 형태의 사
회도 지지할 수가 없다는 것이지. 나는 무신론자인 만큼이나 반
사회적인 사람일세. 만일 내가 학자라면 이 모든 건 조금도 중
요하지 않았겠지. 하지만 확실한 건 평생에 걸쳐서 나는 사회
질서를 필요로 할 테지만 나라는 사람 전부를 포기하지 않는 한
결코 그 질서를 받아들일 수 없을 거라는 거야.

곧이어 그는 이렇게 썼다.

다른 무엇보다도 강렬한 열정, 정복해야 할 대상들은 더 이상 안중에도 없는 열정이 하나 있지. 완벽히 필사적인 열정. 권력의 가장 강력한 버팀목들 가운데 하나 말일세.

1914년 8월 프랑스 군대 소속 외인부대로 파병. 1915년 말 탈영.

그렇지 않다. 그는 외인부대에 파병된 것이 아니다. 그는 자원입대했다. 구경꾼으로 전쟁에 참가한다는 건 그에게 있을 수 없는 일로 보였던 것이다. 분쟁의 시작이야 머나먼 곳이었고 그에겐 관심도 없었다. 독일군의 벨기에 침공은 그에게 전쟁의 명확한 의미를 증언하는 것으로 보였다. 그래서 그는 외인부대를 선택했는데 오로지 전쟁에 투입되기가 쉽다는 이유 때문이었다. 그가 전쟁에 기대했던 것은 전투였다. 하지만 그는 포성 가운데에서 꼼짝도 못하는 무기력한 인간 수백만 명을 보았다. 그는 부대에서 도망치려는 생각을 오랫동안 품었고 그 생각은 참호 소탕에 쓰일 신형 무기가 지급되던 어느 날 결심으로 굳었다. 그때까지 외인부대 대원들은 필요할 경우 단도를 지급받았는데 아직은 전쟁용 무기처럼 보였다. 하지만 그날 그들이 새로 받은 칼은 나무로 된 밤색 손잡이에 칼날이 넓어서 끔찍할 뿐 아니라 역겹게도 마치 식칼과 유사했던 것이다……

나는 어떻게 그가 외인부대를 탈출해서 스위스에 도착할 수 있었는지 모른다. 그러나 그 당시 그가 대단히 신중하게 행동했다는 것만은 분명한데 그가 서류에 실종자로 기재돼 있었기 때문이다. 그렇기 때문에 영국 측 기록에 탈영이라고 기록된 것을 나는 의아하게 생각한다. 이제 와서 그가 자기 탈영을 비밀에 부칠 하등의 이유도 없고…….

각종 투기로 재산을 탕진.

그는 늘 도박을 했다.

외국어에 조예가 있어 취리히에서 평화주의 노선 출판사를 운영. 그곳에서 러시아 혁명가들과 교류.

스위스 남자와 러시아 여자 사이에서 태어난 그는 독일어, 프랑스어, 러시아어뿐만 아니라 영어도 중학교에서 배워 이미 할 줄 알았다. 그가 출판사를 운영한 것은 아니었고 어떤 회사의 번역부를 맡고 있었는데 그 회사의 출판물들이 원칙적으로 평화주의를 내세우고 있지는 않았다.

경찰 보고서에 기록된 것처럼 그는 몇몇 볼셰비키 조직 젊은이들과 자주 만나고 있었고 이번에는 자신이 선동가들이 아니라 전문가들과 상대하고 있음을 재빨리 알아차렸다. 그 조직은 모르는 사람에게 그리 호의적이지도 않았다. 하지만 그들 사이에서는 그의 재판에 대한 기억이 아직도 남아 있었고 그 덕에 그는 귀찮은 존재로 취급받지 않을 수 있었다. 하지만 행동으로 맺어진 사이가 아니다 보니(그는 당원이 되기를 원하지 않았는데 당의 규율을 견딜 수 있을 것 같지도 않았고 혁명이 도래할 거라는 믿음도 없었기 때문이다.) 그는 구성원들과는 동지 관계만 유지하고 있었다. 그는 지도자들보다는 젊은이들에게 관심이 갔다. 지도자들에 대해서는 그들의 연설만 들어 알 뿐이었는데 담배 연기 자욱한 작은 카페에서 탁자들마다 하나같이 엎어지듯 몸을 기댔지만 얼굴만은 잔뜩 긴장된 스무 명가량 되는 동지들 앞에서 대화하듯이 진행되는 것이었다. 그는 레닌을 한 번도 본 적이 없었다. 그는 볼셰비키들이 갖고 있는 봉기에 대한 취미와 기술에 매료됐지만 그들의 교조적인 어휘며 특히나 그들이 심취한 교조주의 앞에서는 분노하지 않을 수 없었다. 사실 그는 혁명 정신이란 혁명이 태동할 때만 일어날 수 있으며 혁명이란 무엇보다 일련의 상황이라고 생각하는 유형이었다.

따라서 러시아 혁명이 일어났을 때 그는 대단히 놀라지 않을 수 없었다. 그의 동지들은 그가 러시아에 올 수 있는 자금을 마련하겠노라고 약속하며 하나둘씩 취리히를 떠났다. 그에게 러시아에 간다는 건 필요할 뿐 아니라 당연한 걸로 여겨졌다. 그래서 자기 동지들 가운데 하나가 떠날 때마다 그는 배웅하면서 부러움보다는 무언가 빼앗겼다는 우울한 생각을 떨칠 수 없었다.

10월 혁명이 시작되면서부터 그는 러시아행을 간절히 바랐다. 그래서 여러 차례 편지를 썼지만 당 지도부에게는 스위스에서 온 편지에 답하고 아마추어에게 도움을 청하는 것 말고도 다른 할 일들이 있었다. 그래서 그는 씁쓸한 분노를 맛봐야 했다. 그는 나에게 이렇게 편지를 썼었다.

열정적인 사람들, 어떤 사상에 사로잡힌 사람들, 자기 자식에게 집착하는 사람들, 마치 자기 사지를 애지중지하듯이 자기 돈, 여자, 심지어는 희망에 애착을 품는 사람들을 나는 분명히 보았다네. 마치 귀신에 홀리듯이 중독돼서 만사를 잊은 채 열정을 쏟는 대상을 옹호하고 그 뒤만 따르는 사람들 말이야……! 만약 내가 백만을 원한다고 하면, 사람들은 내가 욕심 많은 사람이라고 생각할 거야. 한데 1억을 원한다면 그들은 내가 허황되긴 하지만 대단한 사람이라고 생각할 테지. 그런데 내가 만약 나의 청춘을 도박판 카드로 여긴다면 사람들은 나를 불행한 데다 허튼 생각이나 하는 사람으로 취급할 거야. 그런데 나는 지금 그 도박을 하는 거라고. 마치 어떤 가난한 녀석이 돈을 잃는다면 자살할 작정을 하고 몬테카를로 도박장에서 한판 놀음을 할 수도 있는 것처럼 말이야. 만일 속임수를 쓸 수 있다면야 그렇게 하고말고. 사랑에 빠진 남자가 애정을 고백하면서 그 여자가 자신에게 관심 없다는 것을 알아차리지 못하는 건 지극히 당연한 거지. 바라는 게 큰 만큼 착각할 수도 있으니까. 하지만 목숨을 걸었다면 틀릴 수 없지. 그건 단순한 것 같기도 해. 그래서 말인데 자기 운명을 놓고 각오를 단단히 세우는 것보다 그날그날의 걱정, 일상의 희망 또는 하루하루의 꿈을 두고 자기 각오를 다지는 게 신중해 보이거든……. 어쨌거나 내가 추구하는 걸 이루어 낼 수 있을 거야. 어떻게든 여행 경비 중에서 가장 급한 것만이라도 구할 수 있다면 좋겠는데 말이야, 바보같이 내가 다 날려 버렸다니까……!

1918년 말 인터내셔널[29]이 광저우로 파견.

엉터리다. 그는 고등학교에서 내 친구였던 랑베르를 알았는데 그는 우리들보다 나이가 많았고 그의 부모님은 공무원이었으며 하이퐁[30]에서 장사를 하시던 우리 부모님과는 친구이기도 했다. 당시 하이퐁에서 살던 거의 모든 유럽 아이들과 마찬가지로 랑베르도 광둥 출신 유모 손에서 자라서 나처럼 광둥어를 구사했다. 1914년 초엽 그는 통킹[31]으로 떠났다. 하지만 식민지 생활에 곧 염증을 느낀 그는 중국 본토에 정착했고, 그곳에서 쑨원의 부하 가운데 하나로 있으면서 전쟁이 선포되었는데도 군에 입대하지 않았다. 그는 피에르와 계속해서 연락을 주고받고 있었으며, 피에르가 광저우로 올 방편을 마련해 주겠노라고 오래전에 약속했었다. 그 약속을 전적으로 믿었던 것은 아니지만 피에르는 한자를 (어려워 좌절하면서도) 배웠다. 그러던 1918년 6월 어느 날 그는 랑베르에게서 편

---

29) 1864년 런던에서 창립된 노동자들의 최초 국제 조직으로서 정식 명칭은 국제 노동자 협회다. 마르크스주의를 각국에 보급하는 등 국제 사회주의 운동에 큰 영향을 미쳤다.
30) 베트남 북부에 위치한 도시.
31) 베트남 북부 홍하(紅河)의 삼각주.

지 한 장을 받았다.

　　혹여 유럽을 떠날 작정이라면 나에게 알려 주게. 내가 자네
를 여기로 부를 수 있겠어. 매달 800달러네.

　그는 곧바로 답장을 보냈다. 그리고 11월 말 휴전 협정이
체결된 이후 그는 편지를 한 차례 더 받았는데 그 안에는 마르
세유에 있는 어떤 은행이 발급한 수표 한 장이 들어 있었고 그
액수는 여행 경비를 조금 웃도는 것이었다.
　나에겐 당시 돈이 약간 있었다. 나는 마르세유까지 그와 함
께 갔다.
　도시를 정처 없이 천천히 돌아다니며 보낸 하루. 무슨 일이
든 허락될 것만 같은 지중해 분위기, 창백한 겨울 햇살이 환하
게 비추는 거리들 그리고 아직은 군 복무 중인 군인들이 입은
푸른색 군용 외투들이 드문드문 눈에 띄고……. 그의 얼굴 이
목구비는 그리 변하지 않은 채였다. 그러나 전쟁은 특히나 그
의 뺨 위에 흔적을 남겨, 야위고 긴장감이 역력한 데다 세로로
자잘한 주름이 잡혀 있어 회색 눈동자의 강인한 빛, 얇은 입술
이 만드는 곡선 그리고 양 입가에 이어지는 깊이 팬 주름을 더
두드러져 보이게 한다.
　오래전부터 우리는 이런저런 이야기를 나누며 길을 걷고
있다. 그를 지배하는 감정은 초조함이다. 그가 아무리 감추려
해도 초조함이 그의 몸짓 하나하나마다 배어 나오고 더듬거
리는 그의 말투에서 어쩔 수 없이 드러난다.

"자넨 회한이라는 게 뭔지 정말 아나?" 느닷없이 그가 묻는다.

나는 당황해서 걸음을 멈춘다.

"진짜 회한 말이야, 책이나 연극 따위 감정이 아니라, 자신을, 그러니까 자신의 지난 시절에 대해서 비난하는 감정 말일세. 엄청난 행동의 결과로만 생겨나는 감정이지. 더군다나 그런 엄청난 행동들이란 우연히 벌어지는 게 아니고⋯⋯."

"그게 뭐냐에 따라 다르지."

"그렇지 않아. 사춘기 시절의 경험으로 그런 감정을 이미 끝내 버린 어른에게 뼈저린 후회란 배움을 통해서 무언가를 얻어 낼 줄 모른다는 사실에 불과해⋯⋯."

그리고 내가 돌연 놀라는 모습을 확인하고는 말한다.

"내가 자네에게 이런 말을 하는 건 러시아 사람들을 염두에 두어서야."

아니나 다를까 우리는 방금 전에 러시아 소설을 진열해 둔 서점 앞을 지났다.

"그들이 쓴 책에는 흠이 하나 있는데, 회한이라고도 할 수 있는 거야. 그 작가들한테는 하나같이 결점이란 게 있어. 그건 단 한 번도 살인을 저질러 본 적이 없다는 거지. 만일 그들 소설의 등장인물이 살인을 저지르고 나서 괴로워한다면 그렇게 했는데도 그들이 보기엔 세상이 거의 변하지 않았기 때문이라고. 분명히 말하자면 '거의' 말이야. 그렇지만 사실을 말하자면 세상이 완전히 변해서 그들의 시각이 달라지고 결국엔 '범죄를 저지른' 인간의 세상이 아니라 살인을 저지른 인간의 세상이 되는 걸 그들이 경험한다고 나는 생각하네. 변하지 않는(자네가 원한다면 '충분하진 않더라도'라고 해 두지.) 세상이란 거, 나는 그런 세상의 진실이란 믿을 수가 없어. 살인자에게 범죄란 없어, 오로지 살인만이 있을 뿐이라고. 하기야 살인자가 명석한 사람이라야 그렇겠지만."

"일리 있는 생각이긴 한데 조금 발전해 본다면……."

그러자 잠시 침묵을 지키다 그가 다시 말을 시작한다.

"제아무리 자신을 뛰어넘는다고 할지라도 말하는 것만큼 그런 건 절대로 아니지. 무엇이 되었건 어떤 큰일에 가담한다는 것 그리고 그 일에 사로잡혀서 그것에 중독돼 버린 듯 그 끈을 놓지 않는다는 건 어쩌면……."

하지만 그는 어깨를 으쓱하더니 그냥 말을 말아 버린다.

"자네에게 신앙이 없다는 게 유감이로군, 선교사가 될 수도 있었을 텐데…… 그것도 훌륭한……."

"그렇지 않아! 왜냐하면 우선 나는 내가 비천하다고 부르는 것들에 모욕감을 느끼지 않거든. 그런 것들은 인간의 일부분이니까. 겨울이면 추위를 느끼듯이 나는 그것들을 인정하는 거라고. 그런 것들을 어떤 법 아래 두고 싶지가 않아. 그리고 내가 나쁜 선교사였을 거라는 건 또 다른 이유 때문이야. 나는 인간을 좋아하지 않아. 나는 가난한 사람들, 민중 그러니까 내가 투쟁을 하러 떠나는 이유가 되는 그들을 사랑하지 않는다고……."

"그들을 다른 사람들보다는 좋아하지, 그러니 결국 마찬가지인 거야."

"절대로 그렇지 않다니까."

"뭐라고, 절대 그렇지 않다니? 자네가 그들을 더 좋아하지 않는다는 건가, 아니면 마찬가지가 아니라는 건가?"

"그들을 더 좋아하기는 하지만 그건 오로지 그들이 패배자들이라는 이유 단 하나 때문이야. 그래, 전체를 놓고 본다면야 그들이 다른 사람들보다 인정 있고 인간적이지. 그게 패배자들의 미덕이야……. 정말 확실한 건 부르주아인 내가 부르주아에 대해서는 증오로 가득 찬 혐오감만이 있다는 거야. 하지만 부르주아가 아닌 다른 이들에 대해서 내가 너무나 잘 아는 것이란 우리가 함께 승리를 쟁취하자마자 그들이 비열해질 거라는 사실이지……. 우리의 공통점이란 우리의 투쟁일 뿐이라고. 하기야 그보다 확실한 게 없지……."

"그렇다면 자네는 왜 떠나나?"

이번에는 그가 자리에 멈춰 선다.

"자네가 바보가 되기라도 했다는 건가?"

"그럴 리야 있겠나. 그렇다면 다들 알아차렸을 텐데."

"내가 떠나는 이유는 바보 같은 짓으로 법정에 가고 싶지가 않아서야. 설령 진지한 이유라 할지라도 말이야. 내가 신경 쓰는 건 내 인생이 아니라고. 그건 분명하고 확실하며 확고해. 내가 원하는 건 말이야.(자네 듣고 있나?) 어떤 분명한 형태가 있는 권력이야. 그걸 내가 손에 넣거나, 그러지 않으면 어쩔 수 없는 거지, 뭐."

"그러지 않으면 그저 어쩔 수 없다는 건가?"

"만일 쟁취해 내지 못한다면 나는 다시 시작할 걸세. 여기

든 다른 곳이든 말이야. 그리고 만약 내가 죽어 버린다면 문제
는 해결되는 거겠지."

그의 짐은 이미 배로 옮겨진 뒤였다. 우리는 힘껏 악수했고
그는 바로 들어갔는데 그곳에서 그는 사람이 없어서 주문도
하지 못하고 책을 읽기 시작했다. 부두에서는 이탈리아 계집
애들이 구걸을 하며 노래를 부르고 있었는데 그 노래들은 그
곳에서 멀어지는 내내 여객선에 새로 칠한 페인트 냄새와 함
께 나를 따라왔다.

　쑨원이 매달 봉급을 800달러 주는 조건으로 그를 '법률 고
　문'에 채용. 우리 측이 광둥 정부에 전문가 파견을 거부한 이후
　선전부의 재조직과 책임을 맡음.(그의 현재 직책.)

광저우에 도착했을 때 그는 자신이 매월 멕시코 달러로
800불을 받게 되리라는 것을 알았고 실제로도 대단히 기뻐했
다. 하지만 삼 개월이 흐른 뒤에 그가 알 게 된 것은 쑨원 정부
에 소속된 민간인과 군인 봉급 지급이 상당히 불확실하다는
사실이었다. 너 나 할 것 없이 공금을 횡령하거나 '수완'을 부
려 살아가는 형편이었다. 그는 아편 밀매꾼들에게 선전부 산
하 비밀 공작원 신분증을 발급해서 그들이 경찰들 눈에서 안
전할 수 있도록 해 주는 식으로 칠 개월 만에 금화 10만 프랑
을 벌었다. 그러자 그는 이제는 예기치 못한 어려움에 처할 걱
정을 더 이상 하지 않아도 되었다. 그리고 삼 개월 뒤 랑베르
는 광저우를 떠나면서 그저 흉내 내기에 불과하던 선전부 책

임을 그에게 맡겼다.

자기 직책이 확고해짐에 따라 더 이상 불안할 필요가 없어
지자 피에르는 희극 오페라단 사무실 같은 선전부를 변화시
켜 하나의 군대로 만들고 싶었다. 그는 자신이 맡은 자금에 대
해서 엄격한 관리 체제를 세웠고 자기 부하들에게 충성을 요
구했다. 그래서 결국 그는 부원들 거의 모두를 교체하지 않을
수 없었다. 그러나 그의 노력을 유심히 지켜보던 쑨원의 약속
에도 새로이 고용된 관리들은 봉급을 받지 못했고 여러 달 동
안 피에르는 선전부원들에게 봉급을 지급할 방도를 찾느라
날마다 동분서주하지 않을 수 없었다. 그는 선전부에 정치 경
찰을 귀속한 적이 있었는데 도시 비밀경찰의 관리권 또한 얻
어냈다. 그리고 법령을 완전히 무시한 채 아편 밀매꾼에게 불
법 조세로 타격을 입혀 선전부 존재를 확고히 했다. 이런 이유
로 홍콩 경찰청은 다음과 같이 적고 있다.

정력적인 인물이나 도덕성 결여.

도덕성이라는 단어에 넋을 잃을 정도다.

유능한 협력자들, 더구나 모두를 인터내셔널에 소속된 인물
로 선발.

실제 상황은 그보다 훨씬 복잡하다. 너무나도 오랫동안 원
하고 꿈꿔 왔던 도구를 자기 손으로 만들어 냈다는 사실을 깨

닫자 그는 그것이 부서지지 않도록 하는 데 최선을 기울였다. 그렇지 못할 경우 호의적인 쑨원이 주저 없이 그를 내쳐 버릴 수도 있음을 잘 알았기 때문이다. 그래서 그는 난폭하게 행동하기보다는 가능한 한 끈기 있게 처신했다. 그는 국민당 젊은 이들로 둘러싸여 있었는데 그들은 미숙하고 광신적이었기에 시베리아와 중국 북부 지방에서 기근을 피해 도망쳐 나온 러시아 정보 요원들, 더군다나 그 수가 점차 늘고 있는 요원들 도움을 받아 그들을 훈련했다. 쑨원과 보로딘이 상하이에서 만나기 전[32], 모스크바 인터내셔널이 취리히에서 알고 지내던 일들을 상기시키면서 피에르에게 미리 어렴풋이 알려 주었기 때문이다. 인터내셔널은 그가 조직에 봉사할 각오가 서 있다고 보았던 것이다. 한편 그는 자신이 바라던 혁명 조직을 광저우에 세우고, 더 나아가 행동을 취하지 못하는 중국인들의 막연한 생각을 불굴의 의지로 변화시키는 데 결정적으로 필요한 수단은 인터내셔널에만 있다고 생각했다. 그래서 피에르는 자신에게 있던 미약한 영향력을 발휘하여 쑨원을 러시아와 가까워지도록 한 다음에 보로딘이 광저우에 도착했을 때 아주 자연스럽게 보로딘의 협력자로 자처했다.

보로딘이 도착한 뒤 처음 몇 달 동안 나는 피에르가 보내온 편지의 어투를 통해서 (드디어) 대대적인 행동이 준비 중이라는 사실을 알 수 있었다. 하지만 그 뒤로 서신 왕래가 점차 뜸

---

32) 국민당과 공산당 사이의 1차 국공 합작을 낳은 공식 선언은 1923년 상하이에서 있었다.

해졌기에 나는 '형편없는 광둥 정부'가 영국을 상대로 투쟁에 들어가 단일한 중국 재건을 꿈꾼다는 사실에 대단히 놀랐다.

피에르는 육 년 전에 랑베르가 그에게 그렇게 했던 것처럼 파산한 내가 광저우에 올 수 있도록 편의를 마련해 주었는데 당시 나는 광저우와 홍콩 간의 투쟁을 단지 극동 라디오 방송을 통해서만 접하고 있었다. 더군다나 내가 받은 첫 지령들은 내가 실론[33]에 잠시 기항하는 동안 콜롬보[34]의 국민당 대표를 통해서 받았던 것이었다. 열대 지방답게 많은 비가 쏟아지는 날이었다. 내가 나이 든 광둥 노인의 말을 듣는 동안, 우리가 탄 자동차는 낮게 깔린 안개 속을 달렸다. 빗물이 줄줄 흘러내리는 종려나무 잎사귀들이 자동차의 뿌연 앞창과 부딪히며 소리를 냈다. 나는 내가 듣는 말들이 현실, 투쟁, 죽음, 불안 등을 의미한다는 사실을 이해하는 데 애써야 했다……. 배로 돌아온 나는 바에 앉아서도 그 중국인 이야기에 놀란 마음이 가라앉지 않자 피에르가 보낸 마지막 편지들을 다시 읽어 보고 싶다는 생각이 들었다. 지도자로서 그의 역할이 나에게 점차 현실로 다가오기 시작했기 때문이다. 그리고 지금 여기 침대 위에 편지들을 펼쳐 놓자 꿈쩍도 않는 먹구름을 뚫고 솟아오른 실론의 잿빛 고원에 길게 에워싸인 바다가 빗줄기를 맞으며 이 하얀 선실 안으로, 내 친구의 흐릿한 모습을 둘러싸고 있는 또렷하거나 어렴풋한 수많은 추억들 사이로 들어오고 있다…….

---

33) 남부 아시아 인도의 남쪽 인도양에 있는 섬나라. 스리랑카로 알려져 있는 국가의 옛 이름.
34) 스리랑카의 행정 수도.

자네가 오기를 내가 얼마나 바랐는지 알겠지. 하지만 자네와 헤어지던 당시 내가 품었던 희망을 실현시켜 주는 삶을 이곳에서 찾으리라고 기대하지는 말게. 내가 꿈꿨고 지금 나에게 있는 권력은 오로지 농사꾼 같은 노력, 지칠 줄 모르는 활동력, 우리에게 부족한 거라면 사람이건 정보건 상관없이 가져다가 우리가 보유한 것을 보강하려는 계속적인 의지로만 쟁취할 수 있는 거야. 어쩌면 이런 내 글에 자네는 놀랄 테지. 나에게 부족하던 끈기를 이곳 동지들에게서 찾을 수 있었고 이제는 나도 그걸 갖췄다고 보네. 나의 이런 힘은 나와 직접적으로 이해관계에 있지 않은 일들에 대해서 내가 그 어떤 양심의 가책도 느끼지 않는다는 데서 나온다네…….

광저우가 가까워지면서 나는 무선 전보들이 게시되는 것을 매일 보았고 그는 그 전보들로 충분히 편지를 대신하고 있었다…….

경찰 기록은 이상하게도 미완성이다. 종이 하단에 파란색 연필로 굵게 느낌표 두 개가 찍힌 것이 보인다. 오래전에 적은 것일까? 두 번째 페이지에 기록된 상세한 설명들은 이제까지와는 완전히 다른 성질의 것이다.

현재 중국 식민지 송금 및 조합 납입금에서 공제금을 거둬 선전부 유지를 확고히 하고 있음. 우리가 지원을 허락한 부대들을 상대로 전쟁을 한다는 생각에 많은 이곳 사람들이 열광하고 있는 듯함. 보로딘이 파업 출정식을 올리기 전에 노동조합을 창설할 것을 요구한 이후 선전부원들이 지속적인 노력을 경주한 덕택으로 노동조합의 의무화(그것의 중요성에 관해서라면 강조할 필요가 없음.)를 받아들이도록 하는 데 성공. 공공 기구이자 비밀 조직인 경찰 내뿐 아니라 선전에도 일곱 개 부서 설치. 웅변가와 선전가 양성 학교 '정치 교육원' 창설. 사법 위원회(부연설명이 필요 없는 주요 조직.) 그리고 재정 위원회를 국민당 정치국에 병합한 뒤 이를 다시 인터내셔널에 귀속. 마지막으로 강조하고자 하는 사항은 그가 현재 법령을 공포하도록 하는 데 모든 노력을 쏟는다는 점이며, 그 활동의 유일한 목표는 우리로 하여금 영국의 군대 개입을 요구하게 만드는 것임. 홍콩에 기항했던 모든 선박들에 대해서 광저우 항구에 입항을 금지한다는 법령이 마치 암세포같이 홍콩을 파괴할 거라는 소문이 파다하게 퍼져 있음. 위 문장은 선전부 산하 여러 사무실에 게시되어 있음.

그 밑으로 문장 세 줄에는 빨간색 연필로 줄이 두 번 그어져 있다.

다음 사항에 매우 특별한 주의를 요하고자 한다. 이 인물은 중병을 앓고 있다. 그는 머지않아서 열대 지방을 떠나지 않을 수 없을 것이다.

믿기 힘든 부분이다.

2부
권력

7월.

고함, 사람 부르는 소리, 항의하는 소리, 경찰들 명령 소리, 어제저녁의 소란이 다시 시작되고 있다. 하지만 이번에는 상륙이다. 나무로 에워싸인 작은 집들이 있는 사멘 쪽을 바라보는 승객은 거의 없다. 모두들 철조망과 참호로 보호받듯이 둘러싸여 있는 근처 다리 그리고 특히나 바로 옆에 있는 영국과 프랑스 포함들을 쳐다보는데 함대 대포들은 광저우 쪽을 향하고 있다. 모터보트 한 척이 클라인과 나를 기다리고 있다.

옛 모습 그대로의 중국, 유럽인들이라고는 전혀 없는 중국이다. 온통 흙탕물투성이인 누런 강물 위로 우리를 태운 보트는 마치 운하를 통과하는 것 같다. 지붕을 버드나무 가지로 엮어 씌운 엉터리 곤돌라처럼 생긴 거룻배들이 두 줄로 빽빽이 늘어서 있는 사이를 미끄러지며 나아가기 때문이다. 뱃머리에 기름 타는 냄새가 진동을 하는 가운데 아낙네들이 삼발이를 놓고 음식을 하고 있다. 거의 모두 노파들이다. 그 노파들 뒤로 간혹 고양이, 새장 아니면 줄에 매달린 원숭이가 보인다. 옷을 벗어 누런 피부를 그대로 드러낸 아이들이 하나로 길게 묶어 늘어뜨린 머리카락을 납작한 깃털같이 흔들어 대며 밥을 먹어 배가 서양배처럼 불룩 튀어나오긴 했지만 신이 나서 고양이보다 가볍게 이 배에서 저 배로 뛰어다닌다. 아주 어린 애들은 검정색 포대기에 싸여 자기 어머니 등에 짐짝처럼 매달려 자고 있다. 비스듬히 내리쬐는 햇살이 거룻배들 뱃전 주위로 아른거리자 아낙네들 바지와 저고리 들의 푸른색 그리고 지붕 위로 기어 올라간 아이들의 노란색이 뱃전의 짙은 갈색을 바탕으로 강렬하게 부각된다. 강둑 위로는 미국식 집들과 중국식 집들이 들쑥날쑥 늘어서 있고 바로 그 위로는 강렬한 햇빛 때문인지 무채색 하늘이 펼쳐져 있는데 거품처럼 가벼운 햇살이 거룻배들 위며 집들 위며 강물 위 사방으로 퍼지고, 우리는 마치 환한 안개 속을 뚫고 나아가기라도 하는 양 그 안으로 미끄러지며 들어간다.

우리는 부두에 닿는다. 기다리던 자동차가 우리를 태우자마자 속력을 낸다. 군복 입은 운전수가 계속해서 요란스레 경적을 울려 대자 마치 제설차에 눈이 치워지듯 모여 있던 사람들이 부랴부랴 물러난다. 우리가 가고 있는 길과 직각으로 (전통 의상을 입은 남자들이 많아서인지) 푸른색과 흰색 무리가 보이는가 싶은데 이 무리는 큼직하게 검정색 글씨가 적힌 차양들을 배경 삼아 마치 액자 안에 들어 있는 듯하고 드문드문 행상인과 인부 들이 얼룩을 만들며 그 안으로 들어오는데 그들은 무거운 짐을 장대 끝에다가 잔뜩 매달고 있어 등은 휘고 한쪽 어깨는 굽은 채로 달음박질치듯 걷고 있다. 금이 간 포석들이 깔려 있는 골목길들이 나타나는가 싶더니 곧이어 풀밭이 펼쳐지는데 원뿔 모양 보루며 이끼 낀 탑 같은 게 서 있다. 이어서 바람이 일더니 공화국 고위 관리의 자동차가 우리를 스치듯 지나간다. 자동 권총을 손에 쥔 군인 두 명이 자동차 발판에 서 있다.

상업 지역을 벗어나자 자동차는 정원으로 둘러싸인 집들이 늘어서 있고 걸어다니는 사람들이라고는 하나도 없는 열대 지방 대로로 접어든다. 이글거리는 차도에서 번뜩거리며 올라오는 희끄무레하고 뿌연 햇빛에 그늘을 드리우는 것이라고는 오직 국 장수뿐이지만 그마저도 골목 안으로 금세 사라져 버린다. 클라인은 보로딘 집으로 가는 길이라 나만 (지붕이 베란다까지 덮은) 식민지풍 집 앞에서 내린다. 그 집은 파리 근교 작은 목조 주택에서 볼 수 있는 것과 유사한 철책으로 둘러쳐져 있다. 가린의 집이다. 철문이 조금 열려 있다. 작은 정원을 가로질러 두 번째 문 앞에 이르자 그곳에는 회색 군복을 입은 광둥 출신 군인 두 명이 보초를 서고 있다. 그중 하나가 나의 명함을 가지고 사라져 버린다. 나는 그중 다른 하나를 쳐다보며 기다린다. 납작한 군모을 쓰고 허리에 자동 권총을 찬 그자는 러시아 차르의 장교들을 떠올리게 한다. 하지만 모자가 머리 뒤로 젖혀져 있고 발에는 여름 바닷가에나 어울리는 운동화를 신고 있다. 아까 그 군인이 돌아온다. 그제서야 나는 집으로 들어갈 수 있다.

2층으로 올라가는 작은 계단을 지나자 곧이어 아주 넓은 방이 하나 나타나는데 그 방은 문 하나를 놓고 다른 방과 통해 있고 그 안에서 사람들이 제법 큰 목소리로 떠들고 있다. 광저우에서도 이 지역은 무척이나 조용한 곳이다. 창문 두 개를 온통 가리고 있는 빈랑나무 잎사귀들 너머로 자동차 경적만이 멀리서 이따금씩 들릴 듯 말 듯 하다. 열린 방문으로는 발 하나가 쳐져 있을 뿐이라 그 안에서 사람들이 영어로 하는 대화가 분명히 들린다. 그 군인은 나에게 발이 쳐진 곳을 가리키고는 가 버린다.

"……천중밍 군대가 결집되고 있다던데……."

어떤 남자가 안쪽에서 계속해서 말을 하고 있는데 두서가 없다…….

"내가 한 달 전부터 그리 말하지 않았나! 더군다나 보로[35] 도 나만큼 입장이 확고하다고. 그 법령만 있으면, 무슨 말인지 알겠지.(이건 가린의 목소리다. 단어 하나가 끝날 때마다 주먹으로 탁자를 내려친다.) 법령만이 우리에게 홍콩을 무너뜨릴 수 있도록 할 거야! 한데 이놈의 정부가 동참할 마음을 먹어야……."

"……."

"허수아비든 아니든 정부가 움직여야 한다고, 왜냐면 우리에겐 정부가 필요하니까!"

"……."

---

35) 보로딘의 애칭.

"거기 그자들 말이야, 그 사람들도 생각이야 하겠지. 나만큼이나 그 사람들도 그 법령이 자기들 항구를 완전히 끝장내리라는 것을 잘 아니까……."

발자국 소리. 사람들이 들어가고 나간다.

"위원회가 제안하는 건 뭐지?"

누군가 서류들을 뒤적거린다.

"대단한 건 없는데요…….(이번에는 처음 듣는 목소리다.) 대부분은 제안도 하지 않습니다. 여기 위원 두 명이 파업 지원금 인상과 작업 수당 유지를 요청하고 있습니다. 그중 한 사람은 작업을 먼저 재개하는 노동자 숙청을 제안하고 있으며……."

"안 돼. 아직은."

"왜 안 된다는 겁니까?"(적의에 찬 중국인들 목소리다.)

"사람 목숨이 빗자루처럼 다루어져서는 안 되지."

만약 누군가 방에서 나왔다면 아마 나는 스파이로 몰렸을 것이다. 그렇다고 해서 일부러 코를 풀 수도 없고 휘파람을 불 수도 없는 노릇이 아닌가! 발을 젖히고 안으로 들어가자.

탁자를 가운데 두고 황갈색 장교 군복을 입은 가린과 하얀색 짧은 저고리를 입은 젊은 중국인 세 명이 있다. 서로 소개하는 동안 중국인 가운데 하나가 중얼거린다.

"어떤 사람들은 손에 빗자루만 대도 더러워질까 봐서 벌벌 떨지……."

"하기야 레닌이 혁명적이지 않다고 보는 사람들도 있었으니까."

가린이 한 손을 내 어깨 위에 여전히 얹어 놓은 채로 몸을 갑자기 뒤로 돌리며 대꾸한다. 그러고는 내게 말한다.

"자네도 이제는 나이를 속이지 못하겠군. 홍콩에서 오는 길인가?"

그러더니 내 대답은 기다리지도 않고서 계속 묻는다.

"뫼니에는 만나 보았지, 그래. 서류들은 가지고 있나?"

서류들은 내 주머니 안에 있다. 나는 그에게 서류들을 건넨다. 바로 그때 보초병 한 명이 불룩한 봉투 하나를 들고 들어온다. 가린이 그것을 중국인들 가운데 하나에게 건네자 그자가 내용을 보고한다.

"쿠알라룸푸르 지부에서 온 보고서입니다. 그 지부는 현재 자신들이 자금을 확보하는 데 처한 어려움에 우리가 관심을 기울여 주기를 바라고 있습니다."

"프랑스령 인도차이나 반도에서는 어떤가?" 가린이 나에게 묻는다.

"제라르가 모은 6000달러를 가지고 왔네. 그의 말에 따르면 상황이 아주 좋다더군."

"좋아. 같이 가세."

그는 내 팔을 잡은 채로 자기 모자를 집어 들더니 나와 함께 방을 나선다.

"우리는 보로딘 집으로 가는 거야. 아주 가까워."

우리는 짙은 갈색 풀이 나 있는 조용하고 한적한 도로를 따라서 걷고 있다. 희뿌연 먼지 위로 쏟아지는 강렬한 햇빛에 두 눈을 거의 감지 않을 수 없다. 가린은 내 여행이 어땠는지를 서둘러 묻고는 계속 걸으면서 뫼니에의 보고서를 햇빛에 반사되지 않게 하려고 비스듬히 기울인 채로 읽는다. 그는 그다지 나이를 먹은 것 같지는 않지만 모자 안쪽의 초록색 안감 아래로 얼굴선 하나하나에 병색이 완연하다. 거무스레한 눈가 그늘이 뺨 한복판까지 퍼져 있고 코는 홀쭉하니 야위었으며 콧날에서 입가까지 이어지는 두 선이 예전같이 깊고 선명하지 않은 대신 자잘한 주름들이 넓게 퍼져 있다. 게다가 거의 모든 얼굴 근육이 탄력을 잃었고 열이 있는 듯하면서도 너무나 피곤에 찌들어 그가 신이 나서 말할 때면 일순간 근육들이 팽팽해지면서 얼굴 표정이 완전히 바뀐다. 서류에 시선을 고정한 채 앞으로 쭉 내민 그의 얼굴 주위로 이 시간쯤이면 늘 그렇듯 바람이 짙푸른 덤불 앞을 흔들자 먼지로 뒤덮인 나무 잎사귀들이 겉으로 불거져 나온다. 나는 그에게 건강은 어떤지 묻고 싶지만 그는 서류를 다 읽은 다음 자그맣게 돌돌 말아서는 자기 턱에다가 갖다 대고 말한다.

"사정이 상당히 나빠지기 시작하는군, 그쪽도 마찬가지로 말이야. 동조 세력들 정신 상태가 예전 같지 않고 하인들은 우리로 다시 숨어들고 있어. 이제는 어리석은 젊은것들에게 기대지 않을 수가 없는데 그것들은 혁명 운동을 중국 경극 3막과 혼동하고 있으니……. 파업을 지원하기 위해서 더 많은 자금을 쏟아붓는 건 불가능해, 불가능하다니까! 게다가 아무것도 달라지지 않을 거야. 병든 파업은 승리로 치료되는 거라고."

"뫼니에, 그자에게선 별 제안이 없나?"

"전반적으로 정신 상태가 아직은 나쁘지 않다는군. 하지만 나약한 것들은 영국이 비밀경찰을 동원해서 위협한다는 말에 주춤한 상태라니까. 다른 거라면 '그곳에 있는 우리 측 중국인 위원회들이 의심이 가는 반동분자나 반혁명분자 들 자녀 200~300명가량을 신속히 잡아들일 것을 제안하고 있다. 그들의 자녀들을 이곳으로 데리고 와서 잘 대우하되 부모들이 직접 찾으러 올 경우에 한하여 돌려보낸다는 것이다. 부모들이 내일 당장 홍콩으로 돌아갈 수 없는 거야 당연하므로…… 마침 휴가철이기도 하다. 이 때문에 다른 사람들은 고민하지 않을 수 없을 것이다.'라는 내용이 있었지. 이런 방법을 동원해선 성공할 수 없을 거야……."

우리는 도착한다. 가린의 집과 비슷하지만 노란색이다. 우리가 집 안으로 들어가려는 순간 가린이 멈춰 서더니 군대식으로 인사를 하는데 키가 작은 노인이 집에서 나오고 있다. 그 노인이 우리를 향해 손을 내밀자 우리는 그에게로 다가간다.

그가 불어로 말하는데 느리고 조용한 목소리다.

"가린 씨, 당신을 만나려고 제가 이곳에 와 있었답니다. 제 생각에는 대화가 유익할 것 같습니다. 언제쯤 뵐 수 있을까요?"

"쩡다이 씨, 원하실 때 언제든지요. 제가 곧 뵈러 가는 게……."

"아니, 아닙니다. 제가 들르겠습니다. 제가 들러야죠. 5시에 괜찮겠습니까?"

가린을 진정시키고 싶다는 듯이 허공에다 손사래를 치면서 그가 대답한다.

"알겠습니다. 기다리겠습니다."

그자의 이름을 듣자마자 나는 그를 주의 깊게 바라본다. 그의 얼굴은 학식이 깊은 노학자들이 대개 그렇듯이 해골 같아 보인다. 그 이유는 광대뼈가 불쑥 튀어나와서인데 정면에서 보면 깊게 파여 어둡게 보이는 자국 두 개가 눈구멍이고 보일 듯 말 듯 한 코에 이빨뿐이라, 좀 멀리서 보면 더욱더 그렇다. 하지만 가까이서 보자니 옆으로 기다란 그의 두 눈이 생기를 띠고 있다. 그의 웃음은 극진하게 예의를 다한 그의 말투 그리고 품위 있는 그의 목소리와 잘 어울린다. 이 모든 게 그의 추한 생김새를 완화해 주며 그를 다른 사람처럼 보이게 한다. 그는 신부처럼 옷 소매 사이에 양손을 찔러 넣고 말을 할 때마다 어깨를 앞으로 가볍게 움직인다. 나는 잠시 클라인을 떠올렸다. 그도 자신의 온몸으로 의사를 표현한다. 그런데 내가 보기엔 쩡다이라는 사람이 더 섬세하고 나이가 많으며 노련해 보인다. 그는 다른 모든 국민당 간부들처럼 깃에 빳빳하게 풀을 먹인 흰색 군복 상의와 바지를 입었다. 그의 인력거가(그의 인력거는 유난히 까만색이다.) 그를 기다리고 있다. 그가 잔걸음으로 다가가자 인력거꾼이 그를 자리에 태우고 조심스럽게 천천히 움직인다. 자리 깊숙이 기대어 진지하게 고개를 끄덕거리는 그자는 자신이 품은 계획들을 말없이 저울질해 보는 듯하다……

우리는 그가 떠나는 모습을 잠시 지켜본 뒤 왔다는 말을 전하지도 않은 채로 보초 앞을 그대로 통과한 다음 텅 빈 홀을 지나서 또 다른 보초병 하나와 마주하는데 그는 주황색 장식이 달린(계급 표시인가?) 유니폼을 입었다. 이어서 우리 정면으로는 내려진 발이 아니라 닫혀져 있는 문이 하나 보인다.

"혼자 있나?" 가린이 보초병에게 묻는다. 보초병은 그렇다는 대답 대신 고개를 숙인다. 우리는 방문을 두드리고 안으로 들어간다. 집무실이 넓적하다. 2미터는 돼 보이는 쑨원의 전신 초상화가 푸르스름한 석회 벽을 둘로 나눈다. 책상 위에는 온갖 서류들이 하나씩 꼼꼼하게 분류되고 정돈되어 있는데 그 뒤로 빛을 등지고 앉아 있던 보로딘은 우리가 들어오자 조금 놀란 듯(나 때문임이 분명하다.) 두 눈을 깜박거린다. 그가 자리에서 일어나 우리 쪽으로 걸어오는데 손은 앞으로 내밀고 등은 구부정하게 숙이고 있다. 그러자 이제는 그의 얼굴이(자그마한) 분간이 된다. 처음에는 그가 책상 위로 몸을 숙이고 있던 터라 뒤로 다 넘긴 숱이 많은 곱슬머리만이 보였을 뿐이었다. 양끝이 위로 올라간 콧수염, 튀어나온 광대뼈, 찢어진 두 눈 탓에 그는 영리한 맹수 같아 보인다. 마흔 살쯤 된 듯.

가린과 대화를 나누는 그의 태도는 군인과 흡사하다. 가린이 나를 소개하고 자신이 잠시 전에 탁자 위에 놓았던 뫼니에의 보고서를 러시아어로 요약해 준다. 한편 보로딘은 그 서류를 가져다가 보고서 철에 넣고서는 그 위에 곧바로 쑨원 조각상을 올려놓는다. 그는 어떤 세부 사항에 특히나 관심이 가는 듯 몇 마디를 덧붙이며 기록한다. 그러고 나서 두 사람은 여전히 러시아어로 논쟁을 벌이는데 어쩐지 불안하게 들린다.

그리고 우리는 점심 식사를 하러 가린의 집으로 돌아온다. 가린은 걱정이 많은 듯 얼굴을 푹 숙이고 걷는다.

"뭐가 잘 안 되나?"

"아! 그냥 습관이라서……."

집 앞에서 그를 기다리던 전령이 보고서를 하나 전한다. 그는 계단을 오르며 그걸 읽고 나서 베란다의 등나무 탁자 위에 놓고 서명한 다음 돌려준다. 전령이 신속히 떠난다. 가린은 더욱더 걱정스러워 보인다. 내가 조심스레 그에게 다시 묻는다.

"그래서?"

"그래서…… 그렇게 되는 거지 뭐."

어조만으로도 충분하다.

"상황이 나쁜가?"

"굉장히. 파업 자체야 매우 훌륭해. 하지만 그것만으로는 충분치 않아. 지금은 다른 게 필요해. 또 다른 하나가 필요하다고. 중국 선박과 광저우에 정박해 있는 모든 외국 선박을 상대로 홍콩 입항을 금지하는 법령이 발효돼야만 해. 법령이 통과된 지가 벌써 한 달인데, 아직도 공표가 안 됐다니까. 영국 놈들이야 파업이 계속될 수 없다는 걸 잘 알지. 그래서 우리가 어떻게 나올지 궁금해하는 거야. 그놈들이 천중밍 부대 원정에 기대를 단단히 하고 있는 걸까? 그자에게 무기며 교관들이며 자금을 지원하고 있어……. 법령이 통과됐을 때만 해도 홍콩 사람들이 단단히 겁이 나서 런던에다가 공공 기관 전체의 이름으로 전보를 보내며 군사 개입을 요청했지. 한데 그 법령이 지금은 서랍 속 깊은 곳에 틀어 박혀 있는 셈이라고. 법령 시행이 전쟁의 빌미가 되리라는 건 나도 잘 알아. 그래서 뭐? 그놈들은 전쟁을 일으킬 수 없어! 그러니까 결국 홍콩은……."

그는 주먹으로 나사 조이는[36] 시늉을 한다.

"광저우 회사 고객들만 홍콩에서 빼돌린다면 홍콩 항구에서 벌어들이는 수익 삼 분의 이가 줄어드는 거야. 그럼 망하는 거지."

"그래서?"

"그래서라니?"

"그래, 그래서 뭘 기대하는 건가?"

"쩡다이지. 우린 아직 정부가 아니야. 만약 바보 같은 그놈의 늙은이가 훼방을 놓으려고 작정이라도 하는 날엔 이런 식의 공작은 망하는 거라고."

그가 생각에 잠긴다.

"우리의 정보력이 아무리 대단하다 할지라도 그건 반쪽 짜리에 불과해. 나는 알고(정말 알고) 싶어. 탕과 그 조무래기들이 우리를 상대로 꾸미는 일이 쩡다이와 정말 무관한 건지……."

"탕[37]이라니?"

"그냥 그저 그런 장군이야. 중요한 인물은 아니야. 쿠데타를 준비 중인데 우리를 총으로 다 쏴 죽이고 싶어 한다니까. 그건 그자의 문제고. 어쨌거나 그잔 중요하지 않아. 상황에 따라 누구든 대신할 수 있는 필연적 우연과도 같은 인물이니까. 중요한 건 그자 뒤에 있는 거라고. 우선은 당연히 영국이지. 우리를 때려잡겠다고 나서는 누구에게든지 영국 금고가 활짝

---

36) 프랑스인의 제스처로 '나사를 조이듯 철저히 대응하다.'라는 의미다.
37) 탕지야오(1883~1927). 중국 군인이자 정치가. 윈난과 북벌군 총사령. 1925년 광둥으로 진격했으나 국민당 부대에 패했다.

열리는 판이니까. 그자 수하에 있는 것들은 죄다 상당한 보수를 받고 있음이 분명해. 게다가 (불행히도) 홍콩이 여기서 그리 멀지 않고. 그러다 보니 탕과 그 일당에겐 패배한다 할지라도 도망갈 길이 보장된 거나 다를 바 없어. 그리고 영국 다음으로는 쩡다이지. 자네가 좀 전에 본 그 '신사 쩡다이' 말이야. 만일 탕이 이기기라도 한다면(물론 그럴 리야 없지만) 탕은 쩡다이한테 권력을 갖다 바칠 거라고 나는 확신하네. 쩡다이 수하에서 권력을 부리는 한이 있더라도 말이야. 쩡다이가 '7인 위원회' 자리에 앉게 될 수도 있지. 그자 말고 누가 그 자리에 앉을 수 있겠어. 공식적이건 비공식적이건 모든 단체들이 그를 인정할 걸세. 그건 확실해. 그러면 그자는 우리의 활동을 '세계 시민을 향한 호소'로 대체하겠지. 불과 얼마 전에 했던 호소로 간디와 러셀의 호응을 받아 내지 않았나! 멋지지 않은가, 종이의 시대라니! 온갖 찬사, 감언이설, 영국 상품 들이 다시 돌아오고 부두에는 시가를 문 영국인들이 보이며 우리가 이룩한 모든 게 무너지는 거라고. 중국 도시들이 모두 다 해파리처럼 흐느적거리고 있어. 여기서 주축이 되는 건 바로 우리라고. 한데 얼마나 오랫동안 그럴 수 있을까?"

식탁에 앉으려는 바로 그 순간 새로운 전령 하나가 편지를 들고 나타난다. 가린이 식탁 나이프로 봉투를 열더니 자기 자리에 앉아 읽기 시작한다.

"좋아, 됐네."

전령이 떠난다.

"쩡다이 주변에 득시글거리는 건달 수는 상상을 초월해.

엊그제 그자 이름을 내세우는 자들 사이에 회합이 있었다네. 강에서 멀지 않은 어떤 광장 같은 곳에서라는데. 쩡다이도 왔다는군. 자네가 좀 전에 봤던 모습 그대로 피곤해 보이기는 하지만 위엄을 잃지 않은 채로 말이야. 물론 연설을 하러 간 건 아니지. 흥이 별로 나지 않은 군중이 네모나게 밀집해 있는 바로 위로 연사들이 탁자 위에 올라가서 열변을 토하는 모습이라니 볼 만했겠어. 그들 뒤로 물결을 이룬 함석지붕하며 삐죽하게 튀어나온 석탑, 끝이 구부러진 양철 처마하며. 쩡다이 주위로는 그를 존경하는 무리가 너무 멀지도 가깝지도 않게 간격을 두고 커다란 원을 그리듯이 에워싸고 말이야. 그런데 그자가 어떤 깡패들에게 습격을 당했네. 하지만 곁에는 이미 뽑아 놓았던 건장한 사내들이 있어서 그를 지켰다는군. 경찰 서장이 즉각 나서서 난동자와 경호원 들을 죄다 감방에 넣었고. 그런데 오늘 말이지, 핵심 경호원 하나가(지금 내가 보는 서류가 바로 그 경호원에 대한 심문 조서야.) 자신을 취조하는 경찰에게 다름 아닌 바로 그 경찰서 안에서 자리 하나를 부탁했다는 거야. 신념이란 거 대단하지 않은가! 또 다른 서류는 말이야, 자 여기 있네……."

그가 나에게 서류를 건넨다. 탕 장군이란 자가 작성한 어떤 명단 사본이다. 가린, 보로딘, 니콜라예프, 홍 그리고 중국인들 이름.

최우선 총살할 것.

점심 식사 동안 우리는 쩡다이에 대해서 이야기한다. 가린 머리 속에는 오로지 그자 생각뿐이다. 그의 적수.

쑨원은 죽기 전에 이런 말을 했다. "보로딘의 말이 곧 내 말이다." 하지만 쩡다이의 말도 역시 그의 말인 걸 보면 그런 말을 할 필요가 없었다. 쩡다이는 인도차이나에서 대중 활동을 시작했다. 한데 무슨 일로 쩔런까지 갔던 걸까? 벼농사를 주로 하는 그 큰 시에는 그런 문사를 사로잡을 만한 게 전혀 없지 않은가…….

그곳에서 그는 국민당 조직책으로 활동했는데 단순한 조직책이라기보다는 활동가였다. 자금이 풍부한 길드의 선동 때문이건, 자발적 의사에서건 국민당 당원과 코친차이나 정부 사이에 갈등이 있을 때면 어김없이 쩡다이가 모습을 드러냈다. 그자는 정부나 경찰이 어떻게든 굶겨 죽이려는 자들에게 일자리와 돈을 대주었고 추방당한 자들이 가족과 함께 중국으로 돌아올 수 있도록 필요한 경비를 지원했다. 당원들이 병원에서 문전박대당하는 것을 보고 병원 하나를 새로 열기도 했다.

당시 그는 쩔런 지부 대표였다. 조합비만으로는 병원을 여는 데 필요한 자금을 마련하는 게 불가능하자 그는 중국 은행에 도움을 요청했다. 그러나 대출은 매번 거절당했다. 그래서 그는 자기 재산 삼 분의 이에 달하는 홍콩 부동산을 담보로 제공했다. 은행이 수락했고 병원 공사가 시작됐다. 삼 개월 후 부정 선거를 이유로 그가 당 대표직에서 물러나게 되자 곧이어 건축업자들은 견적에 명시된 내용을 수정해 달라고 요구하고 나왔고 그는 예상 비용을 변경하지 않을 수 없었다. 그러나 은행들은 새로운 대출을 거부했을 뿐 아니라 코친차이나 정부가 은행장들을 이십사 시간 안에 추방하겠다고 협박하자 약속한 대출금 지급에도 난색을 표하기 시작했다. 쩡다이는 담보로 설정했던 홍콩 부동산을 매각했고 그 결과 병원은 세워졌지만 아직도 모든 게 완전히 끝난 건 아니었다. 그자에게 반대하는 움직임이 국민당 내부에서 은밀히 시작됐던 것이다. 물론 그는 고통스러워했지만 주저앉지는 않았다. 하얀색 니트 차림의 선거 운동원들이 낮잠 시간이 끝날 무렵 중국 식당에 찾아와서 더위에 정신이 나간 목수들에게 "쩡다이의 수상한 태도"에 대해서 우리끼리만 알고 있자며 속닥거리는데도, 그는 광저우에 있는 자택마저 매각해 버렸다. 병원이 완공된 이후에도 각종 뇌물을 퍼부어야 했다. 베이징의 골동품상 그로장이라는 사람과 의견을 나눈 뒤에 그는 족자들이며 옥으로 만든 송나라 시대의 개인 소장품을 처분했다. 그에게 지금도 남아 있는 게 있을까? 그저 근근이 살아갈 수 있을 정도다. 당내 영향력 있는 인사들 가운데에서 그만이 유일하게 자동차가 없다. 그래서 인력거를 타고 가는 그는 자기희생이 잊히지 않도록 사람들에게 궁핍한 모습을 보여 준 데 꽤나 만족한 듯 보였다.

진정으로 귀족적인 품위를 지니려면 그것에 익숙하지 않고서는 불가능한 법이기 때문이다. 그는 라오이[38]나 슈 장군 같

---

38) 라오이(1864~1936). 쑨원과 한때 친구였으나 정치 일선에서 물러났다.

은 시인이다. 한데 사실 교활한 몇몇 중국 상인을 보호할 목적으로 일본 상품 불매 운동을 오늘날 알려진 바와 같이 효과적인 무기로 삼아서 주도한 사람이 바로 쩡다이다. 영국인을 상대로 바로 동일한 불매 운동을 적용한 것도 그자다. 서양 무역을 잘 아는 그는(신부들로부터 교육받아 불어와 영어를 유창하게 말하며 읽고 쓴다.) 영국인을 안심시키는 방향으로 쑨원 선전부를 능수능란하게 진두지휘했던 것이다. 즉 불매 운동은 정보부에 맡기는 한편 홍콩에 사는 영국인들에게는 잘될 거라는 희망을 계속해서 품게 해서 그들이 상품을 그대로 쌓아 두게 했던 것이고 결국 결정의 순간이 왔을 때 중국인들은 일순간 그 상품에 등을 돌려 버리고 말았다.

하지만 그의 권위는 무엇보다도 도덕적인 것이다. 가린은 그를 놓고 간디를 떠올리는 게 틀리지 않다고 말한다. 그의 활동이 마하트마 간디와 비교해서 분명 훨씬 더 제한적인 것은 사실이나 동일한 가치를 지닌 것이다. 그것은 정치를 넘어서 인간 영혼을 울리고 모든 것을 초월한다. 두 사람 모두 하나의 전설을 만들어 냄으로써 영향을 미치고 있다. 그러나 두 사람 활동이 비슷하다고 할지라도 그들은 판이하게 다른 사람들이다. 간디가 행한 업적의 중심에는 인간들에게 어떻게 살아가야 할지를 가르치고자 하는 열정적이고도 고통스러운 열망이 있지만 쩡다이에게 그와 유사한 것이라고는 전혀 없다. 그는

말로가 쩡다이라는 가공 인물을 만드는 데 염두에 두었을 가능성이 있는 인물이다.

본보기도 지도자도 아닌 조언자가 되고자 할 뿐이다. 쑨원의 사망으로 자기 일생에서 가장 침통한 순간을 맞이했을 때에도 그는 순수한 정치 시위에는 거의 참가하지 않았으며 의장직을 계승하라는 요청도 거절했다. 책임이 두려웠던 것은 아니지만 중재자 역할이 그에게는 더 품위 있어 보였고 특히나 자기 성격과도 더 잘 맞을 듯했던 것이다. 게다가 자기 활동 전체를 차지할 게 뻔한 직책을 수락한다는 것, 그래서 자신이 원하는 스스로의 모습과는 다른 인물 즉 혁명의 수호자가 된다는 건 받아들이고 싶지 않았던 것이다. 그의 삶 전체는 도덕적 저항이므로 정의롭게 승리하고자 하는 희망은 그의 동포들에게 만연해 있는 치유 불가능한 뿌리깊은 나약함을 해결할 수 있을 가장 강력한 의지로서만 표출되는 것이다.

어쩌면 현재 그의 태도를 이해할 수 있도록 하는 유일한 것은 바로 이 나약함인지도 모른다. 사실 그는 이미 벌써 몇 년 전부터 화난 지방이 영국의 경제적 지배로부터 벗어나기를 바라지 않았던가? 그렇다. 하지만 명분이야 정당할지 모르나 억압받는 백성들을 보호하고 이끌다 보니 그는 자기 역할에 부지불식간에 익숙해지고 말았고 급기야 자신이 옹호하는 이들의 승리보다는 자기 역할을 우위에 놓게 된 것이다. 무의식적이었음에 분명하지만 강력했다. 그는 승리하리라는 굳은 결의를 보이기보다는 자신의 저항에 훨씬 헌신적이다. 억압받는 민중의 혼이 되고 화신이 되는 편이 그에게는 더 어울린다.

그에게는 아들이 없다. 물론 딸도 없다. 젊어서 일찍 결혼을 했다. 아내가 죽자 그는 재혼을 했다. 그러나 몇 년 뒤 후처마저 죽었다. 그가 죽으면 그에게 제사를 올릴 사람이 아무도 없다. 그 때문에 그는 계속 이어지는 아픔, 벗어날 수 없는 아픔을 마음속에 품고 있다. 무신론자이거나 자신이 그렇다고 믿고는 있지만 삶과 죽음에 처해서 그가 느끼는 고독이 그를 끈질기게 따라오는 것이다. 자신에게 있는 명예를 그는 고개를 쳐든 중국에 유산으로 물려줄 것이다. 슬프지 않은가! 한때 부자였으나 거의 한 푼도 없이 죽을 것이고 이 죽음의 위대함은 수백만 사람들 위에 뿌려질 것이다. 최후의 고독……. 이게 무엇인지 누구나 알고 있다. 바로 이 고독이 하루하루 그를 당의 운명에 더욱더 옭아맨다.

"자기 전기에 공들이는 고귀한 희생자 모습"이라고 가린은 말한다. 그가 자기 욕망을 충족하고자 애쓴다면 그것은 그에게 오히려 배반으로 여겨질 것이다. 그는 결국 자기 성향, 오랜 자기 습관, 그리고 자기 나이로부터 자유롭지 못한 채 자기 행동에서 논리적인 결과들을 끌어낼 수 있다는 것마저도 망각하고 있다. 결정적인 최후의 투쟁을 계획하고 투쟁을 벌이는 것은 더 이상 그에게 부과된 임무가 아니다. 마치 열렬한 가톨릭 신자에게 교황이 되라고 할 수 없는 것과도 같다. 어느 날 가린은 인터내셔널에 대한 토론을 끝내며 이렇게 말한 적이 있다. "하지만 다름 아닌 제3인터내셔널이 혁명을 완수했습니다." 당시 쩡다이는 모호하면서도 무언가 감추려는 듯이 자기 두 손을 가슴 위에 얹고 있을 뿐이었고 가린은 그들 사이의 거리를 이렇듯 분명히 확인할 수 있던 적은 결코 없었다고 말한다.

사람들이 흔히 쩡다이에게 행동력이 있다고 믿지만 그가 할 수 있는 일이라곤 어떤 특별한 행동, 스스로를 이기는 행동 즉 극기뿐이다. 그가 병원을 건립할 수 있던 것은 다름 아니라 그가 무욕한 성정으로 난관들(심각했으나)을 극복해 냈기 때문이다. 그는 자신에게 있는 것을 전부 다 버려야 했다. 실제로 그랬을 뿐 아니라 그럴 수 있는 사람이 그리 많지 않으리라는 생각에 자부심을 느낀 나머지 그렇게 하는 데 있어서 별 어려움이 없었던 것인지도 모른다. 기독교 신자들과 마찬가지로 그에게 그런 행동은 자선과 일치한다. 하지만 자선이 기독교 신자들에게 있어서 동정심이라면 그에게는 연대감인 것이다. 오직 중국인 당원들만이 그의 병원에서 치료받을 수 있었다. 그의 인생이 위대하다면 그것은 덧없는 것에 대한 경시에서 비롯되며 그것이 바로 그의 대중 활동에 존경심을 불러일으키는 원인이 된다. 하지만 세속적인 것을 대수롭지 않게 여기는 이러한 자세는 솔직히 말하자면 유용한 목적에 이용되기도 해서 무욕한 쩡다이는 중국에서는 보기 드문 자신의 성정을 굳이 감추고자 하지 않는다. 따라서 처음에는 그저 인간적인 면모로 여겨졌던 무욕이 능란한 연극에 힘입어 그의 존재 이유가 되었고 그는 다른 사람들보다 자신이 우월하다는 증거를 거기에서 찾게 된 것이다. 그의 자기희생은 그의 온화한 성격이라든가 그의 박학다식함과도 잘 어울리는 자존심 즉 과격하지 않은 냉철한 자존심의 표현이다.

　대중들에게 강력한 영향을 끼치는 다른 모든 사람들과 마찬가지로 사소한 몸가짐 하나하나에도 절제가 배어 있는 예의 바른 이 노인에게도 강박 관념은 존재한다. 그는 자신이 짊어져야 한다고 믿는 정의라는 것, 자기 생각과 거의 동일하며 자신을 방어하기 위해서 스스로에게 강제하는 정의에 사로잡혀 있다. 마치 다른 사람들이 육욕이나 야망에 사로잡혀 있는 것과 다르지 않다. 그는 오로지 정의만을 꿈꾼다. 세상이 정의를 바탕으로 존재하기 때문이며 정의란 인간이 필요로 하는 것들 가운데 가장 고결한 것이고 인간이 가장 먼저 기쁘게 해 드려야 할 신 같은 것이기 때문이다. 그는 마치 어린아이가 불상을 대하듯이 정의를 믿고 있다. 예전에 그가 필요로 했을 때 정의는 심오하고 인간적이며 단순했으나 지금은 마치 맹목적인 숭배 대상과도 같이 그를 지배하고 있다. 정의란 여전히 그가 가장 필요로 하는 것인지도 모른다. 그러나 또한 정의란 일종의 수호신과도 같아서 그것이 없다면 그 무엇도 용감히 도전할 수 없을 것이며 그것을 잃는다면 은밀한 복수를 두려워해야 할지도……. 그의 위대함도 그가 나이를 먹어 감에 따라 기력을 잃었고 우리 눈에 보이는 거라고는 그의 쇠약한 육체뿐이다. 가린의 말에 따르면 실제로 쩡다이를 사로잡은 것은 그의 온화함, 그의 미소 그리고 그의 양반다운 기품 아래 감추어진 일그러진 신과도 같은 것이기에 그자는 우리가 그토록 맹렬히 붙잡고 있는 혁명적인 일상에서 벗어나 자신의 고상함에서 떨어져 나온 잔해들이 여전히 둥둥 떠 있는 편집광적인 꿈속 같은 곳에서 살고 있다는 것이다. 그런데 바로 이 편집증적인 면이 그의 영향력과 권위를 확대하고 있다. 정의감이란 중국에서 언제나 대단히 강력한 것이었지만 열광적인 동시에 모호한 것이기도 했다. 이미 전설이 되어 버린 쩡다이의 삶과 연륜은 그를 상징적인 존재로 만들고 있다. 마치 자기 민족의 우수성을 인정받고 싶어 하는 것처럼 중국인들은 쩡다이가 존경받는 것을 보고 싶어 한다. 현재로서는 그 누구도 그에게 범접할 수 없다. 더욱이 선전부에서 만들어 놓은 열광적인 분위기는 영국에 대적하는 방향으로 진행되고 있으며 그 기세를 잃지 않는 한 투쟁 노선은 유지될 수 있을 것이다. 쩡다이가 이 모든 것을 이끌고 나아가야 하는데 아직은 너무 이른 것 같으니…….

식사 도중에도 보고서는 계속해서 도착하고 가린은 점점 더 근심스러운 듯 그것들을 도착하는 즉시 검토하고 나서 차례차례 자신이 앉아 있는 의자 발치에 내려놓는다.

쩡다이 주변을 맴도는 늙은 고관, 아편 밀수꾼 또는 사진사, 자전거상이 된 문사, 파리 대학 출신 변호사, 명성에 굶주린 온갖 종류 지식인 들은 오직 인터내셔널 대표부와 선전부만이 현 상태를 지지하고, 그들만이 영국을 궁지에 몰아넣는 이토록 엄청난 공격을 뒷받침할 수 있으며 또한 오직 그들만이 자신들이 지켜 낼 수 없었던 시절로의 회귀 즉 관료 공화국으로의 회귀를 강력히 저지한다는 사실을 잘 알고 있다. 관료 공화국을 지탱하는 두 기둥이 옛 사대부 그리고 의사, 변호사, 기술자와 같은 신흥 사대부라면 잠시 전 가린이 말했던 것처럼 "우리로 말하자면 건물의 뼈대인 것이다." 한데 보고서에 따르면 쩡다이도 모르게(그가 군사 쿠데타를 반대할지도 모르므로) 모든 세력이 탕 장군 주변에 결집하고 있는 듯하다. 탕 장군이라는 자는 지금껏 광저우에서는 사람들 입에 오르내린 적이 없지만 어느 누구보다도 뛰어난 용기를 지녔다. 최근 탕은 엄청난 자금을 지원받았다. 쩡다이 주변으로는 영국 첩보원들이 수두룩하다……. 늙은 쩡다이도 모르는 사이에 이와 같은 움직임이 꾸며질 수 있다는 데 놀란 나에게 가린은 손가락으로 식탁을 두드리며 대꾸한다. "그자는 알고 싶지 않은 거라고. 도덕적으로 책임을 지고 싶지 않은 거야. 하지만 의심을 멈추진 않을걸……."

2시.

나에게 배정된 선전부 사무실에서 가린과 함께. 벽에는 쑨원 초상화 하나, 레닌 초상화 하나 그리고 알록달록한 포스터 둘. 하나는 키 작은 중국인 총에 살찐 엉덩이가 찔려 뒤로 발라당 나자빠져 있는 존 불[39] 그리고 그 옆에는 모피 모자를 쓴 러시아인이 광휘에 휩싸인 채 지평선으로 사라지는 모습이 그려져 있다. 다른 하나는 유럽 군인 하나가 두 팔을 든 중국인 아낙네들과 아이들 무리를 향해서 기관총을 발사하는 모습을 담고 있다. 첫 번째 그림에는 유럽식 숫자 표기로 '1925'라는 숫자와 '오늘'이라는 한자가 써 있고 두 번째 그림에는 '1900'과 '옛날'이라고 적혀 있다. 큼직한 창문 앞에 드리운 노란색 블라인드는 햇빛을 가득 받고 있다. 바닥에는 중국 신문들이 쌓여 있는데 연락병 하나가 이것들을 가지러 온다. 이

---

39) 영국 혹은 전형적인 영국인을 뜻한다.

부서 비서들은 신문에서 정치 풍자 만화들을 죄다 오린 다음 주요 기사에 요약을 달아 정리해 놓는다. 징발된 것이 분명한 루이 16세풍 책상 위에 풍자 만화 하나가 놓여 있다. 복사본임에 틀림없다. 손 하나가 위로 쳐들려 있는데 손가락 하나하나마다 러시아인, 학생, 여자, 군인, 농민이라는 글자가 인쇄되어 있고 손바닥에는 국민당이라고 적혀 있다. 가린이(그도 결국 소심해진 걸까?) 그 그림을 구겨서 쓰레기통에 던져 버린다. 다른 벽에는 서류함 하나와 가린이 쓰는 방으로 통하는 문이 나 있고 그 문으로 보이는 가린의 방에도 블라인드 사이로 빈틈없이 들어오는 부드러운 햇살이 가득하다. 하지만 그의 방 벽에는 포스터도 없고 서류함은 더욱더 없으며 그 대신에 금고가 하나 있다. 문은 보초가 지키고 있다.

경찰 청장 니콜라예프가 두 다리를 벌린 채 배를 앞으로 내밀고 안락의자에 앉아 있다. 몸집이 대단히 비대한 사람인데 약간 들창코에 뚱뚱한 금발에게서 흔히 볼 수 있는 온화한 표정이다. 그는 두 눈은 감고 두 손은 자기 배 위에다 포개 놓은 채로 가린의 말을 듣고 있다.

"그런데 자네에게 보냈던 보고서는 모두 다 읽어 보았나?"

가린이 말한다.

"방금 전까지⋯⋯."

"좋아. 자네 생각엔 탕이 우리에게 쳐들어올 것 같은가?"

"당연히 그럴 테지. 자, 여기 그자가 잡아들이려는 중국인 명단일세. 자네 이름이야 말할 것도 없고."

"쩡다이도 이 사실을 안다고 보나?"

"그자들이 쩡다이를 이용하고 싶어 하니까 그야 뭐 뻔한 거지."

이 뚱뚱한 남자가 구사하는 불어에는 모국어 흔적이 그저 조금 남아 있을 뿐이다. 대답을 시원시원하게 하지만 어딘지 모르게 여자가 말하는 것도 같고 말끝마다 '여보게, 친구.'라고 할 것 같은 말투는 침착한 표정 그리고 부드러운 태도와 어울려 은퇴한 사제를 연상시킨다.

"비밀경찰 중에는 자네가 거느리는 공작원들이 많은가?"

"그거야 거의 다지……."

"알겠네. 공작원 절반을 동원해서, 탕이 영국인들에게 매수돼 쿠데타를 준비 중인데 어쩌면 광저우를 영국 식민지로 만들려는 것 같다고 시내에다가 퍼뜨리게. 물론 일반 대중을 대상으로 말이야. 조합 상설 사무소에는 사 분의 일을 배치해. 유능한 공작원들로 말일세. 매우 중요한 거야. 나머지에게는 《광저우 신문》을 실업자들에게 배포해서 탕 일당이 우리가 납입하는 파업 수당 폐지를 요구했다는 사실을 퍼뜨리게 시키고."

"등록된 실업자 수가 몇인지 어디 좀 봅시다……."

"서류는 안 봐도 돼. 2만 6000명이야."

"그렇다면 사람은 충분하겠군."

"공작원들을 몇 명 더 선발해서 오늘 저녁 국민당 회의에 보내게. 거기 가서 탕이 제명될 거고 그도 그런 사실을 알 뿐 아니라 그 결과 그는 현재 당 외부에 기대를 걸고 있다고 퍼뜨리라고. 물론 알 듯 모를 듯 흐릿하게 말이야."

"알겠네."

"탕, 그자를 감옥에 집어넣는 게 불가능하다는 건 확실한
건가?"

"안타깝지만!"

"유감이로군. 하지만 두고 봐, 그자는 대가를 톡톡히 치르
게 될 거야."

뚱보가 옆구리에 서류를 낀 채 방을 나간다. 가린이 벨을 누
른다. 연락병이 명함 한 무더기를 가져와서 탁자 위에 놓으며
뚜껑이 열려 있던 가린의 담뱃갑에서 담배를 하나 집어 든다.

"조합 대표들을 들여보내."

중국인 일곱 명이 깃을 단정하게 여민 저고리에 하얀색 바
지를 입고 있다. 한 명씩 한 명씩 조용히 차례대로 들어온다.
젊은 사람들도 있고 노인들도 있다. 그들은 책상 앞으로 반원
을 그리듯 자리를 잡는다. 나이가 가장 많은 사람은 탁자 위에
걸터앉는다. 통역이다. 모두 가린 말에 귀를 기울인다.

"우리에게 대항하는 쿠데타가 어쩌면 이번 주에 일어날지
도 모릅니다. 여러분은 탕 장군과 그 무리들 생각이 무엇인지
저만큼이나 잘 아실 테죠? 광저우에서 파업 수당이 계속 지급
되도록 보로딘 동지가 얼마나 여러 차례 위원회에 요청했는
지를 여러분께 상기시켜 드리고 싶지는 않습니다. 여러분은
누구보다도 우리 실업자들을 대표하고 있으며 우리 실업자들
은 여러분의 헌신적인 노력이 다른 모든 동지들에게 인정받
도록 하기 위해 최근 열린 조합 회의에서 어려움을 마다 않으
며 싸운 바 있습니다. 여러분을 믿을 수 있다는 것을 잘 압니
다. 자, 여기 탕, 쩡다이 그리고 그들 무리들에게 의심받는 인

물들 명단입니다. 그들은 사태가 벌어지는 즉시 체포될 것으로 보이는 사람들입니다."

그가 그들에게 명단을 건넨다. 그들은 명단을 보더니 서로 얼굴을 쳐다본다.

"여러분들 이름이 보입니까? 그렇다면 여러분들은 이 사무실에서 나가시는 즉시……."

그가 한 문장 한 문장 말을 끝낼 때마다 통역관이 낮은 목소리로 통역하고 다른 사람들은 마치 경을 읽듯이 중얼거리며 반응한다.

"……여러분은 이제부터 댁으로 돌아가면 안 됩니다. 여러분 모두는 조합 상설 사무소에서 지내야 합니다. 그리고 여러분은……."

그는 중국인 세 명을 가리킨다.

"……여기 세 분의 상설 사무소는 너무 멀리 있어 안전에 문제가 있으니 지금 여기에서 나가는 즉시 서류를 찾아 가지고 이곳으로 다시 돌아오십시오. 여러분을 위해 사무실을 마련해 두었습니다. 자, 모두가 파업 감시인들에게 명확한 지침을 내려야 할 겁니다. 우리가 한 시간 안에 우리 쪽 사람들 전원을 소집해야 하기 때문입니다."

그는 그렇게 말하면서 담뱃갑을 손으로 계속 돌리다가 탁자 위에 다시 내려놓는다. 이어서 그는 경쾌한 소리를 내며 상자를 닫더니 자리에서 일어난다. 중국인들은 방 안으로 들어올 때와 마찬가지로 차례차례 그와 악수를 하면서 방을 나간다. 그가 벨을 누른다.

그는 아까 받았던 명함 중 하나를 연락병에게 건네면서 말한다.

"이자에게는 방문 목적을 적으라고 해. 그동안 로모이를 들여보내."

키가 작고 얼굴은 온통 여드름투성이이며 머리를 짧게 깎은 중국인이다. 그는 가린 앞에 서서 공손히 고개를 숙인다.

"이곳과 홍콩에서 최근 파업이 시작됐을 때 쓸데없는 말만 무성했소. 만일 동지들이 의회에라도 있는 줄 착각한다면 오산이오. 해서 말인데 이번에야말로 연설을 확실히 받쳐 줄 목표가 있어야 한단 말이오. 만일 고용주 집이 몹시 멀다거나 형편없다면 어쨌거나 그의 자동차라도 차지할 수 있다고 해야 하오. 마지막으로 한 번 더 말하지만 선동가들은 자신들이 공격하는 대상을 분명히 제시해야 하오. 이런 말을 다시는 하지 않기를 바라오."

키 작은 그 중국인은 고개를 숙이며 인사하고 방을 나간다. 연락병이 좀 전에 돌려받았던 명함을 들고 다시 들어와서 가린에게 건넨다.

"탱크 때문인가?"

가린이 눈썹을 치킨다.

"아니, 그런 일이라면 보로딘 소관이야."

그가 명함에 보로딘의 주소를 적고 나서 몇 자를 덧붙인다.(아마도 소개말인 듯하다.) 누군가 문을 두 번 노크한다.

"들어오시오."

미국식 콧수염 때문에 얼굴에 점이 있는 것처럼 보이는 건장한 유럽인 하나가 문을 밀고 들어오는데 가린과 동일한 황갈색 장교복 차림이다.

"가린, 안녕한가?"

불어를 하지만 이번에도 러시아 사람이다.

"안녕하시오, 장군."

"한데 탕, 그자가 마음을 먹은 건가?"

"자네도 아나?"

"대충. 지금 막 보로를 만나고 오는 길이네. 그런데 그 친구 정말 아프더군! 의사 말이 병세가 악화될까 걱정이라던데."

"어떤 의사? 미로프 아니면 중국인 의사?"

"미로프. 근데 탕은?"

"이삼 일 더 두고 봐야⋯⋯."

"그에게 딸린 병력이 고작 1000명 정도라지?"

"거기에다가 자기네 자금과 영국 자금을 가지고 구할 수 있는 수까지 다 합치면 1500명에서 1800명 정도. 적위군[40]이 여기에 오는 데 최소한 얼마나 걸릴까? 엿새?"

"여드레. 선전부에서 탕의 병사들을 선동했나?"

"거의 못 했지. 그자들 거의 전부가 후난[41]이나 윈난[42] 출신들이거든."

"별수 없지. 그자들이 보유한 기관총 수는?"

"스무 자루 정도."

---

40) 광둥 정부의 적위군.
41) 중국 화중 지방. 황허 강 중하류 지방.
42) 미얀마, 라오스, 베트남과 국경이 닿아 있는 중국 서남쪽 지역.

"가린, 자네는 이 도시에서 사관생도 500~600명 정도는 모을 수 있을 거야. 하지만 그 이상은 어려워."

"행동이 개시되는 대로 자네도 합류해야 할 걸세."

"그럼 우리가 합의를 본 거로군. 탕의 군대가 경계 태세에 돌입하는 즉시 자네는 동원 가능한 사관생도들을 기관총 소대와 함께 보내고, 그러고 난 후에 경찰을 보내라고. 그러면 우리가 위쪽에서 내려오겠네."

"알겠네."

그자가 떠난다.

"한데 가린, 저자가 참모 총장인가?"

"맞아, 갈렌이야."

"마치 차르의 장교 같아 보이는군!"

"다들 그래……."

흰 머리를 짧게 깎은 또 다른 중국인이 들어온다.

그자가 가린 가까이 다가오더니 자기 손끝으로 책상을 짚고 기다린다.

"지휘하고 있는 실업자 모두가 수중에 있소?"

"네, 그렇습니다."

"삼십 분 안에 몇 명이나 동원할 수 있겠소?"

"어떤 수송 편으로 말씀이신가요?"

"빠른 방법으로. 수송 편은 상관치 마시오."

"1만 명 이상입니다."

"좋소, 고맙소."

백발이 멋진 중국인도 대화가 끝나자 방을 나간다.

"저자는 도대체 누구지?"

"조합의 수당 관리 책임자. 문사야. 예전에 고급 관리였는데 파면당했지. 사연이 좀 있는데……."

그가 연락병을 다시 부른다.

"아직 안 가고 있는 사람들은 모두 경찰 서장에게 보내."

그런데 반쯤 열린 문틈 사이로 처음 보는 중국인 하나가 슬쩍 노크를 두 번 하고 조심스레 안으로 이제 막 들어서는 참이다. 니콜라예프만큼이나 살이 찌고 개성이 없는 얼굴에 입술은 두툼하고 면도를 했다. 그 사람은 입을 커다랗게 벌리고 금니를 훤히 드러내며 웃고 있는데 손가락 사이에는 큼직한 시가 한 대가 끼워져 있다. 그는 영어를 한다.

"가린 씨, 블라디보스토크를 떠난 배는 도착했습니까?"

"오늘 아침에."

"가솔린은 얼마나요?"

"1500……."

중국 단위가 이어지는데 나는 알지 못하는 것이다.

"언제쯤 우리 손에 들어오겠습니까?"

"내일. 수표는 바로 여기서, 늘 하던 식으로."

"제가 지금 바로 서명했으면 하십니까?"

"아니오. 모든 일에는 다 때가 있는 법이니까."

"그러시다면 안녕히 계십시오, 가린 씨. 내일 뵙지요."

"그럼, 내일."

중국인이 방을 나가는 동안 가린은 나에게 나지막이 불어로 말한다.

"소련이 우리에게 보내는 상품을 저자가 우리에게서 구입하지. 인터내셔널은 지금 돈이 없거든. 그래서 원자재를 내다 팔 수밖에 없는 상황이야. 그러니까 할 수 있는 일이라면 다 하는 거라고. 가솔린, 석유, 무기, 교관 들까지 말이야……"

그는 자리에서 일어나 문까지 가더니 밖을 내다본다. 이제는 아무도 없다. 그가 자신의 책상으로 돌아와 자리에 앉아서 서류 하나를 펼친다. 홍콩 관련 최신 보고서다. 이따금씩 그는 따로 분류하고자 하는 자료들을 나에게 건넨다. 더위를 조금이나마 피할 수 있지 않을까 싶어서 나는 선풍기를 조정하는 스위치를 켠다. 그러자 곧이어 서류가 바람에 날린다. 그가 선풍기를 끄고 흩어진 서류를 다시 정리한 다음 붉은색 연필로 보고서의 어떤 문장들에다 계속 밑줄을 긋는다. 보고서, 보고서, 보고서. 그가 선별한 보고서 요약을 내가 준비하는 동안 그가 방에서 나간다. 보고서…….

홍콩을 마비시킨 파업은 현 상태로 사흘 이상 계속되지 못할 것이다.

앞으로 파업 지원금을 받지 못할 노동자들이 다시 조업을 재개하기 전까지 열흘을 버틸 수 있다고 친다면 다 해서 십삼일이 되는 것이다. 따라서 앞으로 보름이 되기 전에 보로딘이 국면 타개책을 새로 찾아내지 못한다면 영국 선박이 광저우 항구를 차지하게 될 것이다. 홍콩은 다시 일어설 것이고 이번 파업에서 얻은 모든 교훈은 헛된 것이 되고 만다. 홍콩이 받은 타격은 매우 강력한 것이어서 은행들은 이미 막대한 손실을 입었고 지금도 여전히 매일매일 손해를 보고 있다. 더군다나 중국인들은 영국이 더 이상 막강한 존재가 아니라는 사실을 자기들 눈으로 확인했다. 하지만 현재로서는 우리 측 보조금과 영국 은행 측 보조금이 인구 30만 도시, 그러나 일하는 사람이라고는 전혀 없는 이 도시를 먹여 살린다. 이 도박에서 과연 누가 제일 먼저 판을 깰 것인가? 우리다. 반드시 그렇게 될 수밖에 없다. 게다가 후이저우[43) 쪽에서 천중밍 군대가 전투 태세에 돌입할 준비를 하고 있으니…….

이제 남은 건 광저우에 입항해야 하는 선박들의 선장 모두를 상대로 홍콩 기항을 금지하는 것이다. 그러나 그렇게 하려면 법령이 필요한데, 쩡다이가 현재 자신이 쥐고 있는 권력을 유지하는 한 법령은 공표되지 못할 것이다.

홍콩은 영국이다. 천중밍 군대의 배후도 영국이다. 쩡다이를 둘러싼 메뚜기 떼 뒤에도 영국이 있다.

책 두서너 권이 책상 위에 놓여 있다. 신부들이 만든 중국어 라틴어 사전 한 권과 『이질』, 『말라리아』라는 의학 서적 두 권. 가린이 돌아오자, 나는 그에게 건강을 챙기지 않느냐고 묻는다.

"그럴 리가 있나! 치료를 받는다니까! 다른 일도 해야 했으니까 건강에 늘 주의하고 신경을 썼던 건 아니지. 하지만 병세가 그렇게 대단한 것도 아니라고. 나으려면 유럽으로 돌아가야 해. 나도 잘 아네. 최대한 짧게 머무를 걸세. 하지만 지금으

---

43) 중국 광둥 성 중부에 있는 상업 도시.

로서는 어떻게 여기를 떠날 수 있겠나!"

내가 좀 우겨 봤지만 이런 대화는 그를 성가시게 할 뿐이다. 그러고 나서 연락병이 편지를 하나 가져왔고 그는 그것을 주의 깊게 읽는다. 이어서 그는 나에게 편지를 내밀며 말한다.

"빨간색은 니콜라예프가 쓴 거야."

새로운 명단인데 점심 식사를 할 즈음에 가린이 받았던 것과 비슷하지만 조금 더 길다. 보로딘, 가린, E. 첸[44], 쑨커[45], 랴오중카이[46], 니콜라예프, 세묘노프, 홍 그리고 내가 모르는 수많은 중국인 이름이다. 니콜라예프가 종이 한쪽 구석에 붉은색으로 이렇게 써 놓았다.

체포 후 즉결 처형에 처할 대상자 명단 전체.

이어서 그는 종이 하단에 펜으로 급하게 몇 자 덧붙였다.

그들은 현재 성명서를 인쇄하는 중이다.

5시에 연락병이 다른 명함을 한 장 가져온다. 가린이 자리에서 일어나 문까지 가더니 옆으로 비켜서서 쩡다이를 안으로 들인다. 키가 작은 노인은 들어와 의자에 앉으며 두 다리

---

44) 광둥 정부의 외무부 장관.
45) 쑨커(1895~1973). 쑨원의 아들.
46) 광둥 정부, 즉 중화민국 국민 정부의 재무부 장관. 국민당 내 좌파의 우두머리.

를 쭉 뻗고는 자기 두 손을 양쪽 소매 속에 찔러 넣은 채 이미 책상으로 돌아와 앉은 가린을 바라보는데 호의적이긴 하지만 빈정거리는 듯한 시선이다. 하지만 그 노인은 아무 말이 없다.

"쩡다이 씨, 저를 보고 싶어 하셨다구요?"

그는 그렇다고 고개를 끄덕이고는 양 소매 속에서 자기 두 손을 천천히 빼내며 말한다.

"네, 가린 씨. 맞습니다. 최근 연이어 벌어졌던 테러 행위에 대해서 선생도 아는지 제가 굳이 여쭙지 않아도 되겠죠."

그는 검지를 들어 올린 채로 아주 느리게 또박또박 말한다.

"선생 능력을 너무나 존경하는 저로서는 선생이 그 사실을 모르실 거라고 생각지 않습니다. 더군다나 선생의 임무상 니콜라예프 씨와 연락을 계속하지 않을 수 없으실 테니까요……. 가린 씨, 테러 사건들이 너무 많이 연이어 일어나고 있습니다."

가린이 '저라고 무슨 수가 있겠습니까?'라는 투로 몸짓을 해 보인다.

"가린 씨, 우리는 서로를 이해하고 있습니다, 이해하고 있지요……."

"쩡다이 씨, 탕 장군을 잘 아시죠, 그렇지 않습니까?"

"탕 장군님은 충직하고 바른 분입니다."

그리고 마치 자신이 하는 말을 강조하려는 듯이 자기 오른손을 책상 위에 천천히 올려놓는다.

"저는 중앙 위원회에서 테러 행위를 근절하기 위한 효과적인 대책을 얻어 낼 작정입니다. 제 생각으로는 테러 그룹의 우두머리라고 알려져 있는 자들을 모두 다 고발하도록 하는 게 좋을 것 같습니다. 가린 씨, 저는 선생 입장, 아울러 제가 제출하고자 하는 안에 대한 선생 동료들의 입장이 무엇인지 알고 싶습니다."

그는 자기 손 하나를 소매에서 뺐다가 다시 집어넣는다. 가린이 대답한다.

"쩡다이 씨, 이 점은 아셔야 합니다. 얼마 전부터 선생께서 선생 동지들에게 내린 명령이 우리가 원하는 바와는 첨예하게(그리고 조금 안타깝게) 대립해 왔습니다."

"가린 씨, 누군가가 선생에게 잘못 알려 주었군요. 선생은 형편없는 참모들을 두고 계신 건 아닌가요, 아니면 선생 정보가 틀린 건가요? 저는 그 어떤 명령도 내린 적이 없습니다."

"지시라고 해 두죠."

"그것도……. 전 그저 제 생각을 밝히고 제 의견을 냈을 뿐입니다. 그게 답니다……."

쩡다이가 점점 더 미소를 짓는다.

"제 말이 불편한 건 아니겠죠?"

"저는 선생 의견을 높이 평가합니다. 하지만 제가 바라는 것은(아니, 우리가 바라는 것은) 위원회가 다른 방식으로 정보를 얻었으면 하는 겁니다……."

"……경찰을 통하는 것 말고 말인가요? 가린 씨? 저도 그렇게 생각합니다. 예를 들어 위원회가 유능한 인물 하나, 제 구성원들 중 하나로 해서 말이죠, 저에게 보낼 수도 있었을 텐데요! 위원회는 분명 그럴 수 있었어요, 그리고(그가 몸을 살짝 앞으로 숙인다.) 그 증거란 다름 아니라 지금 우리가 이렇게 같이 있는 거지요."

"몇 달 전까지만 하더라도 선생님 의견을 제대로 알기 위해서 저를 보낼 필요가 있다고 보지는 않았던 거죠. 선생께서 의견을 위원회에 직접 알리곤 하셨으니까……."

"그러니까 문제는 내가 변한 건지 가린 씨가 변한 건지 아는 거로군요……. 난 이제 더 이상 젊은이가 아니랍니다, 가린 씨. 그리고 내 인생이 어떤지야 선생도 아마 잘 아실 테죠……."

"선생의 인품을 놓고 왈가왈부하려 드는 사람은 아무도 없습니다. 그 부분에 대해서 우리 모두에게는 존경심이 있습니다. 우리는 선생께서 중국에 얼마나 크나큰 공헌을 했는지 모르지 않습니다. 하지만……."

쩡다이는 고개를 숙인 채로 미소를 지었다. 그러나 '하지만'이라는 말을 듣자 몸을 바로 세우고 걱정스러운 표정으로 가린을 바라본다.

"……하지만 제가 보기에 선생께서는 우리가 추진하는 활동의 가치를 부인하지는 않으시지만 그럼에도, 약화하려 하신다는 겁니다."

쩡다이는 가린이 침묵에 거북해져서 결국엔 말을 계속할 거라 기대하는 듯 아무 말이 없다. 잠시 후 그는 결심한 듯 말한다.

"어쩌면 우리 상황이 좀 더 명확해지는 게 더 좋을 것 같군요……. 가린 씨, 몇몇 위원회 위원들은 물론이고 특히나 선생의 자질은 뛰어납니다. 그러나 우리는 선생께서 전폭적으로

지지하는 그 정신에 전적으로 동의할 수가 없습니다. 선생은 황푸 군관 학교에 어떤 중요성을 부여하는 겁니까?"

그는 신자들이 저지른 죄를 슬퍼하는 가톨릭 사제처럼 양손을 벌린다.

"저는 낡은 중국 관습에 지나치게 얽매인 사람이라고 의심받지는 않습니다. 오히려 저는 그런 것들을 부숴 버리는 데 기여했지요. 한데 제 확고부동한 생각이라서 이렇게 말씀드리는 것입니다만 저에게는 당 활동이 정의라는 것 위에 세워져 있다는 전제 조건 아래에서만 우리들의 기대를 저버리지 않으리라는 신념이 있습니다. 제 말에 이의를 제기하고 싶으신가요?"

한층 나지막한 목소리로 말을 잇는다.

"아니시겠죠……. 제국주의자들이 모든 책임을 짊어져야 합니다. 모두의 명분을 위해서 황푸 군관 학교의 사관생도들보다는 운 나쁜 몇몇 사람을 암살하는 편이 나을 겁니다……."

"그건 그자들의 목숨을 하찮게 여기는 거죠."

그는 고개를 뒤로 젖히고 가린을 바라본다. 그런 그의 모습이 마치 연로한 중국 선생이 학생 질문에 불쾌해하는 것 같다. 나는 그가 화가 단단히 났다고 생각했는데 그는 그 어떤 내색도 하지 않는다. 그는 자기 두 손을 여전히 양 소매 속에 찔러 넣고 있다. 이자는 사멘에서 벌어진 총격전을 생각하는 걸까? 결국 그는 자기 생각에 결론을 내놓는다는 듯이 말한다.

"아! 그들을 홍콩 지원병들의 총알받이로 보내는 편이 낫겠다, 뭐 이렇게 생각하시는 건 아니죠?"

"그런 문제는 언급조차 없습니다. 선생도 저만큼이나 전쟁이 일어나지 않을 것이며 영국이 일으킬 수도 없는 걸 잘 아십니다. 유럽이 구사하는 기만 전술이 얼마나 어리석은지 벽에 걸린 총검들이며 포구가 막힌 대포들에 의존하는 힘이라는 게 얼마나 하찮은지를 모든 중국인들은 하루가 멀다 하고(물론 국민당이 일조하고 있지만요.) 다르게 깨닫고 있습니다."

"전 선생만큼 그렇게까지 확신하지는 않습니다. 선생이야 전쟁을 마다하지 않으실 테지만……. 전쟁은 선생의 탁월한 수완, 보로딘 씨의 조직력 그리고 갈렌 장군의 전투력을 우리 모두에게 보여 주겠지요."(한데 '전투력'이라는 그자의 말이 어찌나 은근히 경멸적인 어투로 들리는지…….)

"중국 전역의 해방이야말로 숭고하고도 정의로운 일이 아니겠습니까?"

"가린 씨, 당신은 참으로 달변가시로군요! 하지만 우리는 이 문제를 동일한 시각으로 바라보지는 않습니다. 선생께서는 경험을 원하시죠. 경험을 위해서라면 뭐라고 해야 할까……. 선생은 선생이 필요로 하는 것을 이용하고 있습니다. 이를테면 이번 경우에 선생이 필요로 하는 건 이 도시의 민중인 겁니다. 제가 선생에게 다 털어놓을까요? 저는 그들이 이번 일에 동원되지 않았으면 좋겠습니다. 저는 비극적인 이야기를 읽기 좋아하고 그런 이야기를 높이 평가할 줄도 압니다만 내 가족에게 그런 일이 일어나는 건 지켜보고 싶지 않습니다. 만일 내가 내 생각을 지나치다 싶게 너무 과격한 방식으로 감히 표현한다면 그리고 대상이 전혀 다르긴 하지만 선생도 가끔 직접 사용하는 표현을 하나 빌리자면 저는 제 동포들이…… 실험용…… 쥐로 쓰이는 걸 차마 눈 뜨고 볼 수가 없다는 겁니다."

"제 생각에 만일 전 세계에서 실험의 대상이 되었던 나라가 하나 있다면 그것은 중국이 아니라 러시아지요."

"물론 그렇죠……. 하지만 러시아는 아마도 그게 필요했던 겁니다. 그런 필요를 선생과 선생의 동지들은 느끼신 거지요. 물론 위험이 닥치는 한이 있더라도 선생들이 그걸 피하지는 않으실 겁니다……."

그가 고개를 숙인다.

"제 생각에는 말이죠, 가린 씨, 그렇다 하더라도 위험을 찾아 나서는 충분한 이유가 될 수는 없습니다. 제가 원하는 건 말이죠. 제가 기원하고 있기도 합니다만, 중국인들이 중국 땅 어디에서든지 중국 법정을 통해서 재판받으며 중국인 경찰들에게 실제로 보호받고 명목상이 아니라 실제로 합법적인 주인으로서 정말로 토지를 소유하는 겁니다. 하지만 우리는 영국에 대항하여 공격을 가할 권리가 없지요. 정부가 주도하는 행동으로도 말입니다. 우리는 전쟁 중이 아니거든요. 중국은 중국인 거고 나머지 다른 나라는 다른 나라일 뿐이지요."

가린은 난처한지 곧바로 대답하지 않는다. 쩡다이가 다시 말을 잇는다.

"그런 공격이 무엇을 목표로 하는지 저는 너무나 잘 압니다……. 그 공격이 선생이 이곳에 몰고 온 광신적인 분위기를 유지시키리라는 것도 너무나 잘 압니다."

가린이 그를 응시한다.

"그런 열광적인 분위기의 가치를 부정하진 않습니다만 대단히 유감스럽게도 말이죠, 가린 씨. 저는 받아들일 수가 없군요. 오직 진실만이 우리가 서 있어야 하는 곳이니까요⋯⋯."

그가 마치 사과를 청하기라도 하듯이 양손을 벌린다.

"쩡다이 씨, 영국이 선생만큼이나 정의를 염두에 두고 있다고 생각하십니까?"

"그렇지는 않습니다⋯⋯. 바로 그렇기 때문에 우리는 결국 영국을 물리치고 말 겁니다⋯⋯. 폭력적인 방법을 쓰지도 전투를 치르지도 않고서 말이죠. 오 년도 못 가서 영국 상품은 더 이상 중국 땅에 들어올 수 없을 겁니다."

그자는 간디를 생각하고 있다⋯⋯. 가린은 자기 연필 끝으로 책상을 두드리며 천천히 답한다.

"만일 간디가 최후 '하르탈'을 중단할 목적으로 개입(물론 그도 정의라는 이름으로 개입했었지요.)하지 않았더라면 말이죠, 영국인들은 인도에 지금 얼씬도 못 했을 겁니다."

"만일 간디가 개입을 하지 않았더라면 말이죠, 가린 씨. 오늘날 우리가 들을 수 있는 교훈들 중에서 가장 귀중한 교훈을 세상에 남긴 인도라는 나라는 그저 폭동을 일으키는 아시아 변방에 불과할 겁니다⋯⋯."

"멋진 실패의 본보기나 들어 보려고 우리가 여기 이렇게 있는 건 아닙니다!"

"선생님께서 생각하시는 것보다 훨씬, 게다가 제게 너무나 과분한 영광을 돌리시는 그 같은 비교에 감사드립니다. 간디는 자기 동포들이 저지를 과오를 스스로의 고난으로 대신해서 속죄할 줄 아는 인물입니다."

"그리고 그의 선의가 그의 동포들에게 가져다준 건 채찍뿐이죠."

"가린 씨, 흥분하시는군요. 무엇 때문에 그렇게 화를 냅니까? 가린 씨의 신념과 제 신념 사이에서 중국은 결국 선택을 할 겁니다……."

"중국으로 하여금 마땅히 해야 할 것을 하도록 하는 게 바로 우리입니다. 하지만 우리가 서로 의견의 일치를 이루어 내지 못한다면, 선생께서 중국에게 가장 필요한 것을 중국이 외면하도록 가르치신다면, 다시 말해서 만일 무엇보다도 급선무인 것, 즉 '살아야 한다.'라는 걸 선생께서 인정하려 들지 않으신다면 우리가 어떻게 그걸 해낼 수 있을까요?"

"중국은 자신을 정복했던 이들을 언제나 굴복시키고 말았습니다. 그랬죠, 서서히 말입니다. 하지만 언제든…… 가린 씨. 만일 중국이 정의의 중국이 아니라 다른 어떤 게 되어야 한다면 말이죠, 그러니까 제가(제 나름대로) 세워 보고자 애를 쓴 게 아니라면 말입니다, 그래서 중국이 이를테면 말이죠…….(잠시 침묵. '러시아와 같다.'라는 암시.) 중국 생존이 급선무인지는 잘 모르겠습니다. 위대한 기억만은 영원하기를 바랍니다. 청조가 제아무리 못된 악행을 저질렀다고 해도 중국 역사는 존중받아 마땅하지요……."

"그렇다면 우리가 지금 쓰고 있는 역사의 페이지들이 폐망의 인상을 주고 있다고 생각하시는 건가요?"

"가린 씨, 5000년 역사가 비애로 가득 찬 몇 페이지 없이, 그러니까 어쩌면 선생께서 언급한 것들과는 비교할 수 없을 정도로 엄청나게 비극적인 페이지들 없이 흘러갈 수야 없겠지요. 그러나 적어도 그걸 쓰는 사람이 저는 아닐 겁니다……."

그는 자리에서 힘겹게 일어나서 잰걸음으로 문을 향해 간다. 가린이 그를 배웅한다. 문이 닫히자마자 가린은 나를 향해 몸을 돌리더니 말한다.

"세상에, 주여, 우리를 성인들로부터 구하소서!"

최종 보고서에 따르면 탕의 장교들은 시내에 있다. 오늘 밤 우려할 필요는 전혀 없다.

저녁 식사를 하면서 가린이 나에게 설명한다.

"신념의 영역이든 열정의 영역이든 간에 쩡다이에 맞서서 우리가 힘이 모자라는 건 아니야. 오늘날 아시아 전역은 개인의 삶을 지각했을 뿐 아니라 새로이 발견한 죽음에 푹 빠져 있어. 가난한 사람들은 궁핍한 자기들 삶엔 그 어떤 희망도 없으며 새로운 세상에서 자신들이 기대할 건 아무것도 없다는 걸 알았지. 신앙심을 잃어버린 나병 환자들이 샘물에 독을 탄 적도 있다니까. 중국인다운 삶, 중국 관습, 중국의 모호한 신념을 내팽개쳐 버린 데다가 기독교에 반발하는 사람이라면 그 누구든 한 명의 훌륭한 혁명가인 거라고. 홍 그리고 앞으로 자네가 만나 보게 될 거의 모든 테러리스트들의 경우를 통해서 자네는 그러한 사실을 철저히 알게 될 걸세. 의미 없는 죽음, 속죄받지도 보상받지도 못하는 그런 죽음에 대한 공포와 동시에 가난한 생활을 극복할 수 있다는 희망, 그렇게 해서 특별하고 개인적인 삶, 말하자면 부자들이 누리는 것들 가운데에서 가장 소중하다고 막연히 생각되는 그런 삶에 다다를 수 있으리라는 희망이 생겨난 거야. 바로 그런 생각들 덕분에 보로딘이 러시아에서 가져온 몇 가지 체제가 성공을 거둘 수 있었지. 노동자들로 하여금 공장 조정 위원들을 직접 선출하도록 한 것도 바로 그런 거지. 허영심 때문이 아니라 더 실질적으로 인간적인 존재감을 성취해 내기 위해서라고나 할까…….
특별한 인생을 산다는 감정 말이야. 하나님이 보시기에도 뭔가 분명히 남다른 삶을 살아간다는 느낌, 그러니까 기독교의 원동력이 되는 감정과 유사한 게 아닐까? 증오심이 이런 감정들과 크게 다르지 않다는 사실 그리고 심지어 광적인 증오심과도 그리 다르지 않다는 걸 나는 매일 보고 있다네……. 만약 어떤 하역 인부에게 자기 주인의 자동차를 보여 준다면 여러 결과가 벌어질 수 있겠지. 하지만 만일 그 하역 인부 다리가 부러진다면……. 게다가 중국에서는 다리가 부러지는 일들이야 다반사니……. 어려운 게 뭐냐 하면 중국인들의 막연한 생각을 결심으로 변화시키는 거라고. 그들에게 자신감을 불어넣어야 했지. 물론 점진적으로 말이야, 그래서 바로 그 자신감이 고작 며칠이 지난 후에 사라져 버리지 않도록 말일세. 그들을 전투에 참가시키기 전에는 그들의 승리를, 수없이 계속된 그들의 승리를 그들에게 보여 주어야 했지. 이유야 여러 가지이지만 바로 그렇기 때문에 홍콩을 상대로 하는 투쟁이 훌륭한 예야. 성과는 눈부셨고 우리는 그보다 혁혁한 성과들을 지금도 계속해서 만들어 내고 있는 거야. 영국의 상징인 도시를 무겁게 짓누르는 몰락을 바라보면서 그들 모두는 이 투쟁에 동참하기를 간절히 원하지. 그들은 스스로 승리자라고 여기고 있어. 그러니까 그들은 끔찍한 전쟁 장면, 전쟁 하면 오직 패배만을 떠올리게 되기 때문에 그들에게 혐오감을 줄 뿐인 그런 끔찍한 장면을 견뎌 낼 필요도 없는 승리자들인 거라고. 우리와 마찬가지로 그들에게도 오늘은 홍콩인 거고, 내일은 한커우[47], 모레는 상하이, 그다음엔 베이징인 거야……. 천중밍에 맞선 우리 군대에 사기를 불어넣어야 하는 건(물론 앞으로 불어넣게 될 것이기도 하지.) 바로 이 투쟁으로 고양된 분위기라고. 이거야말로 북벌[48]을 떠받치는 힘이 될 거야. 그래서 우리의 승리가 반드시 필요한 거라고. 그렇기 때문에 우리는 모든 수단과 방법을 동원해서 서사적인 힘이 되어 가고 있는 대중적인 이 열의가 정의라든가 아니면 또 다른 쓸데없는 이름으로 먼지처럼 사라져 버리지 않도록 막아야 하는 거라고!"

"그토록 거대한 힘이 그리 쉽게 무너지겠나?"

"무너지는 게 아니라 완전히 사라져 버린다는 얘기네. 시의적절치 못한(인도인들이 영국인 몇 명을 처치해 버렸기 때문에) 간디의 설교 하나가 마지막 하르탈을 깨 버리는 데 충분했지. 열의라는 것도 소심함 앞에서는 별수 없는 법이야. 특히나 이곳

---

47) 중국 후베이 성 우한 시의 지역.
48) 신해혁명 이후 광둥에서 물러나 혁명 정부를 수립한 쑨원 등이 북방 군벌 정권을 타도하기 위해서 벌인 전쟁을 말한다. 특히 쑨원 사후 1926년부터 1928년까지 장제스가 주도하여 실행한 토벌이 가장 유명하다.

에서는. 명심해야 하는 건 각자 삶이 혁명과 불가분의 관계에 있다는 것, 따라서 만일 우리가 패배한다면 우리 삶도 그 가치를 잃을 것이며 또다시 형편없어질 거라는 사실이야……."

잠시 침묵이 흐른 뒤 그가 덧붙인다.

"게다가 굳게 마음을 먹은 소수가……."

저녁 식사 후에 그는 보로딘이 어떻게 지내는지 알아보러 갔다. 의사가 우려하던 고열이 확실해서 인터내셔널 대표라는 자는 드러누운 채로 도무지 읽을 수도 없고 아무 말도 할 수 없는 상태에 있다는 것이다. 가린은 보로딘의 병세를 걱정하고 있는데, 그런 근심 때문인지 우리는 보로딘에 대해서 잠시 이야기하게 되었다. 내가 한 질문 가운데 하나에 가린은 대답했다.

"내 마음속 깊은 곳에는 오래된 원한 같은 게 있어, 그래서 나는 혁명에 투신하게 된 거야……."

"하지만 자네는 가난했던 적이 거의 없지 않은가……."

"아니, 그건 문제가 아니야. 뿌리 깊은 나의 적개심은 가진 자들을 향한다기보다는 오히려 그자들이 소유물을 지키기 위해서 들먹거리는 어리석은 원칙들을 향하는 거라고. 그리고 다른 이유가 또 하나 있지. 내가 아직 사춘기 소년이던 때 나는 막연한 생각이나 했을 뿐 나 자신에 대한 신념을 품기 위해서 그 무엇도 필요로 하지 않았지. 나는 여전히 신념에 차 있지만 이제는 다른 식으로야. 지금은 증거가 필요하거든. 나와 국민당을 맺어 줄 건 바로……."

그리고 그는 자기 손을 내 팔 위에 놓으며 말한다.

"익숙해서거나 무엇보다도 공동의 승리를 필요로 하기 때문인 거지……."

다음 날.
테러리스트들의 활동은 여전히 과격한 양상을 보인다. 어제 어떤 부유한 상인과 판사가 노상에서 피살됐으며 전직 법관 두 명은 자택에서 살해당했다.
내일 쩡다이는 홍을 비롯한 무정부주의 단체 및 테러 단체 우두머리 전원에 대한 즉각적인 체포 명령을 집행 위원회에 요구할 것이다.

다음 날.

탕의 군대가 결집해 있다.

우리가 점심 식사를 막 시작할 무렵 도착한 보고다. 우리는 곧바로 출발한다. 자동차는 강을 따라 전속력으로 달리고 있다. 시내에는 아직 별다른 조짐이 보이지 않는다. 하지만 우리가 멈춰 선 곳 앞으로 늘어선 집들 내부에서는 기관총 부대원들이 만반의 준비 태세를 갖추고 있다. 우리가 그 앞으로 지나가자마자 정규 경찰과 파업 감시인들이 강둑에서 군중을 몰아내고 교량 통행을 차단했는데 교량들 가까이로 기관총 중대가 포진해 있다. 탕의 군대는 강 건너편에 있다.
선전부에는 니콜라예프와 중국인 젊은이 하나가 가린 사무실 앞에서 우리를 기다린다. 머리카락은 헝클어지고 얼굴이 제법 미남인 이 중국 청년이 바로 테러리스트 우두머리인 홍이다. 나는 그의 이름을 듣고서야 그의 팔이 얼마나 긴지를 눈여겨본다. 흡사 원숭이를 연상시키는 기다란 그의 팔에 대해서 제라르가 나에게 이미 말했던 적이 있다. 선전부원들 여럿이 이미 복도에 모여들 있다. 그들은 탕에게 의심받고 있는 우리 동지들의 집 앞에 배치되어 있었고 체포 임무를 띤 정찰대가 출동하는 즉시 우리에게 알려 주기로 되어 있었다. 그들 말에 따르면 방금 전 군인들이 무력으로 가택에 침입했고 자신들이 찾는 인사들을 찾아내지 못한 데 화가 나서 집에 있던 여자들이며 하인들을 끌고 갔다는 것이다⋯⋯. 가린이 말을 막는다. 그러고는 한 사람 한 사람에게 그들이 어디에 있었는지를 묻고, 이어서 정찰대가 습격한 지점들을 광저우 지도 위에다가 표시한다.

"니콜라예프?"

"여기 있네."

"어서 가 보게. 갈렌에게 보낼 메시지가 하나 있어. 자네가 직접 맡게. 그리고 모든 상설 사무소에 자동차 편으로 선전 부원을 하나씩 보내게. 그래서 조합마다 오십 명 지원병이 정찰대들을 상대하도록 하라고. 정찰대들은 강 상류로 거슬러 올라갈 게 분명해. 그러니 지원병을 강둑에 배치하고 사관생도 두 명에게 기관총 하나씩을 지급해서 지원병들을 지휘하도록 하게."

니콜라예프는 비대한 몸을 뒤뚱거리고 가쁘게 숨을 내쉬

면서 서둘러 출발한다. 이제 복도에는 선전부원 한 무리가 남아 있는데 광둥 출신 장교 한 명과 키 큰 유럽인 한 명이(클라인인 듯한데…… 그림자에 가려 잘 보이지 않는다.) 그들에게 서둘러 뭔가 물은 뒤에 가린에게로 보내고 있다. 아주 젊은 또 다른 광둥 출신 장교 하나가 어깨를 요리조리 움직여 가면서 중국 전통 복장 또는 하얀색 옷을 입은 사람들 무리를 헤치며 나온다.

"위원님! 저도 출발합니까?"

"물론이오, 대령. 3번 교량 위에서 전갈을 받을 것이오."

그리고 가린은 지도 하나를 그에게 건네는데 거기에는 정찰대들이 자리 잡은 장소들, 탕의 출발 지점 그리고 탕의 예상 진로가 붉은색으로 표시되어 있다. 푸른색 줄은 도시를 둘로 나누는 강인데 바로 그곳에서(광저우에서 늘 그랬듯이) 전투가 벌이질 것이다. 나는 갈렌이 했던 말을 잊지 않고 있다. "노루발 모양 지형이지. 만일 교량을 건너지 못한다면 그놈들은 끝난 거야."

젊은 비서 하나가 쪽지를 가지고 뛰어온다.

"대령, 기다리시오! 자, 여기, 경찰청이 보낸 메모요. 탕에게는 1400명 병력이 있다는군."

"우리 쪽은 겨우 500명입니다."

"갈렌은 내게 600명이라고 했는데?"

"500명입니다. 감시병들은 강둑을 따라 배치되어 있습니까?"

"그렇소. 포위될 위험은 전혀 없소."

"좋습니다. 우리가 교량들을 사수할 겁니다."

대령이 별 다른 말 없이 떠난다. 웅성거리는 소음을 뒤로하고 그의 자동차가 출발하며 내는 시동 소리와 멀어져 가며 연신 빵빵거리는 경적이 우리에게까지 들려온다. 더위. 무더위. 우리 모두는 긴 소매를 입고 있다. 벗어 던진 윗도리들은 한쪽 구석에 쌓여 있다. 또 다른 전갈 하나. 탕이 보낸 전갈 사본이다. 가린이 큰 소리로 읽는다. "목표물. 은행, 역, 우체국." 그가 말없이 잠시 눈으로만 읽다가 다시 소리 내어 읽는다. "무엇보다도 우선 강을 건너야 한다……."

"가린, 가린! 평랴오둥 군대가……."

니콜라예프가 되돌아오는데 머리카락은 땀으로 흠뻑 젖은 채로 두 눈동자를 구슬처럼 이리저리 돌리며 넓적한 자기 얼굴을 손수건으로 연신 훔치고 있다.

"……탕의 군대와 합류한다는군. 황푸로 가는 도로는 차단됐고."

"확실한가?"

"확실하네."

그리고 혼잣말하듯 좀 더 낮은 목소리로 니콜라예프가 덧붙인다.

"우리만으로는 버틸 수 없을 거야……."

가린은 탁자 위에 펼쳐 놓은 지도를 바라본다. 그리고 짜증이 난다는 듯 어깨를 추어올리고 나서 창가로 간다.

"선택의 여지가 없어……."

그는 목청껏 "클라인!" 하고 소리를 지르더니 나지막한 목소리로 홍에게 말한다.

"홍, 자네가 운전기사들 상설 사무소로 가서 오십 명가량을 데리고 오게."

그리고 니콜라예프에게 되돌아와서는 묻는다.

"전보는? 전화는?"

클라인이 들어온다.

"뭔가?"

"펑이 우리를 배신하고 황푸로 가는 길을 차단하고 있어. 적위군과 선전부원들로 구성된 정찰대를 하나 조직하게. 자동차로 쓸 만한 건 뭐든지 (신속히) 동원하게. 그런 다음 차량한 대당 선전부원 하나와 운전수 하나를 배치하게. 홍이 모으러 갔으니 아래층에서 곧 만나 볼 수 있을 걸세. 그 사람들로 하여금 도시 전역을 뒤집고 다니며(물론 교량은 건너지 않으면서 말이야.) 가능한 한 많은 실업자들과 파업 참가자들을 여기로 데려오도록 하라고. 상설 사무소에도 들러야 하네. 열성 당원들이 동원할 수 있는 사람들을 전부 이리로 보내. 그리고 재주껏 대령과 접촉해서 대령한테 사관생도 백 명을 보내 달라고 해."

"대령이 화를 낼 텐데."

"답답하긴! 선택의 여지가 더 이상 없다니까! 자네가 직접 그자들을 데리고 오게."

클라인이 떠난다. 멀리서 사격 소리가 들리기 시작한다.

"이제부터는 교통 체증을 주의해야 해! 우선 3000명만이라도 된다면……."

가린이 사관생도를 부른다. 잠시 전에 클라인과 함께 선전부원들을 심문한 다음 가린에게로 들여보내던 바로 그 생도다.

"부두 노동자들 상설 사무소에 비서 한 명을 보내게. 인부 삼십 명이네."

자동차 한 대가 떠난다. 나는 창밖으로 시선을 슬쩍 돌려 본다. 자동차 십여 대가 선전부 앞에 세워져 있고 기사들이 바로 옆에서 대기 중이다. 비서들이 자동차 한 대씩을 잡아타고 떠난다. 자동차는 건물에서 비스듬히 내려오는 큼직한 그림자에서 빠져나와 삐걱거리는 소리를 내며 햇살 아래 먼지가 가득 이는 한복판으로 사라진다. 더 이상 총소리가 들리지 않는다. 하지만 내가 창밖을 내다보는 동안 등 뒤로 어떤 남자가 가린에게 말하는 소리가 들린다.

"적의 정찰대 세 조가 체포됐습니다. 지부에서 파견한 세 명이 명령을 기다리는 중입니다."

"장교들은 총살하고 사병들…… 그들은 어디에 있지?"

"상설 사무소에 있습니다."

"좋아, 무장 해제시키고 수갑을 채워. 만일 탕이 교량을 건너온다면 총살해."

내가 돌아보자 가린과 말하던 자가 방을 나가는가 싶더니 곧바로 다시 돌아온다.

"수갑이 없다고 합니다."

"이런, 제기랄!"

내선 전화가 울린다.

"여보세요? 코박 대위? 그렇소, 선전부 위원이오. 가옥이 불타고 있다고? 몇 채나 말이오? 강 건너편에? 그냥 타게 내버려 두시오."

그가 전화를 끊는다.

"니콜라예프? 보로딘 집 앞 경호는 어떤가?"

"장정 사십 명이 있네."

"지금으로야 충분하지. 그런데 그 집에 들것은 있나?"

"조금 전에 내가 하나를 갖다 두었네."

"좋아."

이번에는 그가 창밖을 내다보며 두 주먹을 불끈 쥐더니 다시 한 번 니콜라예프에게 말한다.

"이제 야단법석이 시작되겠군. 어서 가 보게. 우선은 자동차들을 앞뒤로 나란히 세워 두라고. 그리고 바리케이드를 치고 나면 실업자들을 배치하고."

니콜라예프는 이미 아래로 내려가서 두 팔을 사방으로 휘저으며 날뛰고 있는데 하얀 모자 아래 그의 얼굴이 작아 보인다. 자동차들이 이리저리 움직이느라 시끄러운 소리를 내면서 나란히 정렬하고 있다. 한편 그늘에서는 남루한 차림의 남자들 삼백 명가량 거의 모두가 쪼그리고 앉은 채 대기하고 있다. 새로운 사람들이 속속 도착한다. 그들은 먼저 와 있는 사람들에게 영문을 모르겠다는 듯한 표정으로 뭔가 물어보더니 그들 뒤편 그늘을 찾아 쪼그리며 앉는다. 등 뒤에서 말하는 소리가 들린다.

"작은 배들을 이어 만든 교량들 가운데 첫 번째와 세 번째 교량이 공격을 받았습니다."

"자네가 거기에 있었나?"

"네, 위원 동지. 세 번째 선교 위에 있었습니다."

"그리고?"

"기관총 공격 앞에서는 버텨 내지 못했습니다. 지금은 모래주머니를 준비하고 있습니다."

"좋아."

"대령님께서 이 메모를 위원 동지께 전달하라셨습니다."

봉투 찢는 소리가 들린다. 감정이 격앙된 듯 가린이 말한다.

"병력? 그래, 알았네!"

그러고 나서 낮은 목소리로 말을 잇는다.

"공격을 버티지 못할까 봐서 두려운 거야."

아래층에는 허름한 행색 남자들 수가 점점 더 많아진다. 마지막 그늘까지 서로 자리로 차지하려는 다툼이 벌어지고 있다.

"가린, 아래층에 적어도 500명은 모여 있네."

"부두 노동자 조합 상설 사무소에서는 여전히 아무도 오지 않은 건가?"

"아무도 오지 않았습니다. 위원 동지!"

비서가 대답한다.

"별수 없지."

그가 차양을 올리라고 하더니 창밖을 내다보면서 사람을 부른다.

"니콜라예프!"

뚱뚱한 그자가 고개를 들어 얼굴을 내보이더니 창 아래로 다가온다. 가린은 책상 서랍에서 집어 든 완장 한 뭉치를 그에게 던진다.

"장정 삼십 명을 골라서 그들에게 완장을 하나씩 채워 주고 무기들을 나누어 주게."

가린은 자리로 돌아온다.

니콜라예프의 목소리가 아래에서 들려온다.

"이런 젠장, 열쇠가 있어야지!"

그러자 가린이 열쇠 꾸러미에서 작은 열쇠 하나를 빼내 창밖으로 던지는데 뚱보가 두 손을 컵 모양으로 모아서 받아 낸다. 길 끝에서는 구급차에 타 있던 위생병들이 들것에 부상병들을 실어 옮기고 있다.

"도로 끝에다 적위군 두 명을 세워 두라고, 빌어먹을! 지금 이곳으로 부상병들을 데리고 오면 안 돼!"

길에는 먼지가 자욱하고 벽들 위로는 햇빛이 반사되는 탓에 피곤해진 나는 잠시 몸을 뒤로 돌린다. 온통 눈이 부셔서 뿌옇다. 담벼락에 나붙은 선전 포스터들의 현란한 색깔들, 이리저리 서성대는 가린의 그림자…… 내 두 눈은 금세 그늘에 익숙해진다. 이제는 그 포스터들이 또렷이 보이기 시작하는데…… 가린이 창가로 다시 다가온다.

"니콜라예프! 소총밖에 없어!"

"괜찮아."

정복 차림 경찰관들이 에워싼 실직자 무리가 점점 더 많아지는데 그중 클라인이 보냈음이 분명한 파업 감시인이 삐죽이 문 쪽으로 향하고 있어 마치 삼각형 꼭지점처럼 보인다. 소총들은 지하실에 있다. 엄청나게 많은 사람들이 여전히 그늘 안에서 몸을 도사리고 있다. 완장을 두른 남자 이십여 명이 비서 인솔을 받으며 햇빛이 내리쬐는 곳으로 줄지어 나온다.

"가린! 새로 완장을 받은 자들이네!"

그가 바라본다.

"부두 노동자 조합 인부들이로군, 좋아."

침묵. 대기 상태로 들어가기가 무섭게 잊었던 상처의 통증이 되살아나듯 무더위가 기승을 부린다. 아래 마당에서 나지막하게 웅성거리는 소리. 속삭이는 목소리, 나막신 소리, 근심 섞인 말, 행상인의 딱따기 소리 그리고 그를 쫓아내는 군인의 고함 들. 창문 앞으로 햇살이 비친다. 불안이 감도는 고요. 사람들이 발 맞추어 걸어오는 소리가 점점 더 또렷해진다. 갑자기 행진을 멈추는 소리. 침묵. 웅성거림…… 계단으로 올라오는 단 한 사람의 발소리. 비서다.

"의원님, 부두 노동자 조합 인부들이 도착했습니다."

가린이 몇 자 적은 뒤 종이를 접는다.

비서가 손을 내민다.

"아니야!"

그는 그 종이를 구겨 쓰레기통 안으로 던져 버린다.

"내가 직접 가겠네."

하지만 또 다른 비서들이 서류들을 가지고 들어온다. 그가 읽는다. "홍콩은 나중에!" 그러고는 보고서들을 서랍 안에다가 던져 버린다. 사관생도 하나가 방 안으로 들어온다.

"위원 동지, 대령님께서 병력을 더 요구하십니다."

"십오 분 후에."

"병력이 얼마나 될지 알고 싶어 하십니다."

우리는 한 번 더 창밖을 내다본다. 이제 군중은 길 끝까지 (여전히 그늘 안쪽으로 바싹 붙은 채) 늘어서 있고 마치 물 안에 잠긴 것처럼 그늘 속에 자기들 모습을 감추고서 느릿느릿 움직이고 있다.

"적어도 1500명."

비서가 가지 않고 계속 기다리고 있다. 가린은 다시 뭔가를 적더니 이번에는 그에게 명령을 내린다.

내선 전화가 한 차례 더 울린다.

"……"

"빌어먹을! 도대체 무슨 폭도들이라는 거야!"

"……"

"자네가 그걸 좀 알아봐야 할 텐데!"

"……"

"그래, 한데 그자들이 어떻게 도착한 거지?"

"……"

"작은 배를 여러 대나? 좋아. 공격하게 내버려 둬."

그가 전화를 끊고는 방을 나간다.

"나도 따라갈까?"

"그래."

대답을 하는 그의 몸은 벌써 복도까지 나가 있다. 우리는 아래로 내려간다. 잠시 전 니콜라예프가 선발한 사내들이 완장을 두른 채로 지하 창고에서 소총을 빼오고 그들 동료들은 계단에 서서 그 소총들을 늘어서 있는 실업자들에게 나누어 준다. 부두 노동자 조합 인부들은 지하에서 이미 실탄 상자를 가지고 올라온 지 오래다. 무장을 다 마친 남자들과 소총 한 자루씩을 지급받기도 전에 어떻게든 실탄을 차지하려는 사람들이 뒤섞여 요란하다. 가린이 서툰 중국어로 소리를 지른다. 하지만 그들에게 들리지 않는다. 그러자 그는 뚜껑이 열려 있는 상자 앞으로 가더니 그 위에 그냥 주저앉아 버린다. 배급이 중단된다. 움직임이 멈추자 뒷줄에서는 뭐 때문이냐는 항의가 쏟아져 나온다……. 그는 무기를 아직 받지 못한 사람들을 뒤로 힘껏 밀치며 그들 앞으로 무기를 이미 배급받은 사람들을 세운다. 음산한 분위기가 천천히 흐르는 가운데 무장한 사람들이 세 명씩 실탄 상자 앞으로 지나며 자신들이 받아야 할 실탄을 지급받는다. 지하 창고에서는 인부들이 징과 망치로 새 탄약 상자들을 사정 없이 내려쳐 가면서 뚜껑을 열고 있다……. 조금 전과 같은 군인들 걸음 소리가 우리에게까지 들려온다. 사람들이 많이 모여 있어 우리에게는 아무것도 보이지 않는다. 가린이 계단 위로 뛰어 올라가서 주위를 살펴본다.

"사관생도들이로군."

아니나 다를까 클라인이 데리고 온 생도들이다. 인부들이 또 다른 실탄 상자를 매단 길다란 장대를 어깨가 납작해질 정도로 둘러멘 채로 끙끙거리며 지하 창고에서 나오는데……
클라인이 우리 앞에 선다. 가린이 그에게 말한다.

"사관생도 둘을 데려다가 자네 하는 일에 쓰게. 이미 도착해서 실탄을 받은 자들 모두는 20미터 앞에, 실탄 없이 소총만 받은 자들은 10미터 앞에 그리고 그 두 그룹 사이에 실탄 상자 하나와 배급 맡은 사람 셋을 두게."

그러고 나서 햇빛이 뚫고 들어오는 매캐하고 짙은 먼지 속에서 큰 소리 없이 모든 일이 착착 다 끝나 갈 무렵 가린이 외친다.

"자, 이제 소총은 앞으로, 실탄들은 3미터 뒤로. 사관생도들은 대열 최전선에. 나머지는 열 명씩 대열을 이루도록. 각 열에 대장 한 명씩. 열성적인 활동가가 있다면 그들로, 없다면 각 열의 제일 앞사람. 사관생도 한 명당 150명씩. 강둑까지 신속히 이동할 것. 거기서 대령 지시를 따를 것."

우리는 위층으로 다시 올라가는데 올라가자마자 이번에도 제일 먼저 창밖부터 내려다본다. 거리는 이제 사람들로 가득하다. 그늘이건 아니건 가릴 것 없이 연사들은 동지들 어깨 위에 올라타서 고래고래 소리를 지른다……. 멀리서 기관총 소리가 들린다. 마당 한쪽에서는 첫 번째 그룹이 무장을 완료한 채 사관생도 한 명의 지휘에 따라 발걸음을 착착 맞춰 가며 출발하고 있다.

감정을 속으로 삭이며 기다리는 일 말고는 달리 할 일이 없자 신경이 곤두설 대로 곤두서기 시작한다. 기다리고 또 기다린다. 창문 바로 아래 소대가 하나씩 편성되어 군화 소리를 내는 가운데 차례차례 출발한다. 홍콩 관련 서류들이 와 있다. 가린은 그것들을 서랍 안으로 던진다. 기관총에 텐트 같은 천이 찢기는 소리와 이따금씩 소총의 일제 사격 소리도 들려온다. 하지만 이 모든 것이 멀리서 들려와 우리 머릿속에서는 어제 들었던 폭약 터지는 소리와 거의 흡사하게 느껴진다. 우리는 여전히 교량을 사수하고 있다. 탕의 군대가 다섯 차례나 교량 통과를 시도했으나 우리 기관총 부대가 교량 머리 부분에서 교차 사격을 가하고 있기 때문에 근접도 하지 못했다. 수시로 사관생도가 메모를 가지고 온다. "제○○○번 교량 공격격퇴." 그리고 우리는 또다시 기다리기를 반복한다. 가린은 이리저리 서성거리다가 강렬한 곡선투성이 상상화에 압지를 대고 베껴 그리기도 한다. 그러는 동안 나는 계속해서 창밖으로 소대가 조직되는 과정을 지켜본다. 우리 측 끄나풀 두 명이 강을 헤엄쳐 건너왔다. 교량들 건너편에서는 약탈과 방화가 벌어진다는 것이다. 아주 가는 한 줄기 연기가 거리 바로 위로 퍼지며 정적만이 감도는 선명한 하늘에 그늘을 드리운다.

가린과 나는 자동차로 강둑을 달린다. 거리에는 인적이 없다. 부자들이 이용하는 고급 상점마다 철제 여닫개가 내려져 있고 노점은 나무 판자로 덮여 있다. 우리가 지날 때 커튼이 드리워 있거나 침대로 막아 놓은 듯한 창문으로 사람들 형체가 나타나는가 싶다가 금세 사라져 버린다. 길모퉁이에는 전족인 어떤 여자가 등에 아이 하나를 업고 팔에는 다른 아이 하나를 안고서 뛰어가다가 이내 사라진다. 강둑에서 얼마 떨어져 있지 않고 강둑과 수평으로 나 있는 길에다 우리는 차를 세운다. 강 건너편에서 적들이 쏴 대는 총탄을 피하기 위해서다. 대령은 중앙 교량에서 그리 멀지 않은 곳에 위치한 가옥을 근거지로 삼고 있다. 마당에는 장교들과 아이들이 있다. 2층에는 탁자가 하나 있는데 그 위에 광저우 지도가 펼쳐져 있고,

세워진 채로 창문을 가린 나무 침대 셋 사이로 총을 쏠 수 있는 저격용 좁은 공간이 나 있으며 그리로 스며드는 햇살은 대령 무릎에 삐죽한 반점을 하나 만든다.

"그래, 어떤가?"

"이걸 받아 보셨습니까?"

대령이 쪽지 하나를 건네며 말한다. 중국어로 쓰여 있다. 가린과 나는 함께 읽는다. 그가 대충 이해한 것 같긴 하지만 나는 개의치 않고 작은 소리로 번역해 준다. 갈렌 장군은 우리 힘을 분산시키고 있는 펑의 군대를 공격한 다음에 시내로 진격할 계획이며 장제스 사령관은 기관총 정예 부대들과 함께 출발해서 탕 군대 배후를 공격할 예정이라는 것이다.

"아니, 내가 이리로 출발한 이후에 도착한 게 분명하네. 대령은 이곳을 지켜 낼 자신이 있나?"

"물론입니다."

"갈렌이 펑을 먼지 털듯 흔들어 놓을 거야. 포병대와 함께라면 틀림없어. 펑의 군대가 시내로 퇴각할 것으로 보나?"

"물론입니다."

"좋아. 현재 병력은 충분한가?"

"충분하고도 남습니다."

"그렇다면 나에게 기관총 열 자루와 대위 하나를 내줄 수 있겠나?"

대령이 몇 가지 문서들을 읽는다.

"네."

"나는 거리에다 바리케이드를 치고 그 입구에 기관총으로 진지를 구축해 두겠네. 퇴각하는 군대가 그리로 굴러 들어가게 된다면 기관총이 제 할 일을 단단히 하게 될 거야."

"좋은 생각입니다."

그가 명령을 내리자 그의 부관이 곧장 달려 나간다. 이어 우리가 서로 인사를 나누는데 총구멍으로 들어오는 강렬한 빛이 마치 한 사람 한 사람을 차례대로 정조준하는 것 같다. 창밖 사격은 잠잠해졌다.

아래 마당에는 사관생도 이십 명이 마치 파리 떼처럼 자동차 두 대에 들러붙은 채로 우리를 기다린다. 의자에 빼곡히 앉거나 자동차 흙받기에 몸을 지탱하고 지붕 위에 앉거나 심지어 발판 위에 서 있기도 한다. 대위 한 명이 우리와 함께 차에 탄다. 자동차가 시동을 걸고 달리는데 도랑이 나올 때마다 생도들이 이리저리 흔들린다.

책상 위에서 새로운 보고서들이 가린을 기다리고 있다. 그는 그것들을 보는 둥 마는 둥 한다. 그는 계속 편성되는 소대 지위권을 그 대위에게 맡긴다. 지금은 햇살이 비스듬히 내려와 거리에 그늘이 잔뜩 드리우고 있어 사람들 머리만 눈에 들어올 뿐이다.

"바리케이드 칠 사람들을 모으시오."

클라인은 니콜라예프에게 소대 조직과 무기 지급을 일임한 뒤에 다시 지하로 내려가는데 생도 이십 명이 그 뒤를 따른다. 그리고 그들은 다시 밖으로 나와 어수선한 데다가 기관총 총구 위로 햇빛이 쏟아져 여기저기 눈부시게 번득거리는 복도에 모습을 드러낸다. 이어서 병사들로 터질 듯한 자동차들이 시끄러운 시동 소리와 경적을 내며 출발하고 자동차들이 지나간 바퀴 자국 사이로는 황갈색 군모들이 마치 잔해처럼 나뒹군다.

두 시간을 기다렸다. 이따금씩 새로운 보고서를 받기도 하지만…… 한 차례 경보가 울렸다. 4시쯤 적들이 2번 교량을 점령했기 때문이다. 하지만 얼마 지나지 않아서 강둑 뒤편 사방에 잠복해 있던 무장 노동자 대열이 탕의 부대를 막아 내면서 우리 기관총 기동대가 도착할 시간을 벌어 주었고 그 덕분에 우리는 교량을 탈환했다. 그러고 나서 강둑과 나란히 수평으로 나 있는 골목길 곳곳에서 총격이 벌어졌다.

5시 30분쯤 펑 사단의 첫 탈주병들이 우리 쪽으로 넘어오기 시작한다. 기관총 세례를 받자 그들은 곧바로 공격을 재개한다. 우리는 초소를 점검한다. 어느 정도 거리를 두고 주차한다. 가린, 광둥 출신 비서 한 명 그리고 나, 이렇게 셋은 길 끝까지 걸어서 이동하는데 대들보며 나무 침대 따위로 만든 나지막한 바리케이드 때문에 허리춤 정도 높이에서 시야가 막힌다. 바리케이드 뒤로 기관총 사수들이 기다란 중국 담배를 피우면서 이따금씩 총구멍 사이로 시선을 돌린다. 가린은 그런 모습을 말없이 바라본다. 바리케이드에서 100미터 떨어진 지점에 우리가 무장시킨 노동자들이 몸을 웅크려 대기하는데 그들은 잡담을 나누거나 즉석에서 하사관으로 임명돼 완장을 두른 열성 조합원들의 연설을 귀 기울여 듣고 있다.

그리고 우리가 선전부 사무실로 돌아오기 무섭게 기다림이 다시 시작된다. 하지만 더 이상 불안감을 동반한 기다림은 아니다. 우리가 마지막으로 점검한 초소에서 비서 한 사람이 가린을 찾아와 클라인의 메시지를 전했다. 장제스 사령관이 탕의 진지를 점령했으며 탕의 부대들은 패주하는 와중에도 계속해서 작전을 시도한다는 내용이다. 총격이 교량 쪽에서는 그쳤지만 강 반대편에서는 마치 멀리서 우박이라도 떨어지듯이 계속 이어지고 있으며 이따금씩 엄청나게 많은 폭죽이 터질 때처럼 수류탄 폭발음이 들린다. 마치 밤이 다가오는 것만큼이나 빠른 속도로 전투가 멀어지고 있다. 홍콩에서 도착한 마지막 보고서를 정리하며 니콜라예프의 사무실에서 저녁 식사를 하는 동안 불이 환히 들어온다. 이어서 밤이 성큼 다가서는데 멀리서 드문드문 이어지는 포성 말고는 더 이상 아무것도 들리지 않는다…….

2층으로 다시 내려오자 야심한 밤거리에서 사람들이 웅성거리는 소리와 무기들이 서로 부딪히는 소음이 창을 통해 들려온다. 자동차들 가까이 전조등이 만든 세모꼴 불빛 속에서 사관생도들의 그림자가 서로 교차한다. 그 위로 번뜩이는 검은색 가로줄 무늬가 생긴다. 무기들이다. 장제스의 전투 부대가 이미 길에 들어섰다. 헤드라이트에서 쏟아지는 불빛 말고는 아무것도 제대로 보이지 않는다. 하지만 전투가 끝나자 큰 소리로 떠들어 대고 싶은 마음에서인지 아래에서 들려오는 군중의 술렁거림이 어둠 속에 활기를 불어넣고 있다.

가린은 자기 책상 뒤로 앉아 있다. 피리처럼 기다랗게 구운 빵을 소리를 내 가며 이빨로 썹으면서 갈렌 장군과 대화를 한다. 장군은 그가 말하는 동안 방 안을 이리저리 서성거린다.

"지금 당장은 그 어떤 결론도 내릴 수 없네. 하지만 내가 이미 받아 본 몇몇 보고서에 따르면 이 점만은 단언할 수 있지. 저항 세력이 마치 작은 섬처럼 고립된 채 사방에 흩어져 있어. 따라서 이 도시 안에는 탕의 시도와 유사한 새로운 저항들이 일어날 가능성이 있다는 거야."

"그자는 잡혔나? 탕 말이야."

"아니."

"그럼 죽었나?"

"아직은 모르네. 하지만 오늘이 탕이라면 내일은 또 다른 자가 나타날 거야. 영국 자본이 이곳에 계속 있는 한 말이지. 물론 중국 재력가들 것도 있으니까. 전쟁은 할 수도, 하지 않을 수도 있지. 한데……."

가린이 자리에서 일어나 책상 위에 입김을 내불고 나서 빵부스러기를 털어 내려고 자기 옷을 툭툭 털더니 금고 쪽으로 가서 금고 문을 열고는 선전물 한 장을 꺼내 갈렌 장군에게 건넨다.

"……자, 이게 바로 핵심이야."

"아니! 이런 나쁜 놈 같으니!"

"아니야. 그자는 이런 전단들이 존재한다는 걸 모르는 게 분명해."

나는 갈렌의 어깨 너머로 전단을 쳐다본다. 새로운 정부의 수립과 쩡다이가 대통령직을 맡게 될 거라고 알리는 내용이다.

"우리와 쩡다이를 맞붙여 놓으려는 거야. 우리가 그렇게 선전 활동에 주력했는데도 그자의 영향력은 여전한 거고."

"손에 넣은 지 오래됐나?"

"한 시간 전에."

"그자의 영향력이라…… 그래, 그자가 활동의 중심이란 거지. 그런데 그런 게 전부 다 너무 오래됐다고 생각지 않나?"

가린이 생각에 잠긴다.

"쉬운 일이 아니야……. 더군다나 홍을 의심하기 시작하니 더욱더 그렇군……. 지금 홍은 당에 상당히 기부했던 유력 인사들을 자기 마음대로 처치하려는 생각을 하고 있어……."

"그를 갈아 치워."

"그리 쉽게 결정할 일이 아니야. 홍에게는 상당한 자질이 있는 데다가 시기도 좋지 않거든. 그리고 그가 우리와 더 이상 함께하지 않는다면 그는 적이 될 게 뻔해."

"그러면?"

"우리 없이 홍이 꾸준히 할 수 있는 일이란 아무것도 없어. 늘 그렇지만 테러리스트들은 신중하지도 계획적이지도 못하지……. 하지만 단 며칠 동안만이라도……."

다음 날.

"그럼 그렇지." 오늘 아침 가린이 자기 사무실로 들어오다가 산더미처럼 쌓여 있는 보고서들을 쳐다보며 말한다. "소란이 있고 나면 늘 이렇다니까……." 곧이어 우리는 일을 시작한다. 우리가 지금 정리하는 이 모든 생기 잃은 보고서들 너머로 격렬한 상황 하나가 전해져 온다. 인간들의 욕망, 그들이

엊그제 그리고 어제 품었던 의지, 그들의 폭력. 내가 아는 거라고는 오직 그들이 이미 죽고 없거나 도망 중이라는 사실뿐이다. 물론 탕이 이루어 낼 수 없었던 것을 내일 시도하려는 또 다른 사람들의 희망까지도 보고서는 전한다.

가린은 묵묵히 일하며 쩡다이와 관련된 모든 서류들을(여러 장이다.) 한데 모은다. 이따금씩 서류 하나를 골라 붉은색으로 몇 자 적으면서 낮은 목소리로 중얼거릴 뿐이다. "아직도 야." 우리의 적들 모두가 이 늙은이에게로 모이고 있다. 신속하게 교량들을 통과해서 선전부에 모아 둔 무기들을 탈취할 수 있으리라 믿었던 탕은 새로 세울 정부의 대통령으로 쩡다이를 추대하고 싶어 했다. 투쟁이 성가시거나 걱정스러운 모든 사람들, 비밀 정치 단체들의 우두머리 주위에 모여 한탄이나 하며 살아가는 모든 사람들, 그러니까 과거 쩡다이에게 협력했던 늙은이들이 집단 하나를 이루어 쩡다이 그자의 인생을 마치 따라야 할 규범처럼 떠받들고 있으니…….

자, 이제는 홍콩에서 도착한 보고서들이다. 탕이 홍콩에 도착했다는 것이다. 영국은 선전부의 자금 사정이 좋아지지 않았다는 것을 알고 사기를 되찾고 있다. 이제껏 보지 못했던 이 전쟁이 무엇인지를 나는 홍콩에 있을 때보다 어쩌면 지금 훨씬 잘 알게 된 것 같다. 슬로건이 대포를 대신하고 점령당한 도시는 화염에 휩싸이기보다 아시아 파업이 몰고 온 거대한 정적, 버려진 도시 특유의 괴이한 공허감만 감돌 뿐이라서 은밀한 그림자가 외롭게 울리는 둔탁한 나막신 소리와 함께 사라져 버리는 그런 곳……. 승리는 이제 전투라는 이름 안에 있

는 게 아니라 바로 이런 그래프들, 보고서들, 집값 하락, 보조
금 청구서들, 홍콩의 높은 빌딩 입구마다 상호를 떼어 낸 자리
가 조금씩 커져 가는 가운데 있다……. 또 다른 전투, 다시 말
해 구식 전투도 그것대로 준비 중이다. 천중밍 군대가 영국 장
교 지휘 아래 훈련받고 있다는 것이다.

"돈, 돈, 돈." 보고서들은 하나같이 자금을 요구한다. "우
리는 파업 수당 지급을 중단하지 않으면 안 될 처지이므
로……." 읽고 나서 가린은 그런 요구 하나하나에 신경질적으
로 대문자 D를 써넣는다. 법령을 뜻하는 Décret의 머리글자
이다. 광저우에 있는 수많은 회사들은 얼마 전까지만 해도 파
산할 것을 우려한 나머지 보로딘에게 상당한 액수를 제안했
다. 그런데 바로 그들이 쩡다이 패거리들에게로 돌아서 버렸
다……. 11시쯤 사무실에서 나가며 가린이 말한다.

"법령을 반드시 통과시켜야만 해. 갈렌이 오면 내가 쩡다
이를 만나러 그의 집에 갔다고 전해 주게."

나는 니콜라예프와 함께 일하고 있다. 경찰 청장인 이 사람
은 오흐라나[49]의 첩보원 출신으로 보로딘은 현재 체카[50]에 보
관된 그에 관한 보고서 내용을 알고 있다. 전쟁 전에 테러 조
직에 가입했던 그는 수많은 투사를 체포하기도 했다. 그는 상
당한 정보통이었는데, 자신이 입수한 정보들에다가 아내가

---

49) 차르의 비밀경찰.
50) 볼셰비키 혁명 직후 결성된 소련의 비밀 기관.

입수한 정보까지 더해졌기 때문이었다. 골수 테러리스트로서 존경받던 그의 아내는 기이한 죽음을 당했다. 여러 정황 탓에 그는 동지들의 신뢰를 잃었지만 그의 처형이 정당화될 만큼 충분히 확고한 여론이 만들어진 것은 아니었다. 그때부터 오흐라나는 그의 신분이 탄로 났다고 여겨 그에게 더 이상 보수를 지급하지 않았다. 그에게 다른 일을 할 능력이 있는 것도 아니었다. 그는 비참한 생활에서 벗어나지 못해 여기저기를 떠돌아다니면서 가이드로 일하거나 음란한 사진을 팔기도 했다…… 주기적으로 경찰에 애걸복걸하며 매달려서 돈 몇 푼을 받아 내어 연명하기도 했다. 자기혐오에 빠져 되는대로 살아가면서도 경찰과는 일종의 연대 의식으로 이어져 있던 것이다. 1914년에 50루블을 구걸하면서(그것이 그의 마지막 요구였다.) 그는 대가로 이웃 노부인을 무기 은닉죄로 고발했다.

전쟁이 그를 자유롭게 했다. 1917년 그는 전선을 떠나 블라디보스토크를 거쳐 톈진으로 오게 되었고, 그곳에서 다시 광저우로 떠나는 선박에 세탁부로 승선했다. 그는 이곳 광저우에서 옛 직업인 첩보원 일을 다시 시작했고 제법 수단을 발휘한 덕분에 사 년이 흐른 뒤 쑨원에게서 비밀경찰 요직 가운데 하나를 얻었다. 러시아 사람들은 그의 옛 직업을 완전히 잊어버린 것 같다.

내가 홍콩에서 온 우편물들을 정리하는 동안 그는 어제 있었던 반란 진압에 대해 연구하고 있다. "그러니까 말이야. 여보게, 친구. 자네, 이해하겠나. 나는 제일 큰 홀을 고를 거네. 큰 거, 아주 큼직한 걸로 말일세. 그러고는 연단 의장 자리에

않는 거지. 혼자서, 나 혼자서만 말이야. 오로지 나 혼자서만
이라고. 자네, 무슨 말인지 알아듣나? 한쪽 구석에 서기 한 명
만 두고 내 뒤로는 광둥어밖에 못 알아듣는 적위군 여섯 명이
손에는 당연히 권총을 쥐고 있는 거지. 어떤 놈은 안으로 들어
올 때 흔히 구두 뒤축으로 소리를 내. 자네 친구 가린 말마따
나 세상엔 용감한 사람들이 있거든. 하지만 나갈 땐 그런 소리
를 내는 법이 결코 없지. 만일 거기 사람들이, 그러니까 관객
이 있다면, 나는 아무것도 얻어 낼 수가 없을 거야. 반면에 피
고인들은 고개를 당당하게 치켜들 테고. 하지만 우리끼리만
있다면 말이지…… 자네는 그게 뭔지 몰라. 딱 우리만 있다는
거 말이야…….” 그자는 눈꺼풀에 잔주름이 가득한 채로, 마
치 어린 소녀의 벗은 몸을 바라보며 흥분한 살찐 영감이나 짓
는 미소, 그런 음흉스러운 웃음을 띠며 덧붙인다. “그자들이
얼마나 비굴해질 수 있는지 자네가 알 수만 있다면…….”

내가 점심 식사를 하러 돌아오자 가린이 무언가 적고 있다.

“잠시만, 거의 끝났어. 지금 바로 적어 두어야 하거든. 그
러지 않으면 잊어버릴 것 같아. 쩡다이를 만나러 갔던 내용이
네.”

몇 분 후에 펜으로 줄을 그어 대는 소리가 들린다. 이어 그
는 서류를 쓰다 말고 밀쳐 놓는다.

“그자에게 마지막으로 남아 있던 집마저 팔린 것 같아. 지
금 어떤 가난한 사진사 집에서 기거하고 있어. 지난번 나를 직
접 만나러 오고 싶어 했던 것도 분명 그런 이유 때문이겠지.
나를 작업실로 안내하는데 온통 어둠뿐인 작은 방인 거야. 내

게는 안락의자를 내밀고 자기는 긴 의자에 앉더군. 마당 어딘가 초롱 장수가 양철을 두드리는 바람에 우리는 소리를 질러가며 말해야 했고. 아무튼 이걸 읽으면 자네도……."

나에게로 그가 서류를 내민다.

"여기부터 읽게. 하지만 분명……. 한데 T. D는 쩡다이인 거고 G는 물론 나야. 아니 이러는 편이 낫겠어. 내가 읽어 주겠네. 자넨 약자 표기를 이해할 수 없을 거야."

그가 고개를 숙여 서류를 읽으려다 말고 덧붙인다.

"서두에 듣기 좋으라고 적은 쓸데없는 말들은 생략하지. 으레 형식적으로 하는 고상한 시작이라. 투표를 할지, 한다면 법령에 찬성을 할지 말지를 다그치자 그가 말하더군.

'가린 씨,(가린은 조금은 학자연하는 신중하면서도 힘 없는 노인의 말투를 흉내 낸다.) 제가 몇 가지 질문을 좀 해도 괜찮겠습니까? 그러지 않는 게 예의인 줄은 알지만…….'

'천만의 말씀입니다.'

'우리가 군관 학교를 창설하던 당시를 기억하고 계신지 알고 싶습니다.'

'또렷이 기억합니다.'

'그러시다면 선생 계획에 어떻게든 동조시키고자 하던 그 당시에 나를 만나 선생이 직접 했던 말을(아니, 나에게 장담했던 말을) 잊지는 않았겠죠. 그 학교를 세우는 건 광둥 성이 자체적으로 스스로를 지키기 위해서라고 말입니다.'

'그래서요?'

'스스로를 지켜낸다는 것. 제가 선생은 물론이고 장제스 사령관과 함께 유력 인사들 집에 갔던 것도 아마 기억하겠지요. 어떤 경우엔 심지어 혼자서 갔던 적도 있지요. 말 많은 사람들은 제게 욕설을 퍼부었고 저를 군국주의자로 취급하기까지 했어요. 저에게 말입니다! 명예로운 삶이 중상모략을 피할 수 없다는 걸 잘 알기에 그런 데 개의치 않았습니다. 하지만 존경과 예의를 받아 마땅한 분들, 저에게 굳은 믿음을 보여 주셨던 분들에게 저는 이렇게 말했습니다. '제가 올바른 인간이라는 걸 정말 믿으신다면 자제분들을(여러분의 아드님들을) 우리 학교에 보내 주시기를 간청합니다. 우리 선조들이 우리에게 가르쳐 온 무관 천시는 잊어 주시기 바랍니다.' 가린 씨, 내가 그리 말했죠?'

'누가 이의를 제기하겠습니까?'

'그렇습니다. 그 아이들 중 120명이 죽었고 그들 중 셋은 독자입니다. 가린 씨, 이 죽음의 책임자는 과연 누굴까요? 접니다.'

그자는 양 옷소매에 두 손을 찌른 채 고개를 깊이 숙이더니 일어서며 말하더군.

'나는 늙은이고 젊은 날 꿈을 잊은 지도 이미 오래입니다. 그러니까 가린 씨, 선생은 태어나지도 않았던 시절이지요. 난 죽음이 무엇인지도 압니다. 때에 따라서는 희생이 불가피하다는 것도 알지요……. 죽은 젊은이들 중 셋은 독자였어요. 가린 씨, 외동아들이었단 말입니다. 그 일이 있고 나서 그 애들 아버지들을 다시 만났지요. 아주 어린 장교들이 위험에 처한 자기 고향을 지키고자 스러져 간 게 아니라면 그 죽음은 헛된

겁니다. 바로 제가 그런 죽음을 권유한 겁니다.'

'설득력이 탁월하십니다. 탕 장군에게 그런 논지를 피력하지 않으셨다니 유감입니다.'

'탕 장군도 다 알지요. 한데 다른 사람들처럼 잊어버린 게 죠…… 가린 씨, 저에게 파벌이란 중요하지 않습니다. 하지만 7인 위원회뿐 아니라 민중 일부가 제 생각이 옳다고 여기니 나는 내 생각을 조금도 감추지 않을 겁니다.'

그리고 천천히 덧붙이더군.

'그 어떤 위험이 나에게 일어난다 하더라도 말입니다…… 이런 말을 해서 유감스럽습니다만 제가 이렇게밖에 할 수 없도록 하시는군요. 진심으로 유감스럽습니다. 가린 씨, 저는 선생 계획을 지지하지 않을 생각입니다. 아니, 심지어 거기에 맞서 싸우게 될지도…… 선생과 선생 동지들이 민중을 위한 선한 목자는 아니라 생각하니까요…….(쩡다이에게 불어를 가르쳤던 사람들이 신부들이었다고 가린이 자기 목소리로 설명한다.) ……심지어 당신들은 민중에게 위험하죠. 위험천만하고말고요. 당신들은 민중을 사랑하지 않기 때문입니다.'

'아이는 과연 누구를 더 좋아해야 할까요? 아이를 사랑하지만 물에 빠지게 내버려 두는 유모와 아이를 사랑하지 않지만 수영할 줄 알아서 아이를 구하는 유모 사이에서 말이죠?'

그는 잠시 생각에 잠기더니 고개를 뒤로 젖혀 나를 바라보며 예의를 갖추어 답하더군.

'가린 씨, 어쩌면 그 답은 아이의 호주머니 속에 무엇이 들어 있는지에 달려 있겠군요.'

'물론이죠. 하지만 이건 반드시 아셔야 합니다. 선생은 이십 년 가까이 만중을 돕느라 여전히 가난하신데⋯⋯.'

'내가 일부러⋯⋯.'

'저와는 다르다는 겁니다. 구멍이 다 난 제 구두를 본다면 제가 부정 축재를 했는지 안 했는지야 가늠할 수 있겠지요.'

그리고 내가 벽에 손을 대고 그자에게 내 신발 밑창을 보여 줬지. 내가 그자를 당황하게 만든 건 분명하지만 그자는 대꾸할 수도 있었을 거야. 우리 자금이 취약하긴 하지만 새 구두 구입이야 충분히 가능하다고 말이지. 거기까지는 생각을 하지 않은 걸까? 아니면 자신에게 상처를 주는 대화를 계속하고 싶지 않은 걸까? 쩡다이도 같은 연배 중국인들처럼 폭력, 성가신 말싸움, 상스러운 표현을 두려워하지⋯⋯. 그자가 양 소매에서 두 팔을 빼더니 양팔을 벌리는 시늉을 하며 일어서더군. 그게 다야."

가린은 책상 위에 마지막 종이 한 장을 놓고 그 위에 두 손을 얹으며 이렇게 되뇐다.

"그게 다야."

"그래서?"

"내가 보기에 문제는 해결된 거야. 앞으로 해야 할 일은 기다리는 거라고. 법령에 대해 재론하기 위해서라도 그자와 끝장을 볼 때까지 신중하게 처신하는 거야. 다행히도 그자는 우리를 도와주는 거라면 죄다 하고 있어."

"어떻게 말인가?"

"테러리스트들의 체포를 요구하고 있지. 이건 여담으로 하는 말인데, 그자가 테러리스트들을 고소하더라도 경찰이 그들을 찾아내지 못할 테니 별수 없어. 홍은 이미 오래전부터 그자를 끔찍이도 싫어했고…….”

다음 날 아침.

가린의 침실로 들어서자 그가 늦게 일어난 날이면 늘 그렇듯이 비명이 들린다. 침대 위에 벌거벗고 누워 있던(털 없이 매끈하고 늘씬한 체구의) 젊은 중국 여자 두 명이 내가 들어서자 놀라 소리를 지르며 일어나 병풍 뒤로 몸을 숨긴 것이다. 가린은 장교복 단추를 채우며 사환을 부르더니 여자들이 옷을 다 입으면 돈을 주고 내보내라는 지시를 내린다.

그가 계단에서 말한다.

“이곳에서 얼마간 지내다 보면 중국 여자들이 미치게 한다니까, 자네도 곧 알게 될 걸세. 그러니 편안한 마음으로 중요한 사안들에 몰두하려면 여자들이랑 일단 자고 나서 그딴 건 더 이상 신경 쓰지 않는 게 상책이지.”

“동시에 둘이랑이면 마음이 두 배로 편안해지나?”

“만일 자네 마음에 들면 걔들을(그러고 싶지 않다면야 둘 중 하나를) 자네 침대로 부르라고. 강변 사창가마다 우리 끄나풀이 있기는 하지. 한데 난 항상 조심하는 편이라서…….”

“백인들이 그런 곳에 간단 말인가?”

“아무렴, 가고말고! 중국 여자들은 대단히 능숙해…….”

니콜라예프가 우리를 계단 아래에서 기다리다가 가린을 보자마자 소리를 지른다.

"그럼, 그렇지. 제 버릇 남 주냐고, 이것 좀 들어 봐!"

그가 자기 호주머니에서 종이 한 장을 꺼내는데 우리가 선전부까지 걸어서(아직은 날씨가 그리 덥지 않다.) 이동하는 동안 그는 육중한 몸 때문인지 그 종이를 천천히 읽어 내려간다.

선교하러 온 외국인 남녀들이 그들에게 해를 가하지도 않는 중국인 군중 앞에서 그만 달아나는 일이 벌어졌다. 그들에게 아무 죄가 없다면 도대체 왜 그랬겠는가? 아니나 다를까 우리는 선교회 정원에서 수많은 어린아이 유골을 찾아냈다. 파렴치한 그 인간들이 광란의 축제 때마다 죄 없는 중국 어린이들을 잔혹하게 학살한다는 사실이 확실시된 지금…….

"홍의 짓인가? 그렇지?" 가린이 묻는다.

"아무튼 늘 이런 식이라니까. 받아 적은 거야. 홍은 한자를 쓸 줄 모르니까……. 이건 세 번째 전단이고……."

"그렇군, 이 따위 어리석은 짓거리를 내가 진작에 금지했건만. 홍, 이 녀석이 정말 나를 성가시게 하는군."

"그런데 앞으로도 계속할 심산인 것 같아……. 홍이 선전부에서 신 나게 일하는 걸 내가 본 적이라고는 그 녀석이 반기독교적인 전단들을 작성할 때뿐이었거든. 그 녀석 말은, 민중이 그런 전단을 좋아한다는 거야……. 그럴지도 모르지……."

"그런 건 지금 중요한 문제가 아니야. 녀석이 도착하는 대로 내게 보내."

"하긴 오늘 아침 자네를 보고 싶다더군. 자네를 기다리는 것 같던데……."

"아! 그렇다면 무엇보다도 쩡다이를 어쩔 생각인지는 홍에게 직접 묻지 마. 자네는 다른 곳에서 정보를 입수하게."

"좋아. 그런데 말이야, 가린?"

"뭔가?"

"은행가 샤쩌우가 죽은 걸 아나?"

"칼에?"

"우리가 교량을 통과할 즈음 머리에 맞은 총알 한 방으로."

"그래서 자네는 홍이라고 생각한다는 건가?"

"생각하는 게 아니라 그렇게 알고 있네."

"그러지 말라고 그 녀석에게 제대로 말했던 거 아니었나?"

"자네를 대신해서는 물론이고 보로딘을 대신해서도 그랬지. 한데 그건 그렇고 보로딘이 많이 좋아졌네. 곧 이리 올 거야. 홍은 이제 정말 자기 멋대로라니까."

"샤쩌우가 우리를 지원한다는 걸 홍이 알았을까?"

"알다마다. 하지만 그 녀석에게 뭔들 대수였겠나. 샤쩌우가 너무 부자라는 게……. 이번에도 약탈의 흔적은 전혀 없어……."

가린은 대답 없이 고개만 끄덕인다. 우리는 선전부에 도착한다.

나는 니콜라예프와 함께 그의 사무실에서 서류철을 가지고 내려온다. 홍콩에서 최근 도착한 보고서들이다. 가린의 사무실에 막 들어가다가 나는 작별 인사를 하는 홍과 부딪힌다. 중국어 억양이 지독하고 나지막하게 말하는 그의 목소리에는 미처 제대로 삭히지 못한 분노가 고스란히 드러난다.

"내가 쓴 걸 심판해야 하겠죠. 좋아요. 하지만 내 감정은 안 됩니다. 참을 수 없는 고통이란(제 생각엔) 그런 거죠, 정의로운 거. 왜냐하면 가난에 찌들어 살아가는 인간의 인생이란 길고 긴 고통이기 때문입니다. 그렇게 비참한 인간들에게 그것을 참고 견디라고 가르쳐 온 자들은 성직자든 아니든 응당 벌을 받아야 해요. 그들은 모릅니다. 그들은 몰라요. 그러니 그들이(제 생각으로는) 강제로라도(그는 이 단어를 마치 무언가를 후려치기라도 하듯이 몸을 움직여 가며 강조한다.) 알아듣도록 해야 할 겁니다. 그들에게 군인들을 풀어 놓아서는 안 돼요. 안되죠. 문둥이들이어야 합니다. 사람 팔이 진흙처럼 변해서 흘러내리는 겁니다. 그런 사람이 제게 와서 체념을 말한다면, 그렇다면 괜찮아요. 하지만 바로 그 사람이 말입니다, 그자가 딴 말을 해요."

그러고는 웃으며 방을 나가는데 이를 훤히 드러내는 바로 그 웃음 때문에 증오에 가득 찬 그의 얼굴이 느닷없이 거의 아이 같아 보인다.

가린은 걱정스러운 듯 생각에 잠긴다. 그가 고개를 들자 나와 시선이 마주치는데……

"선교사들이 위험에 처해 있다는 걸 주교에게 알려 두라 전했네. 그들이 여기를 떠나는 건 이제 피할 수 없어. 하지만 학살당하게 놔둬선 안 돼."

"그래서, 뭐라던가?"

"나한테 회신이 왔네. '적절한 대비책이 마련될 겁니다. 나머지 일은 하나님께서 우리에게 순교를 허하시느냐 허하지 않으시느냐 하는 겁니다! 하나님의 뜻이 이루어지시기를!' 몇 몇 선교사들은 이미 떠났고……."

그가 말을 계속하는 동안 그의 시선이 책상 위로 향하더니 압지를 덮은 흰색 메모지 하나에 멈춘다.

"아! 아! 쩡다이가 사진사 집을 떠나서 어떤 친구가 자신이 없는 동안 지내라고 맡긴 별장으로 거처를 옮겼어……! 그리고 그 현자께서는 어제 저녁 호위병을 요청하셨군……. 아! 7인 위원회를 보다 강력한 무력 위원회로 바꾸는 편이 낫겠어, 체카 같은 걸 하나 창설하면 홍 같은 녀석들에게 더 이상 기대지 않아도 될 텐데 말이야……. 해야 할 일이 정말 많구먼. 또 뭔가? 그래, 들어오시오!"

상하이에서 보내서 왔다는 연락병이 비단 족자 하나를 대표부를 대신해 가지고 들어오는데 거기에는 붓으로 쓴 축사가 멋들어진 서체로 적혀 있다.

아래에 추신 같은 게 적혀 있는데 더 옅은 색이라서 선명하지 않다.

우리(네 명의 이름이 이어진다.) 모두는 우리의 손가락 하나를 잘라 우리의 피로 이것을 적는다. 이는 대영 제국에 맞서 이토록 놀랍게 투쟁하는 광저우에 있는 우리 동포들에게 우리의 찬사를 전하기 위함이다. 이로써 우리는 우리 존경심을 표하고 완전한 승리의 날까지 투쟁이 계속되리라 확신한다. 수많은 동지들이 서명했으며, 그들 이름은 다음과 같다.

셀 수 없을 정도로 많은(각 지부마다 하나씩) 단체의 서명이 이어진다.

가린이 되뇐다.

"완전한 승리의 날까지라. 법령, 법령, 법령이라니까! 모든 건 거기에 달려 있어! 우리가 홍콩발 선박이 여기로 오는 걸 완전히 막아 내지 못한다면, 어쨌거나 허망하게도 우리는 결국 허리가 부러지는 꼴이 되고 말 거야! 법령을 통과시켜야 해! 그래야 하고말고! 그렇게 못한다면, 우리가 도대체 여기서 왜 이러고 있는 거야!"

그는 책상 위에 놓여 있는 홍콩에서 도착한 보고서 뭉치를 집어 든다. 자금 요청뿐이다. 가린이 다시 입을 연다.

"아무튼 해결책은 지금 이거뿐이야. 총파업을 포기할 수밖에 없어. 우리가 시작한 투쟁을 드디어 아시아 전체가 따르고 있지. 누가 보더라도 홍콩은 지금 마비 상태야, 그것으로 충분해. 부두 노동자, 선원, 하역 인부 파업이 완벽하게 조합의 감독을 받고 있어, 그걸로 충분할 거야. 팔을 잃은 홍콩은 사막이 돼 버린 홍콩이나 다를 바 없어. 그러니 여기 우리야말로 인터내셔널의 자금이 절실히 필요해, 가장 필요하고말고……!"

그러고는 보고서 하나를 쓰기 시작한다. 인터내셔널과 관련된 결정들은 보로딘이 맡는 사안이기 때문이다. 고개를 숙이고 있어서 그의 얼굴에서 돌출된 부분과 주름살이 더 도드라져 보인다. 아시아에서 가장 오래된 대국이 모습을 다시 드러내는 듯하다. 간호사들마저 떠나고 없는 홍콩 병원들은 환자들로 가득하고 환자 하나가 또 다른 환자에게 불빛에 누르스름하게 보이는 종이 위로 편지를 쓰고 있다…….

2시.

이제껏 본 적 없는 홍의 태도에 가린은 극도로 불안해한다. 그는 쩡다이라는 골칫거리를 홍이 없애 버려 주기를 기대하지만 첩자들 보고에 따르면 홍은 자신의 행동으로 기소되기를 바라지 않으며, 따라서 아직까지는 경찰과 사이가 나쁘지 않다는 확신이 그로 하여금 서둘러 행동하도록 할 것이긴 하나 사실 가린은 홍의 행동이 무엇일지 전혀 모른다. 가린은 홍이 얼마 전부터 좀 이상한 사람으로 보인다고 말한다. 겉모습은 교양인인 척하지만 책이나 사람들과의 대화에서 두서없이 주워 담은 얼마 되지도 않는 유해한 사상들을 피상적으로 생각해서 만든 교양이고 무식한 중국인, 한자를 읽을 줄도 모르는 그런 무식한 중국인이 모습을 드러내서 불어와 영어로 된 책들을 읽을 줄 아는 또 다른 자신, 즉 본래의 홍을 지배하기 시작한다는 것이다. 그런데 우리가 알던 홍과는 다른 이 새로운 인물은 자신의 젊은 혈기와 타고난 성격에서 비롯된 폭력성에 완전히 노예가 돼 버려 실제로 자기 것인 단 하나의 유일한 경험, 즉 가난에 찌들었던 과거의 비참한 경험만을 떠올리고 있다……. 그는 가난이 곧 세상의 전부인 사람들 사이에서 사춘기를 보냈다. 그곳은 중국 대도시에서 볼 수 있는 최하층의 구렁텅이와도 같은 곳으로 병자들, 노인들, 온갖 부류 약자들, 언젠가는 굶어 죽어 나갈 사람들로 득시글거리며 그보다 더 많은 사람들은 정신과 육체가 나약한 상태에서 형편없는 먹을거리로 연명하는 데였다. 그날그날의 양식으로 그저 근근이 살아갔으면 하는 것이 단 하나 걱정거리인 그런 사람들에게 있어서 상실감이란 너무나 철저한 것이기 때문에 그들에겐 증오조차 들어설 자리가 없다. 감정, 마음, 존엄성, 모든 것이 무뎌져 버리고 사무치는 원한과 절망은 제대로 표출되지 않는다. 여기저기 먼지 속에서 나뒹구는 몸뚱이들과 누더기 더미 바로 위에서 선교사들이 준 나무 의족에 몸을 지탱한 채로 눈만 뜨고 있는 그 얼굴들……. 하지만 다른 사람들, 기회가 닿아 군인이나 아니면 도적이 될 기회를 얻은 사람들, 아직은 뭔가 한탕 할 수 있는 사람들, 온갖 술수를 부려서 담배라도 피워 물 수 있게 된 사람들에게는 끈질긴 증오가 피를 나눈 형제처럼 존재하는 법이다. 마음속에 증오심을 품은 채 살아가는 그들은 도망가는 부대의 요청으로 약탈과 방화를 마음껏 하게 될 그날만을 기다린다. 홍은 비참한 가난에서 벗어났지만, 거기서 얻은 교훈도 비참한 세상, 힘 없는 증오심으로 얼룩진 무자비한 세상도 잊지 않았다. 그는 "세상에는 두 가지 인종만이 있을 뿐이야. 하나는 찢, 어, 지, 게 가난한 사람들이고 다른 하나는 그렇지 않은 사람들이지."라고 말했다. 권력자와 부자 들을 향한 그의 혐오감은 이미 그가 어렸을 때 만들어졌기에 그는 권력도 돈도 바라지 않는다. 빈민굴에서 조금씩 벗어나면서 그는 자신이 증오했던 대상이 부자들의 행복이 아니라 그들이 지닌 자긍심이라는 것을 깨달았다. 그는 그래서 이렇게도 말했다. "가난한 사람은 스스로를 존중할 수 없어." 그가 만약 자기 조상들처럼 자신이 존재한다는 사실이 자기 한 사람의 인생 역정에 국한되지 않는다고 생각했더라면 그는 그러한 사실을 감수했을지도 모른다. 그러나 자신이 결국 죽을 운명이라는 사실 때문에 오직 현재에만 온 힘을 다해 집착하는 그는 더 이상 참아내지도 더 이상 애쓰지도 더 이상 토론하지도 않고 오로지 증오할 뿐이다. 그는 비참한 가난 속에서 달콤한 악마와도 같은 것, 인간에게 천박함, 비겁함, 나약함 그리고 스스로를 파괴하는 속성을 끊임없이 증명해 보이려 애쓰는 악마를 보는 것이다. 분명 그는 자긍심 강하고 자기 확신에 가득 찬 그런 모든 인간들을 증오하고 있다. 자신 같은 인간을 상대로 그보다 강렬하게 저항한다는 것은 불가능하다. 그를 혁명가 대열로 이끈 것은 중국인이 가장 뛰어난 덕목으로 여기는 체면에 대한 혐오감 때문이다. 열정에 사로잡힌 사람들처럼 그는 자기 생각을 강력하게 표현하는데 그러한 모습이 그를 타협할 줄 모르는 단호한 사람으로 보이게 한다. 한데 이렇듯 단호한 모습은 이상주의자들을 향해서 그가 지닌 극단적인 증오심(특히나 쩡다이에 대한 증오심) 덕에 더욱더 강화된다. 그런데 그의 증오심이 정치적 이유에서 비롯되었다고 본다면 틀린 것이다. 그가 이상주의자를 증오하는 이유는 그들이 '문제를 해결한다.'라고 자처하기 때문이다. 그는 상황이 개선되기를 전혀 원하지 않는다. 그에게는 불확실한 미래를 담보로 자신이 품은 현재의 증오심을 버리고 싶은 생각이 추호도 없는 것이다. 인생이란 단 한 번뿐이라는 것을 잃어버린 채 자식들을 위해 자신을 희생하라고 들쑤시고

다니는 이들에게 그는 분노를 터트린다. 흥, 그자는 자식을 갖는다든지 자신을 희생한다든지 자기 외에 다른 사람들을 위해서 옳은 일을 한다든지 하는 부류가 전혀 아니다. 다른 사람들처럼 시궁창 옆에서 먹을 것을 찾게 된다고 할지라도 쩡다이라면 정의를 들먹거리는 훌륭한 노인이 하는 말을 기꺼이 들을 거라고 홍은 말한다. 홍이 고뇌하는 노지도자에게서 보는 거라고는 정의를 내세워 자기 복수가 실현되지 못하도록 막으려는 의도뿐이다. 그는 레베치가 털어놓은 모호한 고백을 생각할 때마다 너무나 많은 사람들이 아무짝에도 쓸모없는 이상이라는 허깨비 때문에 유일한 자기 소명을 스스로 외면해 버리고 만다는 결론을 내린다. 그는 장난감 새 따위나 빌려 주면서 인생을 끝내고 싶지도 않고 스스로에게 세월을 짐짝처럼 얹어 주고 싶지도 않은 것이다. 화베이의 어떤 시인이 읊은 이 시를 듣자마자 그가 바로 외워 버린 것도 그런 이유에서다.

나는 홀로 싸워 이기든 아니면 지리라.
나는 자유롭기 위해 그 누구도 필요치 않노라.
그 어떤 예수가 있어 나를 위해 죽었다
생각지 않기를 바랄 뿐.

레베치에 이어서 가린의 영향을 받은 홍은 오직 현실주의자가 될 필요성만을 키워 갔으며 그의 현실주의란 분노심으로 가득 차 있고 증오심을 위해서만 존재한다. 마치 기운은 아직 있지만 희망이 전혀 없는 폐병 환자처럼 그는 자기 인생을 바라본다. 그러면 극도로 혼란스러운 그의 감정들 사이에서 증오심이 난폭하고 거친 명령을 내리고 이어 하나의 의무로 탈바꿈하는 것이다.

오로지 증오심에 봉사하는 행동만이 거짓말도 비겁함도 나약함도 아니다. 말과 대적할 수 있는 것은 오로지 행동뿐이다. 바로 이런 행동의 욕구가 그를 우리의 동지가 되게끔 했다. 그러나 이제 그는 인터내셔널이 너무 느리고 지나치게 많은 사람들을 관리한다고 여긴다. 이번 주에도 벌써 두 차례나 그는 인터내셔널이 보호하고자 했던 사람들을 암살했다. "살인을 할 때마다 마음속에 신념이 커져서 그는 점차 자신이 얼마나 뿌리 깊이 무정부주의자인지를 깨닫는 거지. 우리가 결별할 날도 얼마 남지 않았어. 그때가 너무 빨리 오지 않기를 바라!" 가린은 말한다.

그러고 나서 잠시 침묵이 흐른 후에 덧붙인다.

"내가 이렇게까지 속속들이 아는 적도 별로 없지……."

다음 날.

가린의 사무실로 들어가자 문 가까이에서 클라인과 보로딘이 마주 보고 앉아 이야기를 나누고 있다. 그들은 두 손을 양쪽 호주머니에 찔러 넣은 채로 사무실 한가운데에 서서 가린과 토론하고 있는 홍을 곁눈으로 지켜본다. 보로딘은 오늘 아침에 병석에서 일어났는데 오늘따라 누렇게 뜨고 야윈 얼굴 때문인지 마치 중국인 같아 보인다. 분위기나 사람들 태도가 왠지 적의에 차 있어 거의 싸울 기세다. 홍은 꿈쩍도 하지 않은 채로 말을 툭툭 끊어 가며 거칠게 항변하는데 중국어 억양 때문인 듯하다. 그의 턱이 격렬하게 움직이는 것을(그가 말할 때는 마치 무언가를 이빨로 물어뜯기라도 하는 것 같다.) 보고 있자니 제라르가 나에게 했던 말이 불현듯 생각난다. "내가 교수형을 선고받는다면……."

홍이 떠들고 있다.

"프랑스에서는 감히 왕의 머리도 자르지 않았던가요? 결국 그렇게 했죠. 그래서 프랑스가 죽지 않고 살아 있는 겁니다. 언제나 왕부터 단두대에서 처형을 해야죠."

"그가 돈을 지불한다면 그럴 순 없지."

"돈을 지불하든 지불하지 않든. 지불한다 한들 나와 뭔 상관이란 말입니까?"

"우리와는 상관이 있지. 우리한테는 말이야. 홍, 테러 행위는 상대하는 경찰이 어떻게 나오느냐에 달려 있어……."

"뭐라고요?"

가린이 자신이 한 말을 되풀이한다. 홍은 알아들은 것 같지만 이마를 앞으로 불쑥 내밀고는 여전히 요지부동의 자세로 바닥 타일을 응시한다.

"모든 일에는 다 때가 있는 법이네. 혁명이란 그리 간단한 게 아니야."

가린이 덧붙인다.

"아! 혁명이라……."

그때 보로딘이 뒤를 돌아다보며 갑자기 말한다.

"혁명이란 군대를 돈으로 사는 거야!"

"그렇다면 관심을 기울일 이유가 전혀 없군요. 선택을 하라고요? 왜죠? 당신들에게 정의가 더 이상 없으니까? 그런 걱정이라면 그 잘난 쩡다이나 하라고 하죠. 나이가 나이니만큼 근심거리라도 있어야 할 테고, 그런 걱정이라면 백해무익한 늙은이에게나 맞는 거지요. 나는 정치 따위엔 관심 없어요."

"그렇지, 그래." 가린이 대꾸한다. "훌륭해! 자네는 지금 홍콩 주요 상사 대표들이 무엇을 하는지 알기나 하나? 그 사람들은 지원금을 얻어 내려고 총독 관저에 줄 서 있어. 그런데도 은행들은 요구액 지급을 거절하고 있지. 부두에서는 '고상한 인사들'이 짐을(심지어 거위들처럼) 나른다고. 우리가 지금 홍콩을 거덜 내고 있고, 대영 제국에서 가장 비싼 땅덩어리(예를 들먹거릴 필요야 없을 테고) 가운데 하나를 시시한 항구로 만들고 있다고. 근데 자네, 자넨 도대체 뭘 하고 있는 건가?"

우선 홍은 말을 않는다. 하지만 가린을 바라보는 그의 태도로 봐서는 곧 뭐라고 할 것 같다. 결국 그가 작정한 듯 이렇게 말한다.

"사회 체제란 어떤 것이든 빌어먹을 짓거립니다. 체제 유지만이 중요하죠. 체제를 지키는 것, 그게 다죠."

한데 이건 서두에 불과하다…….

"그래서?" 보로딘이 묻는다.

홍은 보로딘을 향해 돌아서더니 이번에는 그를 정면으로 바라본다.

"내가 지금 하는 게 뭔지 그걸 묻는 겁니까? 당신들이 감히 하지 못하는 겁니다. 가난한 사람들을 노동으로 착취하는 것, 그것은 너무나 수치스러운 짓이고 당의 적들을 처치하는 데 그 불쌍한 놈들을 이용하는 건 잘하는 짓이죠. 하지만 그런 일에 손을 더럽히지 않으려고 조심하는 것, 그것 역시 잘하는 짓인가요?"

"내가 겁이라도 먹었다는 건가?" 화가 치밀어 오르는지 보로딘이 대꾸한다.

"당신들이 죽는 걸 두려워한다는 건 아닙니다."

그러더니 머리를 위아래로 흔들며 말한다.

"그것 말고 나머지에 대해서는 그렇다는 거죠."

"각자 자기 역할이 있는 법이야!"

"아! 그렇다면 이게 저의 역할이로군요, 아닌가요?"

홍도 화가 치밀어 오르는지 중국어 억양이 점점 더 확연히 드러난다.

"저라고 해서 혐오스럽지 않은 줄 아십니까? 전 말이죠, 그 일이 저에게도 힘들다는 바로 그 이유 때문에 다른 사람들에게 맡기지 않는 겁니다. 아시겠습니까? 아, 지금 클라인 씨를 보고 계시는군요. 클라인 씨가 어떤 고관 대작 한 명을 제거했다는 걸 압니다. 제가 직접 물어보았죠……."

그는 여기서 그만 말을 멈추더니 보로딘과 클라인을 번갈아 바라보면서 흥분한 듯 웃는다.

"부르주아지라고 해서 다들 공장 주인들인 건 아니지." 그가 중얼거린다.

그러고는 갑자기 자기 양어깨를 거칠게 으쓱거리고 나서

사무실 문을 쾅 닫으며 뛰쳐나간다.

침묵.

"좋지 않아!" 가린이 말한다.

"그가 어떻게 할 것 같은가?" 클라인이 묻는다.

"쩡다이에 대해서 말인가? 쩡다이는 홍의 머리를 요구한 거나 다를 바 없어……."

그리고 곰곰이 생각하고 나서 그는 이어 말한다.

"홍은 내가 '테러 행위는 상대하는 경찰이 어떻게 나오느냐에 달려 있어.'라고 말했을 때 무슨 말인지 알아들었어. 따라서 그는 가능한 빨리 쩡다이와 끝장을 보려 할 거야……. 가능성이 아주 높아. 하지만 오늘부터 바로 우리가 표적이 될지도 몰라……. 여기 이 양반들을 우선으로 해서 말이야……."

보로딘은 자기 콧수염을 잘근잘근 씹으며 허리띠가 신경 쓰이는지 다시 제대로 졸라매고는 자리에서 일어나 나간다. 우리는 그를 따라간다. 전구에 달라붙어 있는 큼직한 나방 한 마리가 벽에 커다란 검은색 얼룩을 던지고 있다.

9시.

가린은 아마도 미로프 말에 불안해진 듯하다. 내가 묻지도 않았는데 처음으로 자기 병에 대해서 넌지시 말을 시작했기 때문이다.

"여보게, 병이란 건 말이야, 걸려 보지 않는 한 무엇인지 알 수 없는 법이라고. 사람들은 병이란 맞서 싸워야 하는 어떤 것, 이상한 것이라고 생각하지. 천만의 말씀. 병이란 자기라고, 자기 자신이란 말이야……. 아무튼 홍콩 문제가 해결되는 대로…….”

저녁을 먹고 나니 전보가 하나 와 있다. 천중밍의 군대가 후이저우를 떠나 광저우로 진격하고 있다는 것이다.

아침에 잠에서 깨면서 나는 가린이 지난밤 발작을 일으켜 병원으로 실려 갔다는 소식을 접한다. 나는 6시 이후에나 그를 보러 갈 수 있을 것이다.

홍과 무정부주의자들은 오늘 오후에 주요 노동조합 소유 강당에서 회합이 있을 거라고 전한다. 광저우 항구에서 가장 규모가 큰 인력 회사 ‘라 정크’와 그다음으로 큰 몇몇 회사들 회합에서 홍은 직접 연설할 것이다. 보로딘은 홍에 맞서 국민당 내 탁월한 연설가 마오링우를 지명해 놓았다.

내일 선전부 소속 우리 조직원들은 홍콩 총파업 철회를 선언할 것이다. 동시에 이중 첩자들은 총파업을 지속할 수 없다는 데 분노한 중국인들이 폭동을 준비한다는 정보를 영국 경찰청에 흘려서 도시를 짓누르는 불안감이 사라지지 않도록 할 것이다. 영국 상사들은 최근 산터우[51]에 화물 취급소를 하나 세우고 이곳에서 하역한 화물이 중국 내륙 지방으로 수송되도록 할 예정이었다. 그런데 어제 산터우 조합들이 우리 명령에 따라서 인부들 파업을 발표했으며 오늘 아침 영국에서 도착한 상품에 대해 압류 지시가 내려졌다. 마지막으로 임시

---

51) 중국 광둥 성 동부 남중국해(海)에 면한 상공업 도시.

법정이 이제 막 개정되었다. 영국 상품 배송을 맡았던 모든 상인들은 체포될 것이며, 재산 삼 분의 이에 달하는 벌금을 지급해야 할 것이다. 열흘 안에 벌금 지불 의무를 이행하지 않는 이들은 처형당하게 될 것이다.

5시.

내가 너무 늦장을 부렸고 라 정크 회합은 이미 시작했을 게 분명하다.

니콜라예프의 윈난 출신 비서와 나는 공장 같은 건물 앞에서 차를 세우고 자동차 정비소로 들어가 그 안을 가로질러 포드 자동차들 한가운데에 나 있는 길을 따라 다시 마당을 통과한다. 또다시 경사 없는 지붕, 비가 내려 마치 염산이 확 뿌려진 듯 초록색 굵은 꼬리같이 기다란 자국들이 나 있는 큼직한 하얀색 벽 그리고 문 하나. 그 문 앞에 운동화를 신은 보초 하나가 궤짝 위에 앉아 아이들에게 자기 자동 권총을 보여 주고 있는데 나이가 제일 어린 아이들은 옷을 홀딱 벗고 있다. 나의 동행이 보초에게 명함 하나를 제시하자 제대로 보려고 그는 자리에서 일어나 머리를 하나로 땋은 아이들 무리를 살짝 밀어낸다. 우리는 안으로 들어간다. 여기저기서 들려오는 말소리가 나지막이 웅성거리는 소음을 만들며 짙고 푸르스름한 연기와 함께 점차 커지고 있다. 눈에 보이는 거라고는 티끌 같은 먼지로 가득한 두 줄기 강렬한 빛뿐인데, 그것은 창문으로 들어와 어두운 실내를 마치 비스듬히 기운 막대기들처럼 관통하고 있다. 햇빛, 먼지, 연기, 마치 잔가지들을 그리는 듯 하늘로 올라가는 탁한 담배 연기. 이 회의장 안에서는 먼지처럼 흩어지는 웅성거림 말고는 아직 아무것도 들리지 않는다. 하지만 연설자가 헐떡거리며 말하는 소리가 들리는 가운데 웅성거림이 점차 잦아지더니 어둠 속 목소리는 박자에 맞추어 또박또박 끊어지는 고함으로 바뀐다. 말이 끝날 때마다 청중으로부터 쏟아져 나오는 "찬성이요, 찬성.", "반대요, 반대."라는 외침이 마치 신도들 응답처럼 둔탁한 종소리를 따라 연설에 장단을 맞추는 듯하다.

두 눈이 점차 어둠에 익숙해진다. 실내에는 장식 하나 없다. 연단은 세 개뿐이다. 단상 하나에는 의장과 두 보좌관이 차지한 책상이 하나 있고 그 뒤로는 한자들이 빽빽하게 쓰여 있는 큼직한 칠판이(쑨원의 유언인가? 너무 멀리 있어 내 눈에는 잘 보이지 않는다.) 하나 있다. 다른 단상 위에는 연사가 올라가 있는데 연설은 들리지만 모습은 잘 보이지 않는다. 세 번째 단상위 작은 의장석 같은 곳에는 흰머리가 많아 회색으로 보이는 짧게 자른 머리에 매부리코가 가느다란 중국인 하나가 앉은 모습이 제법 잘 보인다. 그는 양 팔꿈치를 괴고 상체를 앞으로 내민 채 자기 차례를 기다리고 있다.

점점 또렷하게 보이기 시작하는 군중 속 어느 누구도 움직이지 않는다. 이 작은 공간에 400~500명이 있다. 책상 옆에는 머리카락이 짧은 여학생 몇몇이 있고 천장에 매달린 대형 선풍기들은 무거운 공기를 힘겹게 휘젓는다. 서로서로 다닥다닥 붙어 앉거나 사이사이 빈자리를 두고 앉은 청중들은 주로 군인, 학생, 소상인, 하역 인부 들로 몸은 움직이지 않지만 마치 짖어 대는 개들처럼 목을 앞으로 쭉 내밀고서 목소리로 지지를 표한다. 팔짱을 끼거나 무릎 위에 팔꿈치를 기대고 있거나 손으로 턱을 괸 사람이라곤 전혀 보이지 않는다. 모두들 죽은 듯이 빳빳하게 상체를 똑바로 세우고 상기된 얼굴에 턱은 앞으로 내민 채로 함성과 괴성을 계속해서 불규칙적으로 내지르고 있다.

이제 무슨 소리인지 내 귀에도 제법 또렷이 들리기 시작한다. 홍이 연설하는 목소리가 들린다. 한데 불어로 말할 때처럼 어눌하지 않고 우렁차고 빠른 목소리다. 연설 마지막 부분이다.

"그자들은 그들이 우리에게 자유를 가져다주었다고 말합니다. 우리는 이미 오 년 전부터 제국주의 영국을 마치 달걀을 깨끗이 부숴 버렸으나 그자들은 군벌 채찍 아래 배를 깔고 납작 엎드려 기어 다니고 있었습니다……! 그자들은 돈으로 매수한 첩자와 하수인 들을 동원해서 자기들이 우리에게 혁명을 가르쳤다고 떠들어 댑니다……! 과연 우리가 그들을 필요로 했던가요……? 태평천국[52] 장수들이 러시아인 고문들을 두었던가요……? 의화단[53] 대표들은요?"

상스러운 중국어로 격렬하게 내뱉는 이 모든 말들이 점점 더 빈번히 터져 나오는 "그렇지! 옳소!"라는 함성에 중간중간

---

52) 청나라 말기 홍수전과 농민 반란군이 중국 광시 성에 세워 1851~1864년 사이 존속한 국가.
53) 백련교 결사로 서양 제국주의 침탈에 맞서서 청조를 도와 서양 세력을 몰아내자는 기치를 내걸고 대대적인 봉기를 일으켰다.

끊어진다. 홍은 한 문장 한 문장마다 목소리를 높였다. 그리고 이제는 소리를 지른다.

"우리의 압제자들이 광저우 프롤레타리아들의 멱을 따려고 호시탐탐 노리고 있을 때 기름통을 들이부었던 자들이 바로 러시아인들입니까? 도대체 누가 창자를 다 들어낸 그 돼지들, 저 돼지 같은 상인 지원병들을 강물에 내던졌던가요?"

"옳소, 옳소! 옳소, 옳소! 옳소, 옳소!"

마오는 여전히 팔꿈치를 괸 채로 말없이 잠자코 앉아 있다. 언뜻 보기에도 거의 모든 청중이 연설자와 하나가 되어 있다. 그렇기에 바로 그 순간 그들의 힘만으로 상인 지원병들을 쳐부순 것은 아니었노라고 말해 봤자 쓸데없는 짓이다.

홍은 자신이 원하는 것을 얻어 냈다. 그가 연설을 시작한 지 제법 된 것이 틀림없다. 연단을 내려온 그는 다른 집회에서도 연설을 해야 하기 때문에 환호성의 한가운데를 헤치며 서둘러 떠난다. 반면 이제 막 연설을 시작한 마오는 청중을 제압하지 못하고 있다. 단 한 마디도 들리지 않는다. 집회는 사전에 모의된 것이 분명하다. 내가 보기에 중국인 일고여덟 명이 항의와 야유를 퍼부어 대는 듯한데 그들은 강연장 여기저기에 흩어져 있다. 군중은 적개심을 품고 있긴 하지만 연설을 듣고 싶어 하는 것이 분명하다. 마오는 유명하고 노련한 연사인 것이다. 하지만 그는 목소리를 높이지 않는다. 그는 함성과 아우성이 실내에 난무하는 가운데 자신을 상대로 야유가 쏟아져 나온 곳들을 주의 깊게 바라보면서 연설을 계속 이어 간다. 아! 그가 드디어 훼방꾼들 소수에 대한 확인을 막 마쳤는지 청중을 휘어잡기 시작한다. 그래서 마치 풀을 베듯 팔을 휘저으며 강력하고도 갑자기 또렷한 목소리로 외친다.

"내 말이 두려운 나머지 말을 막고자 지금 나를 능멸하려 드는 저자들을 보십시오!"

동요가 인다. 소득이 있다. 모두들 무정부주의자들을 향해서 고개를 돌렸다. 마오는 이제 청중이 아니라 자기 적들과 대결하는 것이다.

"우리 동지들이 파업으로 죽어 나가는 동안 영국 돈으로 잘 먹고 잘 사는 자들은 뭣보다도 못한 하찮은 것들……."

마지막 부분은 들리지 않는다. 마오는 몸을 앞으로 숙인 채로 입을 커다랗게 벌리고 있다. 강연장 여기저기에서 중국어의 모든 성률이 동원된 알아듣기 어려운 욕설들이 마치 사냥개 무리들이 질러 대는 소리처럼 터져 나온다. 그중 몇몇이 불거져 나온다.

"개자식! 반역자! 배신자! 배신자! 인부 놈들!"

마오가 계속 말하는 것 같지만 나에게는 전혀 들리지 않는다. 그러다 시끄러운 소란이 줄어든다. 마치 극장에서 공연이 끝난 뒤에 제일 마지막까지 터져 나오는 박수 소리처럼 몇몇 욕설이 띄엄띄엄 이어지는데……. 한데 마오는 자기 머리 위로 두 손을 들어 올리며 순식간에 청중 주의를 다시 휘어잡고는 곧이어 갑자기 두 배나 더 큰 목소리로 소리를 지른다.

"인부 놈들이라고요? 맞습니다! 하역 인부입니다! 나는 불행한 처지에 놓인 그들과 언제나 함께 있었습니다. 하지만 여러분들처럼 그들의 이름을 도둑놈들, 배신자들과 나란히 외쳐 댄 적은 결코 없었습니다! 이미 어린 시절······.”

그의 연설을 계속 들으려는 청중들과 무정부주의자들 사이에 싸움이 벌어지지만 그래도 연설은 들린다.

“저는 제 인생을 그들과 함께하겠노라 맹세했습니다. 이 맹세는 그 무엇으로도 결코 깨지지 않을 것입니다. 왜냐하면 내가 맹세했던 그들은 이미 죽고 없기 때문입니다······.”

그러고는 두 팔을 앞으로 뻗으며 손을 벌린다.

“집이 없는 여러분! 먹을 것이 없는 여러분! 이름도 없이 어깨에는 상처뿐인 여러분! 목재를 실어 내리고, 선박을 끌어야 하는 여러분! 들어 보십시오! 여러분의 피로 이룩한 영광을 자기 것으로 삼은 자들의 말을 들어 보십시오! 아닙니까! 그 자들은 잘도 떠들어 댑니다. 좀 전에 제가 그자들에게 개자식이라고 했던 것과 똑같이 그자들은 인부 놈들이라고 하지 않던가요!”

“옳소! 옳소!”

또다시 환호성들이 터져 나온다.

“옳소! 옳소!”

“인민을 모독하는 자들을 처단하라!”

누가 외쳤을까? 알 수 없다. 목소리가 희미한 데다 머뭇거리는 듯했다.

그러나 곧이어 수많은 목소리들이 부르짖는다.

“처, 단, 하, 라!”

절박한 분노가 담긴 희미한 외침 하나가 아우성으로 변한다. 무슨 말인지 분간이 거의 되지 않지만 어조로 충분하다.

무정부주의자들이 연단에 오르려 애쓴다. 하지만 마오도 이곳에 혼자서 온 것은 아니기에 이제는 그의 일행이 군중 도움를 받으며 그들의 접근을 막고 있다. 무정부주의자 한 명이 동지 어깨 위에 올라가 무언가 큰 소리로 떠들어 대려고 한다. 하지만 그는 곧이어 공격을 받아 땅바닥에 내동댕이쳐지더니 두들겨 맞기 시작한다. 난투극이 벌어진다. 우리는 밖으로 나간다. 문에 도착해 뒤를 돌아본다. 아까보다 탁해진 자욱한 연기 속에서 밝은색 양복, 하얀색 치파오, 부두 노동자들이 입은 푸른색 혹은 갈색 옷 들이 뒤죽박죽 뒤엉켜 마구 흔들리고 여기저기 주먹들이 고슴도치처럼 삐죽삐죽 솟아오르는데 그 위로 분필같이 하얀 모자들이 이리저리 날아다닌다…….

거리에 나가니 마오가 떠나는 모습이 보인다. 나는 그에게 다가가 보려고 하지만 따라잡지는 못한다. 어쩌면 그는 백인과 함께 있는 모습을 보이고 싶지 않은지도 모른다, 적어도 오늘은…….

나는 혼자 걸어서 병원으로 간다. 마오가 궁지에서 벗어나는 방식이 그의 노련함을 한층 더 명예롭게 만든 것은 사실이지만 만약 어떤 멍청이 하나가 '인부 놈들'이라고 외치지만 않았더라면 그는 과연 어떻게 되었을까? 요행으로 얻은 승리란 헛된 것일 뿐이다. 게다가 마오는 오직 자신만을 방어했다……. 윈난에서 온 나의 동행은 떠나면서 나에게 말했다. "한데 동지, 만일 홍이 계속해서 그 자리에 있었더라면 마오 동지는 그렇게 쉽게 승리할 수 없었을 겁니다……."

승리라?

병원에 도착하자 이제는 완연한 밤이다. 건물 네 모퉁이마다 종려나무 아래로 군인들이 손에 자동 권총을 쥐고 서 있다. 이 시각 병원 복도에는 사람 하나 없다. 남자 간호사 한 사람만이 입구를 가로지르며 놓여 있는 나무 소파에 드러누워 자고 있다가 내 신발 뒤축이 바닥에 닿아 울리는 소리를 듣고는 깨어나 나를 가린의 병실로 데려다 준다.

리놀륨, 회를 칠해 허연 벽, 큼직한 선풍기, 약 냄새 그리고 무엇보다도 에테르 냄새. 모기장이 반쯤 들어 올려져 있다. 가린은 망사 커튼이 둘러쳐져 있는 침대에 누워 있는 듯 보인다. 나는 그의 침대 머리맡에 앉는다. 땀에 젖어 축축한 내 두 손에 등나무 의자가 스친다. 피곤한 몸이 잠시 해방되는 듯하다. 밖에는 모기가 계속해서 윙윙거리고……. 형체도 없이 흐느적거리는 밤 위로 종려나무 잎 하나가 쇳조각같이 단단한 그림자를 드리우며 지붕에서 흘러 떨어진다. 썩는 듯한 냄새와 정원에서 불어오는 달짝지근한 꽃 냄새가 정원 흙에서 한꺼번에 올라와 방 안에 퍼진다. 고여 썩은 물, 타르 그리고 쇳내. 멀리서 마작 패 부딪히는 소리, 중국말로 외쳐 대는 소리, 경적, 폭죽 터지는 소리 그리고 마치 어떤 늪지대에서 시작되는 듯한 강바람이 불어오고 말없이 있던 우리에게 일현금 소리가 들려온다. 유랑 극단 같기도 하고 판자로 막아 놓은 자기 가게 안에서 장인 하나가 반쯤 졸면서 연주를 하는 것 같기도 하다. 붉은 빛으로 물든 연기가 나무들 뒤로 피어 올라간다. 저 멀리 어떤 마을 장터에서 성대한 잔치가 열렸다가 끝난 것 같다.

가린은 비처럼 쏟아지는 땀에 머리카락은 얼굴에 다 들러붙어 있고 눈은 반쯤 감은 채 피곤한 표정이지만 내가 들어가 자마자 묻는다.

"그래, 어떤가?"

"별일 없네."

그에게 몇 가지 소식을 전한 뒤 나는 입을 다문다. 복도와 병실에는 벌레들로 에워싸인 램프들이 마치 영원히 꺼지지 않을 듯 타고 있다. 간호사의 발자국 소리가 멀어져 간다…….

"혼자 있고 싶은가?"

"아니야. 그 반댈세. 혼자 있고 싶지 않아. 내 생각만 계속 하는 것도 이제는 신물이 나는군. 하지만 아플 때는 늘 그 생 각이니……."

오늘 저녁 마치 그의 사고력이 그가 하는 말을 거의 통제하 지 못하기라도 한다는 듯 평소같이 또렷하지 않고 심지어 조 금 떨리기까지 하는 그의 목소리는 에테르 냄새와 군인들이 보초를 서고 있는 정원에서 나는 것보다도 강한 그의 땀 냄새, 서글픈 등불들, 침묵, 유일하게 살아 있는 것이라고는 전구 주 위로 떼 지어 윙윙거리며 마구 움직이는 벌레들뿐인 것만 같 은 이 병원과 왠지 조화를 이룬다…….

"이상하군! 소송 사건이 있은 후로 나는 (매우 강렬하게) 인 생이란 모두 허무하다고 생각했지. 부조리한 힘에 끌려다니 는 인간사의 허망함을 느꼈던 거야……. 한데 지금 그런 생각 이 다시 들다니…… 아프면 어리석어져……. 내가 인간의 부 조리에 맞서 투쟁하는 줄 알았는데 지금은 여기서 이러고 있 으니…… 부조리가 자기 자리를 되찾는군…….."

그가 자기 침대에서 돌아눕자 열이 나서 흘린 시큼한 땀 냄새가 난다.

"아! 붙잡을 수 없는 그 모든 것들이 인간에게 자기 인생이 무엇인가에 좌우된다고 느끼도록 하는 거지⋯⋯. 이상해. 사람이 아플 때 기억의 힘이라는 거 말이야. 하루 종일 나는 내 재판을 생각했지. 왠지 정말 곰곰이 생각하는 중이라네. 사회 질서가 부조리하다는 내 생각이 거의 모든 인간사에까지 서서히 확장된 건 바로 그 재판 때부터야⋯⋯. 게다가 난 거기에 무슨 문제가 있다고 보지 않네⋯⋯. 그런데, 그렇지만⋯⋯ 바로 이 순간에도 얼마나 많은 인간들이 이 년 전에는 그들이 그 가능성을 짐작조차도 하지 못했던 승리를 꿈꾸느냐 말이야! 그들의 희망은 내가 만든 거야. 그들의 희망을 말이야. 이런저런 말을 하고 싶지는 않네. 하지만 결국 인간들의 희망, 그것이 바로 그들이 살아가고 또 죽는 이유인 거지⋯⋯. 그리고 또 뭐? 물론 열이 많이 날 때는 말을 너무 하지 말아야지⋯⋯. 바보 같군⋯⋯. 하루 종일 자기 생각만 한다는 거⋯⋯ 도대체 내가 왜 그 재판을 생각하는 거지? 왜 그러는 거지? 너무나 옛날 일이 아닌가! 바보 같아! 이놈의 열병이, 한데 뭔가가 보여⋯⋯."

남자 간호사가 방금 전 소리도 없이 문을 열었다. 가린이 한 번 더 몸을 뒤척인다. 환자에게서 나는 체취가 다시 한 번 에테르 냄새를 덮어 버린다.

"카잔[54]에서 1919년 크리스마스 날 밤에 있었던 그 엄청

---

54) 현재 러시아 연방 타타르의 수도.

난 행진…… 늘 그렇듯 보로딘도 거기에 있었지……. 뭐냐구……? 사람들이 성당 앞에다 신들을 죄다 가져다 놓고 있어. 사육제 마차에 타 있는 것 같은 인어 옷을 입은 물고기 여신 하나…… 200~300명이나 되는 신들…… 루터도 있고. 모피로 몸을 온통 뒤덮은 음악가들이 어디서 찾았는지 온갖 악기들을 가지고 엄청난 소란을 피우는군. 장작더미가 타오르고 있어. 사내들이 신들을 어깨 위에 올려놓고 광장 주위를 도는데 장작더미 위에도 하얀 눈 위에도 검은 물체들이…… 승리의 함성이 퍼지는군. 아까 그 남자들이 지쳐서 어깨에 짊어졌던 신들을 장작불 속에 던지는군. 거대한 불빛에 머리통들이 탁탁 소리를 내며 타고 하얀 성당은 어둠 속에서 고스란히 모습을 드러내지……. 뭐라고? 혁명? 그래, 그렇게 일고여덟 시간 동안 그러는 거야! 나는 새벽을 어서 빨리 보고 싶었는지도 몰라……! 썩은 냄새가 진동하는군. 뭔가가 보여. 혁명이란 거, 그걸 불 속에다 내던질 수는 없어. 그게 아닌 모든 건 그것보다도 나빠. 역겨워도 그렇게 말할 수밖에 없지……. 자기 자신처럼 말이야! 함께할 수도 그렇다고 떨어질 수도 없는 거지. 고등학교 때 그걸 배웠다니까……. 라틴어로 말이야. 사람들이 다 쓸어 버릴 거야. 뭐라고? 어쩌면 눈이 쌓여 있던 건지도 몰라……. 뭐라고?"

그는 망상에 사로잡혀 헛소리를 하고 있다. 자기 목소리에 스스로 놀라 더욱 흥분한 그는 조금 더 큰 소리로 떠들어 대는데 병원 안에 울려 퍼지다 그만 잠잠해진다. 남자 간호사가 내 귀에다 대고 이렇게 말한다.

"담당 의사 선생님께서 임원 동무가 너무 오랫동안 말하지 않으시게 해 달라고 했습니다……."

그러고는 큰 소리로 가린에게 묻는다.

"임원 동무! 주무시는 데 클로랄이 필요하십니까?"

다음 날.

광둥 정부의 미국인 고문 로버트 노먼[55]이 어제저녁 광저우를 떠났다. 이미 몇 달 전부터 정부는 더 이상 그에게 자문을 구하지 않고 중요한 사안들을 결정해 왔다. 어쩌면 그는 신변이 더 이상 안전하지 않다고 생각한 것 같은데 근거가 전혀 없지는 않다……. 보로딘이 결국 그를 대신해서 육군과 공군을 통솔하는 정부 측 고문으로 공식 임명되었다. 이렇게 해서 광둥 사령부를 지휘하는 갈렌의 활동도 앞으로는 오로지 보로딘의 감독 아래 놓일 것이므로 군대는 거의 다 인터내셔널 수중에 들어온 셈이다.

---

55) 실존 인물로 1925년 7월 27일 광저우를 떠났다.

3부
인간

홍콩발 무선 전보들은 도시가 활기를 되찾았다고 전 세계에 분명히 전한다. 그러나 다음과 같은 점을 덧붙이고 있다.

부두 노동자들만은 여전히 작업을 재개하지 않고 있다.

그들은 작업을 재개하지 않을 것이다. 항구는 여전히 썰렁하다. 도시는 내가 그곳을 떠나던 당시 하늘을 배경으로 또렷이 부각되던 공허하고 거대한 검은색 형체를 점점 더 닮아 가고 있다. 홍콩은 고립된 섬에 어떤 일이 적합할지를 곧 찾아낼 것이다……. 한편 섬의 중요한 수입원인 미곡 시장이 이탈하고 있다. 주요 생산업자는 마닐라나 사이공 등과 접촉하고 있다. 우리 측이 중간에서 가로챈 편지에서 한 상공회의소 위원은 적고 있다.

영국 정부가 무력으로 개입하겠다는 결단을 내리지 않는다면 일 년 후에 홍콩은 극동에서 가장 불안정한 항구로 전락할 것이며…….

지원병 소대들이 도시를 누빈다. 도매상들 소유의 수많은 차량들이 기관총으로 중무장되어 있다. 오늘 밤 중앙 전화국에는(전화 없이는 방어가 불가능하기에) 철조망으로 기다랗게 바리케이드가 둘러쳐져 있다. 또 다른 방어진은 현재 구축 중인데 저수지들, 총독관저 그리고 병기고 주변이다. 영국 경찰이 도시 민병대를 신뢰하기는 하지만 불시에 공격을 당하고 나자, 천중밍 장군에게 편지와 특사를 수차례 보내 광저우로 진격할 것을 요구하고 있다.

니콜라예프가 마치 가톨릭 신부 같은 목소리로 내게 얘기한다.

"여보게, 가린은 떠나는 편이 훨씬 더 좋을 것 같은데, 자네 알고 있나……. 미로프가 가린에 대해 내게 말해 주더군. 보름 더 머물려고 했다간 자기가 원하는 것보다 훨씬 오래 눌러앉게 될지도 모른다는 거야……. 하기야 다른 곳보다 이곳에 묻히는 게 나쁠 것도 없지 뭐……."

"지금은 떠날 수 없다던데……."

"그렇긴 하지……. 여긴 말이지, 환자들이 제법 있는 편이라…… 우리처럼 살다간 열대 지방을 절대로 벗어나지 못해……."

그는 자기 배를 가리키며 웃는다.

"나로 말하자면 아직은 여기가 더 좋아……. 그리고 가린, 그 친구는 자기한테 중요한 게 아니라면 좀 시큰둥하거든……. 하긴 다른 사람들도 마찬가지긴 하지……."

"가린이 목숨을 별로 대수롭지 않게 생각한다고 보는 건가?"

"그다지……."

쩡다이 사환 하나(우리 측 끄나풀)의 보고서가 지금 막 도착했다.

쩡다이는 테러리스트들이 자기를 암살하려 한다는 사실을 잘 알고 있다. 도망치라는 충고를 받았지만 그는 거절했다. 그러나 우리 측 첩자는 그가 어떤 친구에게 하는 말을 들었다고 한다. "만일 내 목숨이 그자들을 막아 낼 만큼 충분히 강하지 않다면 내 죽음이 아마도 그럴 거네……." 이 경우 이제는 문제가 암살이 아니라 자살이 되는 것이다. 만일 쩡다이가 동양적인 방식으로 어떤 대의명분을 위해 자살한다면 그는 이 명분에 하나의 강력한 힘을, 다시 말해서 우리가 맞서 싸우기 어려운 힘을 부여하는 셈이 될 것이다. "그자는 그러고도 남을 사람이지." 니콜라예프가 말한다. 불안감이 경찰청을 짓누른다…….

가린이 방금 전 퇴원했다. 미로프 아니면 중국인 의사가 매일 아침 그에게 주사를 놓으러 올 것이다.

다음 날.

니콜라예프를 불안하게 하는 것은 쩡다이만이 아니다. 천중밍이 어제 차오저우[56]를 장악했으며, 광둥군을 쳐부순 뒤 현재 광저우로 진격하고 있다. 쑨원의 옛 용병으로 구성된 광둥군을 보로딘은 적위군과 사관생도들 지휘 없이는 제대로 싸울 능력조차 없는 쓸모없는 부대라고 여긴다. 한데 사관생도들은 장제스 지휘 아래 현재 황푸에 주둔하고 있으며 갈렌 아래 있는 적위군은 자기들 주둔지에 머물고 있다. 선전부 소속 소대들만이 내일 광저우에서 출격할 것이다. 한데 그들은 승리를 준비할 수는 있지만 승리를 쟁취해 낼 수는 없는 형편이다. 가린은 말한다. "7인 위원회가 결정을 해야 할 텐데! 이제는 적위군과 법령을 택하느냐 아니면 천중밍을 택하느냐지. 하지만 그들에게 천중밍은 총살 집행감이라고! 양자택일이야!"

그날 밤.

밤 11시. 가린의 집. 창문 가까이에서 클라인과 나, 우리는 그가 돌아오기를 기다리고 있다. 클라인 옆 작은 탁자 위에는 쌀로 빚은 술병 하나와 잔이 하나 놓여 있다. 경찰청 보초가 가져온 파란색 포스터 한 장 역시 탁자 위에 아무렇게나 접힌 채로 놓여 있다. 사환들이 치우는 것을 잊어버린 것이다. 누군가 이런 포스터들을 도시 이곳저곳에 붙이고 있다.

---

56) 중국 광둥 성 동쪽에 위치한 도시.

쩡다이 유서의 마지막 구절이다.

　　나 쩡다이는 나의 동포들 모두가 이 점을 마음속 깊이 새기기를 바라며 기꺼이 죽음을 받아들이노라. 우리 중국인은 사악한 조언자들의 꾐에 빠져 길을 잃고 헤매다가 가장 소중한 우리 재산인 평화를 송두리째 빼앗기지 말아야 할 것이다…….

이 포스터들은 그 자체만으로도 쩡다이가 한 설교 전체보다 우리에게 훨씬 큰 손해를 끼친다. 한데 도대체 누가 이것들을 이렇게 야심한 밤에 붙이는 것인가? 그가 자살이라도 했다는 건가? 아니면 암살이라도 당했다는 걸까?

　　가린은 경찰청뿐 아니라 보로딘 집에도 갔다. 무엇보다도 우선 그는 쩡다이의 사망 확인을 요청했다. 그러나 답을 기다리지도 않고 경찰청으로 출발했는데 필시 그곳에서 유서 사본을 받았을 것이 분명하다. 사망 확인서는 우리에게도 지금 막 전달됐다. 쩡다이는 가슴에 칼을 맞고 사망했다고 한다. 모기들이 조금만 물어 대도 우리는 허벅지를 연신 주먹으로 내려치면서 초조하게 기다리고 있다. 열이 몹시 나는 통에 기운 하나 없는 클라인의 목소리가 내게 희미하게 들린다.

　　"그자를 잘 알아. 그래서 하는 말인데 있을 수 없는 일이야……."

　　방금 전 자살일 수도 있다고 한 내 말에 클라인이 격하게 반대 의사를 드러내다가 애써 평정을 되찾고 있다. 사실 나는 군대 권투 선수 같은 외모에 대단한 교양을 갖추고 있는 이 자에

게 뭔가 이상한 면이 있다고 생각했다. 그자에게 깊은 우정을
품은 가린은 내가 그에 관해서 묻자 언젠가 제라르가 나에게
했던 것과 같은 말을 했다. "이곳은 어딘지 조금 외인부대를 닮
은 곳이야. 그래서 나는 그의 과거에 대해서 다른 사람들이 아
는 만큼만 아는 정도라고." 그는 자기 두 팔이 마치 육중한 동
상인 양 무겁게 안락의자에 기대고 앉아서 하고 싶은 말을 전
하느라 애를 쓴다. 그 어려움은 그가 불어로 말하기 때문은 아
니다. 그는 두 눈을 감은 채 말을 할 때마다 상체를 앞으로 내미
는데, 그런 모습이 마치 자신의 말과 씨름이라도 하는 듯하다.
정신은 명료하지만 술에 취해서 근육이며 생각이 경직돼 있는
것이다. 그래서 그의 목소리가 거칠고 격하게 들린다.

"불, 가능하지."

그는 나를 바라보면서도 선풍기가 소리를 내며 만드는 노
랫가락 같은 소리에 신경을 곤두세우고 있는데……

"자네야 알 수 없지……! 그건…… 무어라 할 수 없지. 시도
해 봤던 사람을 알아야 해! 시간이 걸려. 우선 다들 이렇게 말
하지. 한 시간(혹은 삼십 분) 후면 조용해져. 그러고 나서 사람
들은 생각하지. 자, 이번이야. 지금 해야 해. 그런데 아주 서서
히 멍해지면서 사람들은 불빛을 바라보는 거라고. 그걸로 만
족하는 게지. 불빛을 바라보고 있으니까. 바보처럼 웃고 나서
는 그건 더 이상 생각도 않는 거라고…… 그다지……. 하지만
어쨌거나…… 그러고 나서 다시 시작하는 거지. 그런데 어쩔
수가 없어. 그 순간엔 말이야, 생각이란 거. 행동이 아니라 생
각이라고. 그래서 이렇게들 혼자 중얼거리는 거지. '아! 도대

체 무슨 짓이지!'"

나는 다짜고짜 묻는다.

"그러고 나면 다시 살고 싶어지기라도 한다는 건가?"

"사는 게 뭔지 죽는 게 뭔지 더 이상 모르게 되는 거지! 오로지 그 행동을 해야 한다는 생각뿐이라고. 나는 양 팔꿈치를 옆구리에 단단히 붙이고 두 손으로 단도 손잡이를 있는 힘껏 쥐고 있었지. 그냥 찔러 넣기만 하면 됐어. 아니야……. 자네는 상상도 할 수 없을 거야. 내가 양어깨를 잔뜩 치켰던 것 같아……. 바보 같아, 모든 게 바보 같다고! 심지어 동기가 뭐였는지 잊어버렸다니까. 그리했어야 하니 그렇게 했을 뿐이라고……. 그런데 그때 내가 넋이 나가 버렸어. 무엇보다도 부끄러워서. 수치스러워서 말이야. 나 자신이 너무나 역겨워서 운하에 몸을 던지는 것 말고는 더 이상 아무짝에 쓸모없는 것 같았지. 바보 같지 않은가? 그런 상태가 오래갔다니까…… 오래 갔어……. 날이 밝자 모든 게 끝나더군. 밝은 대낮에 자살을 할 수야 없지. 생각이 온전한데 자살하는 거 말일세. 단번에 이렇게 말이야, 아무 생각도 하지 않고서라면, 어쩌면…… 하지만 그렇지 않다면……. 정신을 되찾는 데 시간이 좀 걸렸지……."

그는 웃고 있다. 그런데 그의 웃음이 어찌나 가식적인지 나는 가린이 아직 도착하지 않았는지 내다보는 척하면서 창문까지 간다. 선풍기가 돌아가는데도 그가 등나무 의자를 탁탁 두드려 대는 소리가 들린다. 그는 자기 자신을 향해 말하던 것이다……. 그는 잠시라도 불편한 심기를 해소할 생각인지 이모든 것에 대해서 명석하게 판단하고 있다는 것을 내비치면서 어렵게 말을 계속 이어 간다.

"어렵지……. 사는 게 지겨워 그 짓을 하는 사람들에게는 말이야. 무슨 짓을 하는 건지 생각할 새도 없이……. 하지만 쩡다이 그 사람은 자신이 뜻한 바를 위해서, 그러니까 이 세상 다른 모든 것보다 자신이 확신하는 것을 위해서 자살한 거지. 그게 다라고. 그가 해낸다면, 그렇다면 그건 그의 인생에 있어 가장 고귀한 행동이 되는 거야, 그렇다니까, 그렇고말고. 그렇기 때문에 그자는 다른 방법을 사용할 수가 없어. 불가능하지. 더 이상 그럴 필요가 없을 테니……."

"귀감이라는 데는 변화가 없을 텐데……."

"바로 그거야! 그거라고! 자넨 이해할 수 없어……. 자네, 자네가 말한 귀감이라 거 말이야, 그게 얼마나 어려운가! 그건 일본 사람들이나 하는 거라고, 알겠나? 쩡다이는 위신을 지키려고 그러는 게 아니야……. 무티히[57]…… 불어로는 어떻게 되지? 용감하게, 그래, 용감하게 살기 위해서도 아니고……. 그자 쩡다이는 자기 소임이라는 것에 충실하기 위해서라 그럴 걸세. 그러니까 잘 생각해 보게, 그자는…… 기습적으로 자살할 수가 없단 말이네!"

"그래도……."

그러고 그는 갑자기 입을 다물고 귀를 기울인다. 자동차 한 대가 멈춰 서자 나지막한 목소리가 들린다.

---

57) mutig. (사람, 말, 행동 따위가) '용기 있다', '용감하다', '담대하다'라는 뜻의 독일어.

"6시에 기다리겠네." 자동차가 출발한다. 가린이다.

"클라인, 보로딘이 자네를 기다리네."

그는 나를 향해 몸을 돌리고 "올라가세."라고 말한다. 그리고 자리에 앉기 무섭게 묻는다.

"그가 뭐라던가?"

"쩡다이가 자살을 했을 리 없다는군."

"그래, 나도 알아. 쩡다이가 우리에게 이런 식으로 장난을 칠 수는 없을 거라고 늘 말해 왔었지. 두고 보면 알겠지."

"자네는 어떻게 생각하나?"

"지금으로서는 아무것도 확실치 않아."

"그럼 그는?"

"누구? 그라니? 보로딘? 아니, 자네가 그렇게 웃는 건 잘못이야. 우리는 그 일과 아무런 관련이 없어. 내가 확신하네. 간접적으로든 돌발적으로든 말일세. 보로딘도 나만큼이나 놀랐다네."

"아니, 어째서? 그러면 홍에게 간 정보들은?"

"아! 그건 다른 건이야. 첫 번째 보고서에 따르면 그 일이 홍과 관련 있다는 건 전혀 근거 없는 얘기야. 경호 군인이 계속 보초를 서고 있던 데다가 안으로 들어간 사람은 아무도 없었다고. 하지만 그런 건 지금 문제가 아니야. 그것 말고도 할 일이 많네. 우선은 포스터들이야. 받아쓰고 번역하게.

'온 중국이 존경해 마지 않는 쩡다이가 어제 비겁한 적들의 하수인에게 암살당했다는 사실을 잊지 맙시다.'

그리고 또 다른 포스터를 그 옆에다가 붙여야 할 거야.

'영국은 부끄러워하라. 상하이와 광저우에 있는 암살자들은 수치심을 느끼라!'

두 번째 포스터 구석에 작은 글씨로 5월 20일과 6월 25일 (상하이와 사몐 사건이 있었던 날짜)을 적어 넣게.

좋아, 알아보겠지. 이제는 각 소대에 보낼 공문이네. '쩡다이는 자살한 것이 아니라 영국 첩자들 손에 암살당했다. 그 어떤 일이 있더라도 정치국은 사건 전모를 밝혀낼 것이다.'

근사하지만 짧게."

"자네는 테러리스트들을 버릴 셈인가?"

"우선은 홍콩이야. 법령을 따내려는 일격이라고."

그는 자리에 앉는다. 내가 번역을 하는 동안 그는 상상의 새들을 압지 위에다 베껴 그리다가 자리에서 일어나서 이리저리 걷더니 책상으로 돌아와서는 다시 그림을 그린다. 하지만 한 차례 더 연필을 던지고는 자기 권총을 유심히 살펴보다가 마침내 양손에 턱을 괸 채 생각에 잠긴다. 나는 그에게 번역문 두 편을 건넨다.

"이 두 편 모두 다 확실한 거지?"

"확실하네. 그런데 어디다 쓸 건지 말해 줘도 별 상관이 없는 거 아닌가?"

"뭔지 척 보면 알 텐데."

"잘 모르겠는데."

"생각 좀 해 보게, 벽에다 붙여질 거 아닌가."

나는 어리둥절해서 그를 바라본다.

"하지만 이보게. 자네가 작성한 포스터는 인쇄도 되기 전인데 만약 중국인 전부가 다른 포스터부터 먼저 읽게 된다면?"

"안 되지."

"그것들을 죄다 떼어 낼 건가? 시간이 걸릴 텐데."

"아니. 내가 이걸 그 위에다가 붙여 버리겠네. 우리를 따르는 부대들은 이런저런 일로 정오가 되기 전에는 시내에 들어오지 못할 거야. 5시에는 비정규군들이 총을 쏘면서 순찰을 할 거고. 경찰에다는 알렸네. 부르주아지들은 몇 시간 동안 감히 외출하지도 못할 거야. 다른 사람들은 읽을 줄도 몰라. 게다가 그자들 포스터 거의 대부분이 3시 전에는 우리 것들로 도배가 될 거라고. 내일(지금이 1시니까 오늘) 8시쯤 벽에는 우리 포스터들 5000장이 붙어 있을 걸세. 우리는 전단 형태로도 10만 장 인쇄할 거야. 우리가 미처 붙이지 못한 포스터가 스무 장에서 쉰 장쯤 된다 한들 별 문제 없을 거야. 더군다나 그자들 포스터가 우리들 것보다 먼저 알려지진 않을 테니까!"

"그런데 만일 그자들이 쩡다이의 죽음을 이용해서 뭔가 일을 꾸미기라도 한다면?"

"불가능해. 너무 이른걸. 그자들의 병력은 너무나 미미한 상태라 감히 그러지 못할 걸세. 우리를 전적으로 믿을 수 없다면 인민들은 머뭇거릴지도 몰라. 주저하는 사람들을 데리고 민중 운동을 할 수는 없지. 그렇지 않으니 걱정 말게."

"그가 자살한 게 아니라면?"

"그가 자살하지 않았다면 우리에겐 문제들이 더 생길 거야."

"푸른색 포스터로 덕을 본 자들이 그를 '자살하게' 한 자들이라고 봐야 하나?"

"그 포스터를 만든 자들도 우리와 같은 처지야. 그자들이 조금 더 빨리 정보를 입수했던 거지. 그뿐이라고. 우리도 지금 이렇게 포스터들을 만들고 있고. 오! 우리가 얻은 소득이 뭔지는 곧 알게 될 거야. 하지만 지금으로서는 가장 시급한 문제부터 해결해야 한다고. 그자의 죽음이 분명 일대 사건일 수도 있으니까……."

우리는 거의 뛰다시피 해서 계단을 내려간다.

"한데 보로딘은?"

"지나는 길에 봤네. 혼자야. 각자 차례가 있는 거지. 누군가 그자를 독살하려고 했던 건 아닌지 의문이네. 사환들은 믿을 수 있지만. 그 외에……."

그의 말이 갑자기 툭 끊겼다. 내 뒤로 너무 서둘러 내려오려다가 계단 하나를 헛디뎠지만 때마침 난간을 붙잡을 수 있었던 것이다. 그가 잠시 멈춰서 숨을 고르더니 머리카락을 뒤로 넘기며 잠시 전 살짝 균형을 잃었던 때만큼이나 서둘러 계단을 내려가는데 연신 말을 한다.

"그 외에 감시 아래 있는 자들은……."

자동차가 대기 중이다.

"인쇄소로."

우리는 권총을 좌석 위 손이 닿는 곳에 놓는다. 시내는 무척이나 적막해 보인다……. 우리를 태운 자동차가 달리자 우리 곁으로 스쳐 지나가는 전깃불, 그리고 좀 더 멀리로는 판자를 제대로 붙이지 않아 문이 닫혔지만 희미한 불빛이 새어 나오는 노점들이 무슨 줄무늬처럼 언뜻언뜻 보일 뿐이다. 달빛도 없어 집들은 어둠에 파묻혀 있다. 가스등, 행상인, 싸구려 식당, 바람도 없이 무더운 밤에 불이 곧게 타오르는 램프 들. 빠르게 지나가는 그림자, 잠자코 서 있는 형체 들. 축음기, 축음기들…… 이렇듯 삶은 땅바닥에 단단히 들러붙어 있는 듯하다. 하지만 저 멀리에서 들려오는 총소리.

자. 인쇄소다. 우리의 인쇄소. 길쭉한 창고…… 그 안에 불빛이 너무 강해서 처음엔 눈을 감을 수밖에 없었다. 여기서 일하는 노동자 모두가 당원들이고 엄선된 자들이다. 그렇지만 오늘 밤에는 문마다 군대식으로 감시를 하고 있다. 군인들이 우리가 도착하기를 기다리고 있었다. 아주 젊은(사관생도인 듯한) 중위 하나가 가린 명령을 들으러 온다. "어느 누구도 출입시키지 말도록." 작업은 중단됐다. 나는 번역문 두 장을 인쇄소 소장(중국인)에게 건넨다. 그는 세로로 정성스럽게 잘라 내서 식자공에게 한 줄씩 준다.

"교정을 보고 난 후에 한 장 나오자마자 나에게 가져오게. 나는 경찰서에 가 있을 거야. 만일 내가 없으면 그곳에서 기다리게. 자네에게 차를 한 대 보낼 테니까." 가린이 나에게 말한다.

두 번역문 조판은 신속히 진행된다. 소장은 한 줄씩 나란히 붙인 다음 나에게 교정쇄를 내민다. 직공들 가운데 자신이 한 몫한 포스터의 의미를 이해하는 사람은 단 한 명도 없다.

기계 두 대가 멈춰 서고 인쇄공들은 우리가 '활자판' 가져다주기를 기다린다. 오자가 거의 없다. 교정을 보는 데서 또

이 분이 걸린다. 활자판이 윤전기 위에 놓이고 맨손과 맨발로 동시에 고정된다.

인쇄물 한 장이 나오자마자 나는 그것을 들고 인쇄소를 떠난다.

자동차 한 대가 대기하다가 나를 태우고 경찰청을 향해 전속력으로 달린다. 멀리서 이따금씩 총성이 들린다. 문 앞에서는 사관생도 하나가 나를 맞이하더니 가린이 기다리는 사무실로 안내한다. 드문드문 천장에 매달린 전구들이 불빛을 둥그렇게 두른 채 주위를 환히 밝히는 텅 빈 복도를 지나는 동안 발소리는 어둠을 깨며 점점 더 울려 퍼진다. 흥분이 뒤섞인 피로감이 온몸으로 퍼지고 불면의 밤들이 남긴 열기와 알코올 맛이 목구멍 안으로 퍼지는 게 느껴지기 시작한다…….

불이 환히 밝혀진 큰 사무실, 가린은 피곤에 찌든 얼굴을 하고 두 손은 호주머니에 찌르고서 사무실 안을 서성거리고 있다. 나무로 된 중국식 간이침대 하나가 벽에 붙어 있는데, 그 위에 니콜라예프가 드러누워 있다.

"어떻게 됐나?"

나는 그에게 포스터를 건넨다.

"조심하게, 잉크가 아직 마르지도 않았어. 내 손은 온통 잉크투성이라니까."

그는 어깨를 으쓱하더니 포스터를 펼쳐서 유심히 바라보다가 초조하다는 듯 입술을 잘근잘근 씹는다. 사실 그는 광둥어뿐 아니라 한자도 읽을 줄 모른다. 설령 안다고 해도 변변치 못한 수준인데 이제는 배울 시간도 없는 것이다.

"제대로 된 게 확실한가?"

"걱정 말게. 그건 그렇고, 거리 곳곳에서 전투가 시작된 걸 아나?"

"전투가 시작됐다고?"

"나야 잘 모르지만 오는 길에 총소리를 들었지."

"총격이 대단하던가?"

"아! 아니, 이따금씩."

"좋아, 그렇다면 별거 아니야. 우리 부하들이 푸른색 포스터를 붙이려는 자들을 처치하기 시작한 거야."

그는 옆으로 누워 팔꿈치에 머리를 괸 니콜라예프를 향해 돌아선다.

"계속하자고. 그자들 중에서 대단히 용감하지는 않지만 뭔가 좀 알 만한 자가 있는지 혹시 아나?"

"자네가 대단히 용감하지 않은 자로부터 얻어 들을 수 있는 게 무엇일지는 짐작이 가는군."

"그래."

"내 생각엔 그런 상황에서라면 용기 있는 사람은 아무도 없을 거야."

"있어."

가린은 눈을 감은 채로 팔짱을 끼고 있다. 니콜라예프가 그를 이상한 눈초리로 거의 증오심에 가득 차서 바라보는데…….

"있다니까, 홍은 불지 않을 거야."

"불도록 할 수 있지……."

"소용없어!"

"자넨 아직도 친구 몇에게 미련이 남아 있어. 그거야 나쁠 것도 없지. 자네 원하는 대로 하는 거지 뭐……."

가린이 어깨를 으쓱한다.

"있다는 건가 없다는 건가!"

니콜라예프는 입을 다문다. 우리는 답을 기다린다.

"링이라면 아마……."

"아! 아니야, '아마'로는 안 된다니까!"

"아니, 내 입에서 아마라는 말이 나오도록 한 건 자네라고……. 추호의 의심도 없다고 말하지. 그자들이 난리 통에 짐짝 사이에서 제 마누라며 부모들을 찾아다니는 모습이나 중국인이 죄수를 심문하는 걸 보면 어떻게 해야 할지 알지……."

"링이라면 조합장이 아닌가?"

"부두 인부 조합장이지."

"자네 생각엔 그자가 뭘 좀 아나?"

"두고 보면 알겠지……. 어쨌건 내가 보기엔 그런 것 같은데……."

"좋아, 알았네."

니콜라예프가 기지개를 켜고 나서 의자 팔걸이를 짚으며 힘겹게 자리에서 일어난다.

"내일 그자를 잡을 수 있을 거야……."

그러고 나서 반쯤 웃는데 정중하면서도 빈정거리는 듯한 이상한 태도로 말한다.

"그런 다음엔? 어쩌지?"

가린은 대답 대신 '나는 아무래도 좋아.'라는 식 몸짓을 한다. 니콜라예프 얼굴에 경멸하는 듯한 표정이 살짝 스치고 지나간다. 가린이 턱을 앞으로 내민 채로 그를 바라보며 말한다.

"향을 피워."[58]

뚱보는 동의한다는 표시로 두 눈을 감더니 담배 한 개피를 피워 물고 느릿느릿 자리를 떠난다.

다음 날.

내가 차에서 내린 곳은 시장 앞이다. 길게 이어진 건물마다 거친 석회 벽들이 빛으로 넘실거리는 가운데 마치 하늘을 에워싸는 듯하다. 술 파는 노점마다 부두 노동자로 보이는 갈색이나 푸른색 옷을 입은 남자들이 진을 치고 있다. 차가 멈춰 서자마자 함성이 올라오는데 강바람 때문인 듯 깨끗한 공기에 실려 한동안 이어진다. 그리고 그 남자들은 좀 전에 자신들이 끄집어 냈던 동전을 주머니에 다시 집어넣느라 서두르고 서로 몸을 부딪히며 허둥지둥 노점에서 나온다. 그들은 흰색 벽이 끝나는 곳에서 자신들을 기다리는 동원된 버스와 트럭 들에 한 명씩 한 명씩 올라탄다. 대장들이 또다시 호명을 한다. 몇 명이 제자리에 없는 것이다. 그런데 저기 자기들 이름을 부르며 입에는 순대를 물고 바지춤을 올리느라 정신없이 뛰어오는 사람들이 보이는데……. 그리고 트럭들이 차례차례 시끄러

---

58) 천천히 교살하는 방법. 향은 환자들 의식을 되찾게 하는 데 쓰인다. (저자 주)

운 소리를 내면서 천천히 육중하게 움직이기 시작한다.

선전부 제2소대가 적위군보다 먼저 출발한다.

우리 포스터가 벽이란 벽에 죄다 붙어 있다. 쩡다이의 가짜 유언(이제는 도시를 완전히 뒤덮은)은 민중 봉기를 희망하며 인쇄되긴 했지만 준비도 부족하고 시기도 너무 늦었다. 폭동의 기미라고는 전혀 감지되지 않기 때문이다. 탕 장군의 패배가 교훈이 되었건 걸까? 천중밍의 광저우 입성에 대한 두려움이 새로운 혁명의 시도마저 제압해 버린 걸까?

사관생도들이 도심을 순찰한다.

오전 내내 요원들이 가린의 집으로 계속 찾아온다. 한데 지난밤 뜬눈으로 새운 그의 얼굴에는 피로한 기색이 한층 더 선명하다. 책상 위에 엎어지다시피 한 채 왼손으로는 머리를 괴고 신경은 극도로 날카로운 상태로 명령을 내리거나 받아 적도록 한다. 그는 새로운 포스터들을 인쇄하도록 한다. 이번에는 홍콩의 종말이다. 은행마다 지점을 완전히 폐쇄할 거라고 전하자 영국인들이 대거 홍콩을 떠나려 한다는 내용이다.(사실은 그렇지 않다. 런던의 명령에 복종해야 하는 은행들은 마지못해 하는 것이긴 하지만 그들이 할 수 있는 한 영국 상사들을 계속해서 지원하고 있다.) 그러나 다른 한편으로 가린은 요원들을 시켜 차오저우가 함락되었으며 적위군(민중이 애착을 품은 유일한 군대)이 아직 출정하지 않았다고 선전하도록 함으로써 7인 위원회가 그의 말을 따르도록 압박을 가하고 있다.

정오가 되자 신문 호외판, 포스터 그리고 도시를 가로지르며 나부끼는 큼직한 광목 현수막이 어제 대극장에 모였던 홍콩 상인들과 기업인들이(거의 대부분은 유럽인들인) 국왕에게 전보를 보내 영국 군대 파병을 요청했다고 알린다. 이것은 정확한 사실이다.

위원회에 참석한 보로딘은 쩡다이가 테러리스트들에 맞서 발의한 법령 공포에 반대하지 않는다는 점을 분명히 밝혔고, 따라서 이 법령들은 오늘 부로 발효될 것이다. 그러나 우리 첩자들은 무정부주의자 집회가 절대로 열리지 않을 거라고 장담하고 있다. 링은 아직 체포되지 않았고 홍은 종적을 감췄다. 테러리스트들은 '직접적 행동'으로(달리 말하자면 처단을 통해서만) 개입하기로 결정한 것이다.

잠시 후.

천중밍은 계속 진격하고 있다.

홍콩에서는 '광둥군의 패주'라는 큼직한 제목이 달린 통신문이 돌아다니고 있다. 호텔 로비나 사무실들 앞에서는 영국인들이 전쟁 소식들을 기다리며 애를 태운다. 그러나 정크들이 흔적을 남기며 느릿느릿 움직이고 있는 항구에서 여객선들이 여전히 꼼짝도 하지 않고 있는데 마치 난파선의 잔해처럼 서서히 물속으로 빠져 들어가는 듯하다.

중국 권력층의 불안은 이제 극도에 달했다. 그들에게 있어서 천중밍의 광저우 입성이란 고문이거나 처형자 신분을 확인할 시간조차 없을 정도로 바쁜 총살 집행 군인에게 아무 데서나 즉결 처형을 당하는 것이다. 죽음에 대한 그들의 생각이 마치 사방을 비추는 빛처럼 그들 대화, 그들의 두 눈, 그들을 둘러싼 공기 속에 한결같이 함께하는데…….

가린은 내일 쩡다이의 장례식에서 낭독할 연설문을 준비하고 있다.

다음 날 11시.

멀리서 북과 징 소리가 요란스럽게 들려오는 가운데 일현금과 피리가 느닷없이 날카로운 소리를 내며 귀에 거슬리는가 싶더니 곧이어 음조를 달리하며 잠잠해진다. 불티처럼 탁탁 소리를 내면서도 동시에 둔탁하게 들리는 나막신 소리 그리고 징 소리에 장단이라도 맞추는 듯한 말소리를 뒤로하고 백파이프 소리가 높은 음인데도 가늘고 단조롭게 이어진다. 나는 창가에 몸을 기댄다. 행렬은 내 앞이 아니라 길가 끝에서 벌어진다. 오리들처럼 고개 돌려 뒤를 바라보며 달려가는 한 무리 아이들, 구름처럼 끝없이 뿌옇게 일어나는 먼지, 누가 누구인지 분간할 수 없을 정도로 거대한 하얀 옷을 입은 사람들의 무리, 그리고 그 안에서 마치 좀먹은 것처럼 박혀 있는 진홍색, 자주색, 앵두색, 분홍색, 석류색, 양홍색 등 온갖 종류 붉은색으로 된 비단 깃발들. 장례 행렬은 보이지 않고 내 눈에는 행렬에 울타리를 둘러치는 듯한 군중만 보이는데…… 아니, 전혀 안 보이는 것은 아니고 하얀색 광목천을 수평으로 기다랗게 매달아 마치 배의 돛대처럼 이리저리 흔들리는 높다란 깃대들이 지나가는 모습이 눈에 들어오는데 큰북이 사람들 내지르는 음산한 소리에 맞춰 앞으로 기울어지기도 한다. 현수막을 뒤덮은 글씨들이 눈에 띈다. '영국인들에게 죽음을…….' 이어서 길 끝까지 울타리처럼 둘러서 있는 인파. 서서히 일어나는 먼지. 망치를 두드리듯 퍼지는 징 소리. 자, 이제는 제물을 바치는 예식 차례다. 열대 과일들을 그려 놓은 거대한 정물화처럼 과일이 높다랗게 쌓여 있고 그 위에 한자가 빼곡히 적힌 명패가 올려져 있다. 한데 남자들이 옮기고 있는 과일도 금방 떨어질 것처럼 이리저리 기우뚱거리며 흔들린다. 그리고 이제는 상여가 지나간다. 키가 대단히 큰 짐꾼 삼십 명이 어깨에 멘 붉은색과 황금색이 섞인 전통 상여는 나무로 조각되어 있는데 상여꾼들 머리통이 언뜻 보이고 그들의 잰걸음으로 미루어 보건대 절뚝거리며 모두 동시에 다리를 한 번에 똑같이 내딛으면서 이 거대한 검붉은 무리는 천천히 마치 어떤 선박처럼 앞뒤로 흔들리며 앞으로 나아가는 것이다. 한데 상여를 뒤따라가고 있는 건 도대체 뭐지……? 마치 광목으로 만든 집인 듯하다……. 그렇다. 댓살로 엮어 그 위에 천을 두른 집인데 그것 역시 남자들이 짊어지고 이리저리 흔들며 앞으로 나아가고 있다……. 나는 재빨리 옆방으로 가서 가린의 책상 서랍 안 쌍안경을 꺼내 돌아온다. 그 집은 아직도 제자리다. 벽마다 커다랗게 그림들이 그려져 있다. 쩡다이의 모습이 보이는데 자신을 총검으로 찌른 영국인의 발밑에 쓰러져 죽어 있다. 그림 주위로는 주홍색으로 '영국 악당들에게 죽음을.'이라는 글씨가 적혀 있다. 마치 무대 가림막 같은 길모퉁이로 이 낯선 문장이 사라지는 순간에서야 비로소 나는 무슨 말인지 이해한다. 이제는 헤아릴 수도 없이 많은 작은 플래카드만 보일 뿐인데 그것들은 마치 배를 뒤따르는 새들 모양 천으로 만든 집 뒤를 따른다. 그리고 그것들 역시 영국에 대한 증오를 토해 내고 있다……. 뒤이어서 등불과 막대기, 이리저리 흔들리는 모자, 이제는 더 이상 아무것도 없다……. 마치 울타리처럼 길을 막고 있던 사람들 무리가 서서히 풀어 헤쳐지며 사라지는 동안 북이며 징 소리도 멀어지고 서서히 일던 먼지도 햇빛 속에서 자취를 감춘다.

몇 시간 뒤 가린이 돌아오기도 훨씬 전부터 그의 연설문 구절이 비서들 입에서 입을 통해 선전부 전체에 퍼진다. 보로딘과 마찬가지로 대중 연설 때 중국어 통역자에게 도움을 받지 않을 수 없는 가린은 짧은 문장, 정형화된 구호로 의사를 밝히곤 한다. 오늘 사무실에서는 우연히 시도 때도 없이 내 귀에 이런 말이 들린다. "홍콩은 감옥 간수처럼 비열하게 재산을 빼앗아 굶어 죽어 가는 우리들 앞에서 과시하고 있다……. 홍콩, 곳간 열쇠…… 말하는 사람 앞에 행동하는 사람들이 있다. 항의하는 자들 앞에 영국인을 쥐새끼 몰듯 홍콩에서 내쫓는 사람들이 있다……. 자기 집 창문을 열려고 애쓰는 도적의 손을 도끼로 단번에 잘라 버리는 신사 양반처럼 내일이면 당신들은 제국주의 영국의 잘린 손, 폐허가 된 홍콩을 차지할 거다……."

한 무리 노동자들이 거리를 지나간다. 그들은 깃발을 높이 들어 올리고 있는데 적위군 만세라고 쓰여 있다. 그들은 7인 위원회가 열리는 강연장 창문 앞으로 향하고 있다. 마치 가축들이 흩어지기도 하고 또다시 한데 모이기도 하듯이 가까이에서 때로는 멀찌감치서 들리는 외침, 산발적이거나 한데 뒤엉키거나 혹은 사방으로 흩어지는 '적위군 만세.'라는 외침이

거리를 가득 메운다. 아우성과 더불어 중국이 내 방 안으로 들어와 나를 압도한다. 내가 이제 막 알기 시작한 중국, 이 중국에서는 마치 열어젖힌 창문으로 도시의 소란과 뒤섞여 들어오는 후추 냄새가 무언가 썩는 냄새를 압도하는 것처럼, 야만적 이상주의의 물결이 얌전하지만 비열하고 상스러운 짓을 뒤덮어 버리려는 것 같다. '적위군 만세.'라는 외침과 자기 장례식에 매장된 듯한 쩡다이 앞에서 나의 서류는 온통 비뚤어진 야심, 명예욕, 선거원 무리, 국민당에 도착한 수상쩍은 기부금, 횡령, 아편 밀매 관련 법안, 적당히 은폐된 관직 매수, 노골적인 공갈 협박 따위로 어수선하다. 과거 관료주의로 이루어졌던 이 세계는 이제 삼민주의 원칙[59]을 악용하며 버티고 있다. 혁명가들이 극심한 증오에 차서 비난하는 일부 중국 부르주아지들은 이제 그들과 한편이 돼서 혁명 대열에서 자리를 차지하고 있는 것이다. 가린이 언젠가 나에게 이런 말을 한 바 있다. "이 모든 것 사이를 잘 지나가야 한다고. 쓰레기 더미 사이를 잘 빠져나가야 하듯이 말이야."

다음 날.

테러리스트들 소식은 없다. 니콜라예프가 말한 링은 여전히 체포되지 않았다. 보로딘이(병중이라 여전히 집에서 칩거 중이다.) 고문으로 임명된 이후 우리 측 인사 여섯 명이 암살당

---

59) 쑨원이 제창한 중국 근대 혁명의 기본 이념으로 민족주의, 민권주의, 민생주의로 이루어져 있다.

했다.

홍콩은 저항하고 있다. 홍콩 정부는 일본과 프랑스령 인도차이나에 도움을 요청했다. 며칠 후면 요코하마와 하이퐁을 떠난 인부들이 홍콩의 파업 인부들을 대신하러 도착할 것이다. 거금을 들여 홍콩으로 데려온 그 인부들은 사려는 사람 하나 없이 산더미처럼 쌓여 있는 쌀과 희망을 잃은 상점을 마주해야 한다. "광저우는 영국인들이 화난으로 들어가기 위해 거쳐야 하는 문의 열쇠와도 같습니다." 어제 연설에서 가린이 말했다. "바로 그 열쇠가 모든 문을 꽁꽁 잠그고 더 이상 다시는 문을 열지 못하도록 해야 합니다. 홍콩에 기항하는 선박에 광저우 입항 금지령이 선포돼야 합니다……." 외국인들 생각 속에 영국 항구이자 대영 제국 영토인 홍콩은 여전히 불안한 중국 항구로 취급되고 있으며, 따라서 외국 선박들은 홍콩을 잊어버리기 시작한 것이다…….

우편선과 대형 화물선은 홍콩 만에 입항해서 그저 얼마간 머무를 뿐이다. 화물 하역은 상하이에서 진행되며, 그곳에서 영국인들은 중국 중개인들과 손잡고 도시에 새로운 조직을 만들어 홍콩 상사들이 영국에 주문했던 상품을 중국 내륙으로 유입하려 애쓰고 있다. 산터우에서 실패했던 시도를 다시 하는 것이다.

7인 위원회는 최근 적위군의 전투 개시와 주요 테러리스트 검거를 요청하기 위해 새로운 절차를 밟기 시작했다. 가린이 요구한 법령이 사흘 안에 서명될 것이라고 위원회의 대표는 장담하고 있다……. 위협적인(그리고 대단히 조직력이 뛰어난) 군중이 하루 종일 적위군을 향해 환호와 갈채를 보내며 위원회 본부가 자리한 건물을 둘러싸고 있다.

다음 날.

어제 링이 검거됐다. 아마도 오늘 오후에 우리가 원하는 정보를 그로부터 얻어 낼 수 있을 것이다. 적군의 진격 소식을 듣고 선전부는 사무실마다 맹렬히 일하고 있다. 군대보다 먼저 출발한 부원들은 엄격히 훈련받았으며 대장들은 가린에게 직접 명령을 하달받았다. 그들이 만면에 미소를 지으며 차례차례 복도를 지나가던 모습이 생생하다……. 우리는 전단지 사용을 중단했다. 우리가 동원할 수 있는 부원 수가 상당하기 때문에 다른 모든 것들을 대신할 수 있는 구두 선전이 가능한 상황이다. 이는 가장 위험하고 가장 많은 사람들을 필요로 하는 만큼 가장 확실한 방법이기도 하다. 테러리스트들이 처단하고자 하는 정부 재정 위원 랴오중카이가 인터내셔널 전문가들이 구축한 새로운 세금 영수 체계를 이용해서 막대한 자금을 확보할 수 있었고, 그 덕분에 선전부 기금은 다시 충분해진 상태다. 몇 주 후면 적군의 식량 물자 보급 업무와 행정 전반에 엄청난 혼란이 일어날 것이다. 그렇게 되면 용병들에게 급료를 지불하지 않으면서 싸우도록 하는 것은 어려워진다. 게다가 우리 측 상관들이 보증하는 사람들 백여 명이 천중밍 부대에 위장 입대를 하게 될 텐데, 그들은 천중밍에게는 배신자로 그리고 우리 측에게는 적군으로 몰려 총살당할지도 모른다는 위험 상황을 이미 잘 알고 있다. 엊그제 우리 측 요원 셋이 발각됐으며 한 시간 이상 고문받은 뒤에 교살당했다.

선전부 대장들은 두 줄로 서서 반쯤 열린 문틈 사이를 지나서 천중밍 군대를 향해 떠났다. 허리띠를 조른 저고리와 통 넓은 바지를 입고 중국 음식을 좋아하지 않고 영어로 말하기를 더 즐기는 중국 청년들, 즉 미국에 있는 대학이나 러시아 대학에서 공부하고 돌아온 '척하는 것들'과 '레닌의 곰들'이 적군에 입대하려고 출발하는 요원들을 경멸과 호의가 뒤섞인 시선으로 지켜보았다.

매사에는 순서가 있다.

상하이에서 온 뉴스는 다음과 같다.

중국 상공 회의소는 국민당 지도부 뜻에 따라 중국 상인들 손에 있는 영국 상품의 몰수를 명한다. 7월 30일부터 일 년간 영국 상품 구매 및 영국 선박을 통한 상품 유통이 전면 금지된다.

상하이 신문들은 영국과의 무역량이 80퍼센트 감소할 거라고 주장하고 있다.

영국과의 무역은(홍콩은 제외하고) 지난해 2000파운드에 달한 것으로 추산된다.

홍콩은 이제 천중밍 군대 말고는 그 어디에도 기댈 수가 없다.

니콜라예프는 대문자로 적힌 전갈을 받았다.

만약 링이 내일 석방되지 않는다면 인질을 처형할 것이다.

테러리스트들이 실제로 인질을 잡고 있기는 한 걸까? 니콜라예프는 그렇지 않다고 생각하고 있다. 하지만 우리 측 요원 다수가 현재 임무 수행 중이고 우리에게는 그들의 활동을 확인할 방법이 전혀 없는 상황이다.

6시.
연락병 하나가 감옥에서 가린에게 서류들을 가져온다. 링의 심문 조서다.
"그가 불었나?"
가린이 대답한다.
"니콜라예프가 옳다는 게 한 번 더 입증된 셈이지. 고통을 견뎌 낼 수 있는 사람들이 어디 많은가……?"
"한데…… 오래 걸렸나?"
"천만에!"
"이제 어쩔 텐가?"
"도대체 어쩌면 좋겠나? 테러리스트 우두머리를 풀어 줄 수야 없지."
"그렇다면?"
"감옥은 꽉 찼어, 당연하지……. 그러니 결국 임시 법정에서 판결을 받게 되겠지. 그러면 니콜라예프 말마따나 전모가 드러나겠지. 우선은 홍의 행방이고 둘째는 쩡다이가 암살당한 게 바로 홍의 명령에 따른 거고, 암살자는 사환들 가운데 하나라는 사실이지."

"하지만 우리에게도 내부 첩자가 있지 않나?"

"단 하나. 이중 첩자였던 바로 그놈이 우리를 데리고 논 거야. 하지만 오래 그러지는 못한 거고. 물론 그놈도 이미 잡아 두었지. 얼마 후에 재판이 열리면 그때 그자를 써먹을 거야⋯⋯."

"좀 위험한 거 아닌가?"

"니콜라예프가 그자에게서 그저 며칠간만이라도 아편을 빼앗은 다음 처형하지는 않을 거라고 약속만 한다면 그자는 순순히 자백할 게 분명해⋯⋯."

"아니, 그런 약속을 믿는 자들이 아직도 있나?"

"아편을 빼앗는 것만으로도 충분할걸⋯⋯."

가린은 말을 멈추더니 어깨를 으쓱거리고 나서 천천히 말을 다시 잇는다.

"대단히 단순해지는 거라고, 죽음을 목전에 둔 인간이란⋯⋯."

그러고는 잠시 후에 자기 생각을 뒤쫓기라도 하듯이 덧붙인다.

"게다가 나는 내 입으로 뱉은 약속 거의 모두를, 심지어는 나 자신에게 한 것이라도 지키지 않은 적이 없었어⋯⋯."

"하지만 그자들이 어떻게 알겠나?"

"그럼 난들 어쩌란 말이야?"

8월 8일.
어제 저녁 홍이 체포됐다.

홍콩에서는 영국인들이 항구 하역 작업을 재개할 노동자들을 하나둘씩 모으고 있다. 제법 많은(안남인과 일본인으로 이루어진) 인력이 현재 막사에서 총독 명령을 기다리고 있지만 그 수가 확보되는 대로 영국인들은 하역 작업을 재개할 것이고 곧이어 홍콩의 활기도 단번에 되살아날 것이다. 반면 우리들의 활동이 약화된다면 상품을 실은 선박들이 정박 중인 도시 전체가 광저우를 향해 출발하는 셈이 될 테고 위협하는 듯한 거대한 해골 형상이던 섬은 잃었던 생명력을 되찾을 것이다……. 우리가 바라는 법령이 체결된다면 모를까. 하지만 이 법령은 노동조합이 시작한 전쟁을 인정하는 것이고 광동 정부의 의지뿐 아니라 더 나아가 중국 본토에서 인터내셔널의 권위를 확고히 하는 것이기도 하다…….

다음 날.

가린은 자기 책상 뒤편에 앉아 있다. 무척 피곤한지 등은 구부정히 한 채 산적한 서류 위로 팔꿈치를 갖다 대고 두 손으로는 턱을 괴고 있다. 그의 허리띠가 의자 위에 길게 풀어져 있다. 발걸음 소리가 들리자 그는 눈을 뜨고 머리카락을 손으로 천천히 쓸어 올리며 고개를 든다. 홍이 들어오는데 곧이어 군인 두 명이 그의 뒤를 따른다. 그가 저항 없이 순순히 붙잡히지는 않았던 것 같다. 그의 얼굴에는 얻어맞은 자국이 선명하고 동양인다운 작은 두 눈은 고통으로 이글거린다. 방 안으로 들어오자마자 그는 다리를 벌리고 두 팔을 등 뒤로 한 채 멈춰 선다.

가린이 그를 바라보더니 이어서 열이 난 듯 잠시 멍한 채로 미적거린다. 그의 육체는 쇠약해질 대로 쇠약해져 있다. 기진맥진한 그는 고개를 제대로 가누지도 못하고 있다. 그런데 갑자기 그가 깊이 숨을 내쉬더니 정신을 가다듬는다. 그가 어깨를 으쓱한다. 바로 그 순간 홍이 미간을 찌푸린 채 두 눈을 치켜뜨며 그를 쳐다보더니 순식간에 군인들을 뿌리치는데 결국 소총 개머리판에 맞아 쓰러진다. 가린의 권총이 권총집에 든 채로 의자 위에 놓여 있는 것을 보고는 그 위로 몸을 던졌던 것이다.

그가 일어선다.

"자, 그 정도면 됐어."

가린이 불어로 말한다. 그러고는 광둥어로 명령한다. "데려가."

군인들이 그를 데리고 나간다.

침묵.

"가린, 누가 그를 재판하게 될 것 같은가?"

"……홍이 들어오는 걸 보았을 때 하마터면 나는 자리에서 일어나서 '그래, 뭐야.'라고 말할 뻔했다니까. 말썽 피운 어린애한테 하듯이 말이야. 그래서 어깨를 으쓱했던 건데 자기를 모욕한다고 생각했으니…… 여전해……. 멍청하긴!"

그러고는 내가 했던 질문이 이제서야 생각났다는 듯이 재빨리 덧붙인다.

"결정된 건 아직 없어."

다음 날.

가린은 반영국 구호가 알록달록 새겨진 상자 하나를 시계 제조공에게 보여 준다. 거기에는 쩡다이와 쑨원의 사진이 붙어 있다. 접혀서 봉인된 편지를 연락병이 가지고 온다.

"어디서 왔지?"

"부두 연락소에서입니다, 위원 동지."

"전령이 아직 여기 있나?"

"예, 위원 동지."

"들어오라고 해. 어서, 당장!"

부두 인부가 들어오는데 팔에다 부두 조합 완장을 두르고 있다.

"이걸 가져온 게 자넨가?"

"네, 위원 동지."

"시신은 어디에 있지?"

"연락 사무소에 있습니다, 위원 동지."

가린이 나에게 봉인이 열린 편지를 건넨다. 암살된 클라인과 중국인 시신 세 구가 강변 사창가 집에서 발견되었다는 것이다. 인질들을······.

"유품은 어디에 있나?"

"모릅니다, 위원 동지."

"아니 그렇다면 누군가 호주머니를 털었다는 거야?"

"아닙니다. 위원 동지." 가린은 자리에서 곧바로 일어나더니 모자를 집어 들고는 나에게 자기를 따라오라고 손짓한다. 부두 인부가 운전수 옆자리에 올라타자 우리는 출발한다.

차 안에서 내가 묻는다.

"그런데 가린? 클라인은 이곳에서 어떤 백인 여자와 살지 않았나?"

"그래서 뭐!"

시신들은 연락 사무소가 아니라 회의실에 안치돼 있다. 중국인 하나가 땅바닥에 앉아 문 앞을 지키고 있다. 그 사람 곁에 있는 큼직한 개 한 마리가 문 안으로 자꾸만 들어가려고 해서 그 중국인은 개가 문 가까이 갈 때마다 다리를 길게 뻗어 개에게 발길질을 한다. 그러면 그 개는 짖지도 않고 펄쩍 뛰어 멀찌감치 물러나다가 또다시 슬며시 다가온다. 중국인은 우리가 가까이 오는 것을 보았음이 분명한데도 우리가 그의 앞에 다다르자 벽에 머리를 기대고 눈을 반쯤 지그시 감더니 자리에서 일어서지도 않은 채 문을 손으로 민다. 좀 떨어진 곳에서 그 개는 그의 주변을 빙빙 맴돈다.

우리는 안으로 들어간다. 흙바닥에 찌든 먼지가 구석구석 잔뜩 쌓인 텅 빈 작업실. 햇빛이 푸른색 천장 유리를 통과하며 한 번 걸러졌는데도, 어찌나 강렬한지 시선을 들어 올리자마자 시신 네 구가, 그것도 세워져 있는 모습이 눈에 들어온다. 우선 바닥으로 눈이 갔던 것이다. 이미 사후 경직에 들어가서 말뚝처럼 벽에 기대 세워 놓은 것이다. 무엇보다도 나는 충격을 받아 거의 실신할 지경이었다. 시신들은 강렬한 태양과 침묵 속에서 환상적이라기보다는 초현실적으로 보인다. 나는 천천히 호흡을 가다듬는다. 그러자 내가 숨 쉬는 공기와 함께 그 어디에서도 맡아 본 적 없는 동물적이고 강하며 동시에 역겨운 냄새가 엄습한다. 송장 냄새다. 가린이 문지기를 부르자, 그는 마지못해 자리에서 천천히 일어나 우리에게로 다가온다.

"천을 좀 가져오게!"

문에 기대 선 채 그자는 어이없다는 표정으로 가린을 쳐다보는데 무슨 소리인지 알아듣지 못한 것 같다.

"천을 가져오라고!"

그렇다고 좀 더 움직이는 것도 아니다. 가린이 주먹을 쥔 채로 발을 내딛더니 그만 멈춰 선다.

"삼십 분 안으로 천을 가져오면 열 닢을 주지. 알아들었나?"

중국인이 허리를 굽혀 인사를 하고는 나간다.

그가 던진 몇 마디 말로 실내에는 인간적인 기운이 감돈다. 하지만 내가 몸을 돌리자마자 알아본 클라인의(키가 큰 바람에 내가 단번에 알아본) 얼굴 한복판에 커다란 자국이 하나 나 있다. 입술이 면도칼로 큼직하게 찢겨져 있는 것이다. 그러자 내 몸의 근육이 또다시 긴장하는데 어찌나 심한지 나는 두 팔로 온몸을 부둥켜안고는 벽에다(나도 마찬가지로) 몸을 지탱한 채 기대고 있지 않을 수 없다. 나는 시선을 돌린다. 쩍 벌어진 상처 자국, 시커멓게 응고된 큼직한 핏자국, 뒤집혀 있는 눈알, 시체들이 하나같이 비슷한 모습이다. 고문을 당한 것이다……. 날아다니던 파리 한 마리가 내 이마 위에 앉았지만 아무것도 할 수가 없는데, 심지어 팔을 들어 올릴 수도 없다.

"아무리 그래도 눈은 감겨 줘야지."

가린이 클라인의 시신을 향해 다가가며 거의 들릴까 말까 한 목소리로 말한다.

그의 목소리에 나는 정신을 차리고는 늦을세라 서두르며 거칠게 허둥지둥 파리를 쫓아낸다. 가린이 두 손가락을 가위처럼 쩍 벌려서는 흰자만 보이는 클라인의 두 눈에 가져간다.

그의 팔이 맥없이 축 늘어진다.

"놈들이 눈꺼풀을 잘랐나 봐."

그는 클라인의 겉저고리를 거칠게 열어젖히더니 지갑을 꺼내서 그 안에 든 것을 살펴본다. 그는 반으로 접은 종이 한 장을 따로 빼놓고는 고개를 든다. 중국인이 손에 방수포를 아무렇게나 펼쳐 들고 길게 질질 끌면서 돌아오고 있다. 그것밖에는 구하지 못한 것이다. 그는 시신을 나란히 눕혀 놓기 시작한다. 마침 발자국 소리가 들리더니 몸에 양 팔꿈치를 바싹 붙이고 등이 구부정한 어떤 여자가 들어온다. 가린이 갑자기 내 팔을 잡더니 뒤로 물러서며 아주 낮은 목소리로 말한다.

"어떻게 저 여자가! 도대체 어떤 바보 천치가 여기 있다고 알려 준 거야?"

그녀는 우리를 쳐다보지 않았다. 그 여자는 곧장 클라인을 향해 가다가 눕혀 놓은 시신들 중 하나에 걸려 비틀거린다……. 이제 그 여자는 클라인을 마주하고서 그를 바라보고 있다. 그녀는 움직이지도 울지도 않는다. 그녀 머리 주위의 파리들, 송장 냄새, 내 귓가에 전해지는 헐떡거리는 가린의 뜨거운 숨결.

갑자기 그녀가 무릎을 꿇는다. 기도를 하는 건 아니다. 그녀는 손가락을 쫙 벌려 시신의 옆구리를 단단히 부여잡고는 달러붙듯 매달린다. 그녀는 자신이 직시하는 그 모든 상처, 칼날인지 아니면 면도날인지로 턱까지 찢겨 쩍 벌려진 입술이 드러내 보이는 고문의 흔적 앞에서 무릎을 꿇는 것 같다……. 내가 확신하건대 그녀가 기도를 하는 건 아니다. 여자의 몸이 떨리는데…… 그러다가 갑자기 잠시 전 무릎을 꿇으며 주저앉을 때처럼 여자는 클라인의 시신을 팔을 활짝 벌려 발작하듯 부둥켜안고서 극심한 고통으로 괴로워하며 머리를 뒤흔들고…… 애절하게 그의 얼굴을 이리저리 만지더니 오열을 삼키며 피투성이 옷이며 상처를 연신 문지른다…….

내 팔을 계속 붙잡고 있던 가린이 나를 끌고 나온다. 문에는 그 중국인이 다시 주저앉아 있는데 우리를 쳐다보지도 않는다. 가린이 저고리 주머니에서 지폐 한 장을 꺼내 그에게 주며 말한다.

"부인이 떠나면 시신을 모두 다시 덮어 주게."

차 안에서 그는 말 한 마디 하지 않는다. 우선 그는 털썩 주저앉더니 팔꿈치를 무릎 위에 놓는다. 병이 하루가 다르게 그를 쇠약하게 한다. 처음 차가 흔들렸을 때는 자리에서 몸이 펄쩍 튀어 올랐지만 어느덧 머리가 거의 자동차 지붕 덮개에 닿을 듯이 다리를 쭉 뻗고 드러누웠다.

그의 집 앞에 도착해 차에서 내린 다음 우리는 2층에 있는 작은 방으로 올라간다. 창에는 블라인드가 내려져 있다. 그래서인지 그는 여느 때보다 아프고 피곤해 보인다. 코에서 입술

양 끝으로 이어진 주름과 수평을 이루며 그의 양쪽 눈 밑으로 깊이 팬 주름 두 개가 푸르죽죽한 그늘을 에워싸고 있다. 네 개 주름들은 마치 죽음처럼 그의 눈 코 입을 잡아당기며 벌써부터 그의 얼굴을 일그러뜨리는 듯하다. "보름을 더 있으려고 하다간 그는 바라는 것보다 훨씬 더 있게 될 거야."라고 미로프가 말하지 않았던가. 보름이 지나고도 남아 있는 거다. 그는 잠시 말없이 가만히 있더니 자신에게 묻듯이 낮은 목소리로 말한다.

"불쌍한 사람…… 인생이란 우리가 생각하는 그런 게 아니라고 종종 말했었지……. '인생이란 우리가 생각하는 그런 게 절대로 아니야, 절대로!'"

그는 군용 침대에 구부정하게 앉는다. 무릎 위에 그의 손가락이 마치 알코올 중독자처럼 떨리고 있다.

"그에 대해선 사나이의 우정 같은 게 있었지. 눈꺼풀이 없는 데다가 눈알마저 건드리려 했다는 생각을 하니……."

그의 오른손이 제어할 수 없을 정도로 경련을 일으킨다. 그는 몸을 뒤로 완전히 내젖히고 벽에 기댄 채 눈을 감는다. 입술과 콧구멍이 점점 더 팽팽해지더니 이내 눈 주위로 드리워진 퍼런 그늘이 눈썹에서 뺨 중간까지 퍼진다.

"내가 자꾸 잊어버려…… 자꾸만……. 늘 그런 건 아니지만 점점 더…… 도대체 살아 있는 동안 난 무얼 했지? 아니, 이런 빌어먹을! 도대체 내가 무얼 할 수 있는 거지……! 도무지 아무것도 보이지 않아! 내가 앞에서 이끌었던 그 모든 사람들은 어쨌거나 내가 영혼을 일깨워 준 사람들이 아닌가! 그런데 그들이 내일 어떻게 될지도 알지 못하니…… 어떤 땐 나무처럼 죄다 깎아 다듬은 다음에 자, 이게 바로 내가 만든 거야라고 생각하고 싶기도 했던 것 같아……. 무언가를 쌓아 올리고 자기 시간을 갖고…… 자신이 하고 싶은 것들을 선택하듯 말이야, 안 그래?"

열이 오른다. 그가 흥분할 때마다 호주머니에서 오른쪽 손을 빼더니 말할 때 평소처럼 팔을 뒤흔든다. 하지만 주먹은 꼭 움켜쥐고 있다.

"내가 한 것, 내가 이룬 것. 아! 이런! 포로들 눈알을 파내라고 했던 황제[60]가 생각나는군. 포로를 본국으로 줄줄이 엮어서 보내며 애꾸눈들더러 인솔하게 했는데, 인솔을 맡은 애꾸눈들도 피곤해서 서서히 장님이 되어 버렸다지. 우리가 여기서 난리치고 있는 일을 설명하기에 너무나 멋진 에피날[61]이 아닌가. 선전부에서 만든 자잘한 그림들보다도 멋지지 않나! 생각해 보면 난 평생 자유를 추구했어! 그런데 대체 어느 누가 인터내셔널, 민중, 나 그리고 타인에게서 자유롭단 말인가! 민중이야 언제든 남의 손에 죽을 수 있는 가능성이라도 있어. 그건 정말 대단한 거라고……."

"피에르, 자네 신념이 고작 그 정도인가?"

"난 내가 하는 일에 신념이 있다고, 내가 하는 일엔 말이야. 그런데 내가……."

---

60) 비잔티움 제국의 바실리우스 2세(958~1025).
61) 채색 판화로 유명한 프랑스의 도시. 흔히 진부하고 공허한 이야기를 말할 때 쓰인다.

그가 말을 멈춘다. 하지만 피범벅이 된 클라인의 얼굴과 허연 두 눈이 우리 사이에 있는 듯하다.

"우리가 하는 일을 결국 그만두지 않을 수 없다는 걸 알았을 땐……."

그가 잠시 생각을 하고 나서는 쓸쓸한 듯 말을 잇는다.

"봉사라는 거, 내가 늘 증오했던 것이지……. 그런데 여기서 나보다 더 그리고 나보다 훌륭히 봉사한 사람은 누구지……? 수 년 동안(정말 수 년 동안 말이네.) 나는 권력을 꿈꾸어 왔지. 그런데 난 그 권력으로 내 인생을 포장할 줄도 몰라. 레닌이 죽었을 때 클라인은 모스크바에 있었지. 자네도 알다시피 레닌이 트로츠키를 옹호하려고 신문에…… 그렇지,《프라우다》[62]에 실릴 기사 하나를 썼다는 거야. 레닌 부인이 그걸 직접 신문사에 제출했다더군. 그런데 다음 날 아침, 레닌은 더 이상 움직일 수조차 없었고 그의 부인이 신문을 가져다주었던 거지. '열어 봐!' 레닌은 자기 글이 실리지 않은 걸 안 거야. 목소리가 너무나 쉬어서 아무도 그의 말을 알아들을 수는 없었지만 그의 눈초리가 어찌나 강렬했던지 모두가 그가 바라보는 곳을 향해 시선을 돌렸다. 그런데 그의 시선이 멈추는 곳을 보았더니 그가 자기 왼손을 응시하고 있더라는 거야. 왼손을 침대 깔개 위에다 올려놓고 손바닥은 위로 하고. 이렇게 말이야. 레닌이 신문을 손으로 움켜쥐려고 애를 쓰는데 그러지 못하는 게 똑똑하게 보이더라는 거지……."

---

62) 구소련 공산당 기관지로 진리를 뜻한다.

가린이 갑자기 자기 오른손을 있는 힘껏 손가락에 힘을 주며 쫙 펼친다. 그리고 그가 말을 계속하는 동안 손가락을 천천히 안으로 오므리며 그 손가락들을 바라본다.

"오른손은 꼼짝도 않는데 왼손 손가락들을 마치 거미가 자기 발을 집어넣듯이 이렇게 오므리기 시작했지⋯⋯. 그리고 얼마 지나지 않아서 그는 죽었어⋯⋯. 그래, 클라인이 말하곤 했어. '거미처럼'이라고. 그가 나에게 그 말을 한 이후로 난 단한 번도 잊어버릴 수가 없었어. 그 손을 말이야, 실리지 않았다는⋯⋯ 그 기사들도⋯⋯."

"그런데 클라인은 트로츠키파였지. 내가 키니네 약을 가져다줄까?"

"내 아버지는 이렇게 말씀하곤 하셨지. '땅을 저버려서는 절대로 안 된다.' 어디선가 읽으셨더군. 자기 자신을 단단히 붙잡고 있어야 한다고도 하셨지. 괜히 개신교도셨던 게 아니야. 단단히 붙잡고 있다! 산사람을 죽은 사람에게 붙들어 매는 조촐한 예식을⋯⋯ '공화주의 결혼식'[63]이라고 부르지 않나? 그런 예식 안에도 자유는 여전히 존재할 거라고 생각했는데⋯⋯ 다른 사람은 나에게 이런 말도 했지⋯⋯."

"누구?"

"누구긴 누구야, 클라인이지! 도시 이름은 잘 모르겠는데 카자흐 군대가 어떤 도시 주민들을 완전히 몰살하지 않을 수 없게 됐는데 웬 바보 천치 하나가 애들 머리 바로 위에 칼을

---

63) 프랑스 대혁명 시기에 프랑스 낭트의 루아르 강에서 행해진 익사형.

들어 올린 채로 이십 초도 넘게 가만히 있는 거야. '어서 해치워 버려.' 클라인이 소리를 지르자 그놈이 '난 못 하겠어. 불쌍해서. 그러니 시간을 좀 줘…….'라고 대답하더라는 거야."

가린이 고개를 들어 나를 바라보는데 왠지 모르게 냉혹한 시선이다.

"내가 이곳에서 한 일을 나 아닌 과연 어느 누가 할 수 있었을까? 한데 결국? 클라인은 온몸이 찢기고 입은 면도날로 큼직하게 도려지고 입술은 너덜너덜해진 채로…… 남은 건 아무것도 없어, 나에게도 다른 사람들에게도. 물론 우리가 좀 전에 보았던 그 여자처럼 너무나 절망한 나머지 자기 얼굴을 상처에 갖다 대고 비벼 대는 것 말고 아무것도 못하는 여자들이야 더 말할 나위도 없지……. 뭐라고, 그래, 들어와."

선전부 연락병이 니콜라예프의 편지를 가지고 온다. 차오저우에서 패배한 후 재편성된 광둥군이 천중밍에게 또다시 패배했으며 위원회가 적위군의 지원을 긴급히 요청하고 있다는 것이다. 가린은 주머니에서 백지 한 장을 꺼내 그저 법령이라고만 쓰더니 서명을 하고서 연락병에게 건네준다.

"위원회에 전하게."

"그들이 화를 낼까 두렵지 않은가?"

"이제는 더 이상 그러지 않아도 돼! 토론이라면 이젠 정말 지겹네. 그자들이 얼마나 비겁한지, 완전히 가담하지는 않으려는 그자들 속내에 이제는 정말 신물이 나. 그들도 이번 법령을 철회할 수 없다는 걸 알아. 민중은(우리야 말할 필요도 없고) 홍콩만 생각한다고. 그러니 만일 그자들 맘에 들지 않는다면……."

"않는다면……."

"않는다면 우리가 무장시켜 둔 지부를 총동원해서 탕 장군 부대처럼 굴 수도 있어. 필요하다면 말이야. 난 이제 정말 지긋지긋하네!"

"하지만 적위군이 패배한다면?"

"그렇게 되지는 않을 거야."

"만에 하나 그렇게 된다면?"

"해이하게 대처하면야 그럴 수도 있겠지. 하지만 이번엔 지지 않을 거야."

그리고 내가 키니네를 찾으러 자리에서 일어나자 그가 입 안으로 우물거리며 혼잣말하는 소리가 귀에 들린다.

"어쨌거나 인생에서 한 가지 중요한 게 있지. 패배하지 말아야 한다는 거야."

사흘 뒤.

가린과 나는 점심 식사를 하러 집으로 돌아간다. 총성 네 발. 운전기사 옆에 앉은 군인이 상체를 세운다. 밖을 내다보던 나는 내뺀 머리를 곧바로 도로 집어넣는다. 다섯 번째 총알이 방금 전 차의 문짝을 맞췄기 때문이다. 우리 차에다 대고 쏜 것이다. 군인이 반격한다. 이십여 명이 소맷자락을 펄럭이며 도망친다. 바닥에는 군인이 잘못해서 부상을 입힌 남자 하나 그리고 또 하나는 권총을 쏘던 사람이다. 팔을 벌린 그자 근처에 떨어져 있는 대구경 자동 권총 하나가 햇빛을 받아 번뜩거린다.

군인이 차에서 내려 그에게로 다가가더니 "죽었다."라고 소리를 지른다. 몸을 굽혀 보지도 않는다. 그는 사람들을 불러 배에 총상을 입은 다른 중국인을 병원으로 호송하기 위한 들 것과 운반할 사람들을 요청한다……. 자동차는 한 차례 덜컹거리며 문턱을 지난다.

"그자는 용감하더군. 도망치려고 애를 써 볼 수도 있었을 텐데. 쓰러질 때까지 총격을 멈추지 않았어."

차에서 내리며 가린이 말한다.

차에서 내리려고 그가 몸을 거의 반쯤 돌리는데 그제서야 온통 피투성이인 그의 왼팔이 보인다.

"아니……."

"아무것도 아니야. 뼈는 무사해. 총알이 스쳐 지나갔어. 괜찮아, 빗나갔다니까!"

실제로 그의 제복에 구멍이 두 개 나 있다.

"내가 운전석 등받이 위로 손을 대고 있었거든. 성가신 일이군, 이렇게 송아지처럼 피를 흘리다니. 자네가 미로프 집에 좀 다녀올 수 있겠나?"

"물론이지. 어딘가?"

"운전기사가 알아."

다시 출발하려고 운전수가 차를 돌리는 동안 가린이 중얼거린다.

"어쩌면 그 편이 좋았을지도……."

나는 미로프를 데리고 돌아온다. 얼굴은 말상이고 금발에 삐쩍 마른 이 의사가 유창하게 할 수 있는 말은 러시아어뿐이다. 우리 둘 다 말이 없다. 운전병은 차를 통과시키기 위해서 시체 주위로 몰려든 구경꾼 무리를 흩뜨릴 수밖에 없었다.

가린은 자기 방에 있다. 나는 바로 앞에 있는 작은 방에서 잠자코 기다리고 있다…….

십오 분쯤 지나서 그가 한쪽 팔에 붕대를 감고서 미로프를 배웅한 다음 되돌아와 검정색 나무 침대 위에 나를 마주 보고 눕는데 인상을 찌푸리며 돌아누웠다가 곧이어 편안하게 누우려는 듯 이리저리 뒤척거리다 자리를 잡는다. 그가 희미한 어둠 속에 그렇게 잠자코 있으니 얼굴의 각진 부분들만 보일 뿐이다. 막대기처럼 거의 일직선으로 뻗은 두 눈썹, 빛을 받아 환하고 날렵한 콧등, 말할 때면 턱으로 당겨지는 입술.

"그 친구가 성가시게 굴기 시작하는군."

"누구? 미로프? 중상이라던가?"

"이거?(그가 자기 팔을 가리킨다.) 이런 건 신경도 안 써. 그게 아니고 내가 (반드시) 떠나야 한다는 거야."

그가 두 눈을 감는다.

"한데 더 성가신 게 뭐냐면 그가 하는 말이 다 옳은 것 같다는 거지."

"아니, 그렇다면 왜 계속 있는 건가?"

"그리 간단한 문제가 아니야. 아, 빌어먹을, 이놈의 야전 침대가 이리도 불편하다니!"

그가 몸을 일으키더니 턱을 오른손에 받치고 팔꿈치를 무릎에 괴고는 등을 활처럼 굽힌 채 앉는다. 그는 생각에 잠긴다.

"지난 며칠간 내 인생이 자꾸만 주마등처럼 떠올라 생각할 수밖에 없었지. 조금 전 미로프가 점쟁이처럼 그자가 나를 명중시킬 수도 있었을 거라는 둥 계속 떠들어 대는 동안에도 그 생각뿐이었다니까. 내 인생이란 게, 여보게, 매우 강력한 긍정이지. 한데 내가 그렇게 생각을 할 때마다 어떤 그림 하나, 그러니까 계속해서 떠오르는 어떤 기억이 하나 있어……."

"그래, 병원에서 이미 나에게 말했네."

"아니야. 재판에 관해서라면 이젠 더 이상 생각도 안 해. 내가 말하려는 건 추억이라기보다는 훨씬 강력한 기억이라고. 전쟁 중이었지, 후방에서였어. 죄수 부대 군인들 오십여 명이 창살이 있는 작은 창문으로 햇빛이 간신히 들어오는 커다란 방에 갇혀 있는 거야. 비가 내릴 듯한 하늘인데 그자들은 이웃한 교회에서 훔쳐 온 초에다 불을 막 붙이고 사제복을 입은 군인 하나가 상자 더미에 셔츠를 덮어서 만든 제단 앞에서 미사를 올리고 있지. 그 사제 앞으로 음산한 행렬이 이어지는데 연미복을 입은 남자는 단춧구멍에 종이로 만든 큼직한 꽃을 달고 있어. 인형들을 쓰러뜨리는 공놀이를 할 때처럼 입은 여자 두 명이 신부를 붙들고 있지. 나머지 괴이한 다른 사람들은 그림자 때문에 잘 보이지 않아. 5시가 되자 촛불이 희미해지고 '신부가 정신을 잃지 않도록 잘 붙잡아!'라는 말이 들려. 신부가 누구냐면 어제 어딘지 아무도 모르는 곳에서 도착한 젊은 군인인데 자기를 능욕하려 덤비는 놈은 누구든 총검으로 몸에 구멍을 내 버리겠다고 큰 소리를 쳤었지. 사육제 복장을 입은 두 여자가 그를 단단히 붙잡고 있어. 그래서 그자는 손 하나 까딱 못하는데 눈을 거의 감다시피 한 걸 보니 필시 정신이 반쯤 나간 모양이야. 사제의 뒤를 이어 시장이 등장하고[64], 그러고 나서 촛불도 꺼지자 바닥에 낮게 깔린 어둠 속에서 훤히 드러나는 등짝들 말고는 더 이상 아무것도 구분이 되지를 않더라고. 그자는 울부짖는데 물론 놈들이 그자를 진탕 강간하는 거지…… 한데 놈들이 많아…… 그래, 얼마 전부터 내 머리에서 떠나지 않고 있는 게 바로 그거야…… 물론 마지막에 저지른 짓 때문이 아니야. 터무니없는 데다가 엉터리 흉내 같은 시작 때문에……"

가린은 여전히 생각에 잠겨 있다.

"하기야 내가 재판을 받는 동안 받았던 인상들과 관련이 전혀 없었던 건 아니야…… 제법 멀리 떨어진 생각들이 하나의 체계를 이루는 것 같다고나 할까……"

그는 자기 얼굴 위로 흘러내린 머리카락을 뒤로 넘기더니 몸을 뒤흔들듯 자리에서 일어선다. 붕대를 고정하던 핀이 튀어 올라 팔이 맥없이 축 늘어지자 입술을 질끈 깨문다. 내가 바닥에서 그 핀을 찾는 동안 그는 천천히 말을 계속한다.

"조심해야 해. 내가 내 행동을 통제할 수 없을 때면, 내가 내 행동과 괴리되기 시작하면 그땐 피가 다 솟구치는 것 같아…… 예전에 아무것도 하지 않고 지내던 때 나는 이따금씩

---

64) 사제는 성당에서의 결혼식을 그리고 시장은 시청에서의 결혼식을 주재한다.

내 인생이 얼마만 한 값어치를 하는지 자문하곤 했지. 지금은 알지. 내 인생이 그래도 좀 더 가치가 있으리란 걸……."

그가 말을 끝맺지 않는다. 나는 고개를 들어 그에게 핀을 건넨다. 자부심이(그리고 일종의 회한이) 깃들은 긴장된 미소가 말끝을 대신한다. 나와 시선이 부딪히자마자 그는 현실로 다시 되돌아오기라도 한 듯이 말을 계속한다.

"내가 어디까지 말했지?"

나도 기억을 더듬어 본다.

"자네 인생을 생각한다고 말하고 있었네."

"아! 맞아. 그러니까 그게……."

적당한 문장을 찾는 건지 그가 말을 멈춘다.

"그런 걸 말하기란 늘 어려운 법이지……. 내가 산파들에게 돈을 주었던 당시에 자네는 내가 '대의'라는 가치에 대해 환상이 없었다고 생각하겠지. 하지만 위험이 크다는 건 알고 있었네. 걱정을 하면서도 그만두지를 않았던 거지. 그러다 전 재산을 잃어버렸을 때 나는 나를 갉아먹는 듯한 무언가에 나를 거의 내동댕이치다시피 했어. 그러니까 나를 여기까지 오도록 한 데 파산이 기여한 바가 전혀 없는 건 아니야. 나의 행동이 나의 행동이 아닌 모든 것에 대해서, 심지어는 행동의 결과를 필두로 해서 나를 무기력한 사람으로 만들어. 내가 혁명에 쉽게 투신한 건 그 결과가 즉각적이지 않고 늘 변화무쌍하기 때문이야. 결국 나는 도박꾼이야. 도박을 하는 모든 놀음꾼들이 그렇듯이 나는 고집스레 온 힘을 다해서 내 놀음만 생각하지. 예전보다 훨씬 판이 큰 놀음을 하는 거라고. 그래, 난 그런 식으로 놀음을 배웠지. 하지만 늘 같은 놀음이야. 그래서 나는 훤히 잘 알지. 내 인생에는 분명 리듬이 있어. 이를테면 개인에게는 숙명 같은 게 있는 거야. 그래서 나는 거기서 빠져 나올 수가 없다네. 놀음에 의미를 부여하는 거라면 그게 뭐든 집착하는 거지…….(그래서 내가 깨달은 건 말이지, 인생에는 아무런 가치가 없지만 뒤집어 생각해 보면 인생만큼이나 가치가 있는 건 없다는 거네…….) 며칠 전부터 내가 어쩌면 너무나 중요한 무언가를 잊고 있고 무언가 다른 게 진행되고 있는 것 같다는 생각이 들어……. 과거에도 재판이나 파산 따위를 미리 예상 하기도 했었지만 그건 모호한 …… 결국 뭐냐 하면 우리가 홍콩을 쓰러뜨려야 한다면 내가…….”

하지만 그는 말을 멈추는데, 갑자기 얼굴을 찌푸리며 일어 서더니 “자! 이 모든 게…….”라고 중얼거리고는 전보들을 가 져오라고 한다.

다음 날.

법령이 공포됐다.

우리는 이 소식을 홍콩 지부에 곧바로 알렸다. 그리고 전선 에서 60킬로미터 떨어져 주둔하고 있는 적위군 전위 부대는 방금 전에 진격하라는 명령을 받았다. 권력과 우리 사이에 이 제는 천중밍만이 남아 있는 것이다.

8월 15일.

오늘 프랑스는 공휴일……. 예전엔 가톨릭 축일[65]이었다. 지금은 성당이 수용 시설로 바뀌어서 적위군이 지키고 있다. 보로딘이 종교 시설들을 국가에 헌납하라고 명령했기 때문이다. 유럽에서라면 상상도 할 수 없는 비참한 광경이다. 피부병 때문에 온통 엉망이 된 채로 하소연도 않고 증오심도 없이 무기력하고 멍한 시선으로 바라보는 짐승의 비참함. 이런 사람들과 마주하고 있자니 내 안에 지금 이 상황과 동일한 야만스럽고 동물적인 감정이 치솟는다. 이것은 수치심과 두려움 그리고 그들과 다르다는 역겨운 안도감이 뒤섞인 감정이다. 동정심이란 것도 따지고 보면 앙상한 그들 몰골, 말라비틀어진 그들 팔다리, 그들의 누더기, 푸르죽죽한 살갗 위에 큼직하게 들러붙어 있는 손만 한 딱지들 그리고 이미 흐리멍덩하고 탁하고(감고 있지 않을 때라도) 인간의 시선이라고는 조금도 느껴지지 않는 그 눈을 더 이상 보지 않을 때나 생기는 거다…….

이번엔 내가 겪었던 일을 가린에게 말한다. 그러자 그가 대답한다. "익숙하지 않아서야. 비참함도 적당해야 인간적으로 기억되지. 마치 죽음에 대한 생각처럼 말이야……. 홍의 뛰어난 점은 바로 거기에 있지. 나에게 총을 쏘았던 그 녀석의 용기도…… 분명 거기서 비롯된 거고……. 극한 빈곤의 나락에 떨어진 사람들은 결코 헤어나지 못해. 마치 문둥병을 앓기라도 하듯 그들은 그 안에서 썩어 문드러져 버리는 거야. 하지만

---

65) 성모 승천일.

다른 사람들은 뭔가 부차적인 일에 있어서…… 가장 강력한, 그렇지 않다면 가장 확실한 도구가 되는 거지. 용기가 있는 거야, 자부심 같은 건 전혀 없고 증오심뿐인 거지…….

자네 말을 들으니 홍이 팔에다가 굳이 영어로 새겨 놓았다는 문장이 생각나네. '피 한 방울 흘리지 않고 과연 어떻게 세상을 손에 쥘 수 있을 것인가?' 레닌이 했다는 말이지. 우선 홍은 그 문장을 광적으로 찬양했는데 최근 들어서는 그만큼이나 똑같이 광적으로 증오하더군. 지우지 않고 그냥 놔둔 것도 증오심 때문일 거야……."

"게다가 문신은 지워지지도 않으니……."

"아! 그 녀석이라면 불로 지질 수도 있었을 거야……. 증오했다 하면 끝장을 보는 녀석이니까."

"증오했다 하면……."

그가 나를 진지하게 바라본다.

"그래, 증오했다 하면……."

그러고는 잠시 후 창문을 가린 종려나무 잎사귀 하나를 주의 깊게 바라보며 덧붙인다.

"레닌에게 희망이 바로 이런 색깔이었다는 게 사실일까……?"

나는 환한 빛 속에서 검은 실루엣일 뿐인 그를 바라본다. 이렇게 보니 그가 전혀 변하지 않았다. 더욱이 그의 외형은 내가 이곳에 도착했을 때, 그러니까 이제 벌써 두 달이 되어 가는 그때 모습과 다르지 않으며 심지어는 예전에 내가 알았던 그의 모습과도 비슷해서 결국 그의 목소리만 변했다는 것이 분명해진다. 내가 그를 병원에서 보았던 그날 이후로 그는 자신의 활동에서 이미 마음이 떠난 듯 보여서, 심지어 자신의 활동이 그에게 남아 있던 건강이나 삶에 대한 확신마저 앗아가더라도 괘념치 않는 것 같다. 그가 방금 전 한 말이 아직도 내 귀에 생생하다. "비참함도 적당해야 인간적으로 기억되지. 마치 죽음에 대한 생각처럼 말이야……." 요즈음 그는 죽음을 비교 기준으로 삼는다…….

선전부 영화 담당 부서장이 들어온다.

"위원 동지, 새 촬영기가 블라디보스토크에서 도착했습니다. 그리고 우리가 제작한 영화들이 완성됐습니다. 보고 싶으신가요?"

곧이어 가린 얼굴에는 결의에 가득 찬 단호한 표정이 살아난다. 그리고 예전 그의 목소리가 되살아나 말한다.

"가 보세."

8월 17일.

적위군 전위 부대가 잠시 전 후이저우에서 적들의 부대 일부를 격파했다. 우리는 도시를 탈환했다. 대포 두 대, 기관총들, 견인차들 그리고 수많은 포로들이 우리 수중에 들어온 것이다. 천중밍을 돕던 영국인 장교 셋은 이미 광저우로 이송됐다. 적군의 장교들과 우호적인 관계를 유지하던 유력 인사의 가옥은 소각됐다.

천중밍은 자기 부대를 재편성하고 있다. 앞으로 일주일 내에 전투가 재개될 것이다. 선전부가 보유한 모든 것이 오늘 총동원된다. 노동조합 대표들은 그들 지휘 아래 조합원들에게 우리 포스터를 붙이도록 하라는 명령받았다. 물결 모양 함석 지붕 위, 포도주 가게, 유리창, 술집이란 술집은 모두, 공공 기관 차량이며 인력거, 시장에 있는 기둥, 다리 난간 들, 가게란 가게에는 죄다 포스터들이 붙어 있다. 이발소에 있는 큼직한 부채에도 붙었으며 초롱 가게의 장대에도 매달렸고 잡화점 진열장 위에도 붙어 있고, 식당 진열장에는 부채꼴 모양으로 접혀 있으며 차고 자동차 유리에는 반창고로 붙어 있다. 도시 전체가 마치 놀이에 푹 빠져 있는 것 같다. 그리고 사방에 보이는 포스터들은 마치 유럽에서 아침이면 행인마다 손에 쥐고 다니는 신문처럼 작은 크기(대형은 인쇄가 아직 끝나지 않았다.) 포스터인데 승리한 사관생도들과 광둥군 병사들이 빛이 현란한 배경을 뒤로하고 야윈 영국인들과 새파랗게 질린 중국인들이 도망치는 모습을 바라보고 있다. 그리고 바로 아래에는 더 작게 학생, 농부, 노동자, 여성 그리고 군인이 서로 손에 손을 잡고 있다.

오수 시간이 지나고 난 뒤부터는 즐거움이 열광으로 바뀌었다. 군복을 풀어 헤친 군인들이 축제가 한창인 거리를 활보하고 있으며 주민들도 모두 자기들 집 밖으로 나와 있다. 빽빽이 늘어선 한 무리 인파가 흥분 속에서도 침묵을 유지하며 긴장한 모습으로 진지하게 부두를 따라 천천히 걷고 있다. 플래카드 든 행렬은 피리와 징 소리를 내며 행진하고 아이들이 그 뒤를 따른다. 학생들 무리가 앞서 가며 하얀색 작은 깃발을 흔들어 대는데 군복처럼 몸에 달라붙는 하얀 중산복이나 치파오 차림 군중 위로 나타났다가 사라지는 이 작은 깃발들이 마치 파도에 이는 하얀 거품처럼 보인다. 진지하고 침착해 보이는 군중이 대열을 흐트러트리지 않은 채 견고하게 천천히 행진하다가 다른 행렬들을 만나면 길을 터 주기도 하는데 그들 뒤로 망설이듯 따라오는 무리에서 들어 올린 팔 끝으로 파나마모자며 헬멧들이 삐죽삐죽 솟아 나온다. 벽에 붙은 우리 포스터들과 지붕에 걸린 서둘러 만든 거대한 플래카드들이 우리의 승리를 보여 주고 있다. 낮은 하늘이 하얗게 보이고 무더위 속에서 행렬은 앞으로 나아가는데 사원으로 향하는 듯하다. 중국 노파 수도 적지 않은데 앞머리를 세운 아이들이 잠들어 있는 검은색 포대기를 등에다 둘러업고 행렬을 따라가고 있다. 멀리서 들리는 징 소리, 폭죽 소리, 고함과 악기 소리 들이 어수선하게 들리는 발소리, 귀를 멍하게 하는 수많은 나막신 소리와 함께 땅을 울리며 퍼져 나간다. 목을 따끔하게 하는 메케하고 짙은 먼지가 일다가 인적이 드문 작은 골목에서는 서서히 회오리바람이 되어 사라져 간다. 그런데 이제 그 골목마다 설날 입는 전통 복장 때문에 거동이 불편해서 뒤처졌던 사람들이 서두르는 모습이 모인다. 거의 모든 가게 덧문들은 반쯤 열려 있거나 중요한 명절 때처럼 닫혀 있다.

가린이 나에게 말했던 고립감, 우리가 처해 있는 고독감, 군중들의 움직임, 심지어 그들의 열광과 우리 사이에 존재하는 깊은 거리감을 오늘만큼 절실하게 느껴 본 적은 없다.

다음 날.

가린이 보로딘의 집에서 돌아오는데 화가 단단히 나 있다.

"보로딘이 늘 하던 식으로 이번에도 클라인의 죽음을 이용하는 게 틀렸다는 게 아니야. 내가 바보 같다고 생각하는 것, 나를 짜증나게 하는 건 클라인의 무덤 앞에서 나더러 연설을 하라고 자꾸만 조르는 거라고. 연설을 할 사람은 많아. 그렇지 않나! 그자는 또다시 지긋지긋한 볼셰비키 정신에 사로잡혀서 규율에 어리석게 열광하고 있어! 그거야 자기하고나 상관이 있지! 내가 여기서 복종이라는 말이나 가르치고 또 배우려고 유럽을 넝마 자루처럼 한구석에 내팽개쳐 버렸던 건 아니라고! '혁명 앞에서 타협은 없다!' 아니 세상에 기계가 아니라 사람들이 있는 곳이라면 그곳이 어디든지 타협책이란 있는 거라고……! 그자는 포드 회사가 자동차를 만들어 내듯 혁명가들을 제조하려 든다니까! 제대로 안 될걸. 멀지 않았어. 머리털 난 몽고 사람 같은 그자 머리통 속에는 볼셰비키와 유대인이 투쟁 중인 거야. 만일 볼셰비키가 승리한다면 인터내셔널에겐 유감이지……."

핑계, 여기에 결별의 진정한 원인이 있는 건 아니다.

우선 다른 이유 하나를 들자면 보로딘이 홍을 처형하도록 명한 것이다. 인질들이 살해되긴(더군다나 홍이 지시한 것 같지는 않다.) 했지만 가린은 홍을 구하고 싶었던 것 같다. 왜냐하면 가린 생각에 홍은 어쨌거나 여전히 쓸모있기 때문이고, 더군다나 가린과 그의 수하들 간에는 봉건적 주종 관계가 존재하기 때문이다. 그리고 경우에 따라선 홍이 결국 자기 편이 돼 보로딘에 맞설지도 모른다고 생각했기 때문이다. 보로딘도 그렇게 생각했던 것 같다……

가린은 근원적인 힘만을 믿는다. 마르크스주의에 반대하는 사람은 아니지만 그에게 마르크스주의란 '과학적 사회주의'가 전혀 아니다. 마르크스주의란 노동자 열의를 조직화하는 방법이자 노동자들 사이에서 돌격 부대를 모으는 수단이다. 보로딘은 끈기 있게 공산주의라는 건물의 터를 다지고 있다. 그런 그에게 가린은 통찰력도 목표도 없으며 승리라고는 (어떤 경우엔 놀랍고 필요하기도 했던 승리를) 우연히 얻은 것들뿐이라고 비난한다. 지금도 여전히 그의 눈에 가린은 한물간 사람이다.

가린이 보기에 보로딘은 통찰력을 바탕으로 일을 추진하기는 하지만 그 통찰력이란 잘못된 것에 불과해서, 공산주의에 집착하다가 그가 쩡다이의 국민당보다도 이상하리만치 훨씬 강력한 우파 국민당과 손잡을 것이고 결국엔 노동자의 민병대를 깔아뭉개고 말 것이라고 믿고 있다.

그리고 가린은 공산주의라는 것이 다른 모든 강력한 교리들과 마찬가지로 프리메이슨과도 같다는 사실을 (비록 늦게나마) 깨닫고 있다. 만일 가린이 더 이상 필요한 존재가 아니라면 보로딘은 효율성이 더 떨어질 것은 분명하지만 자기 규율을 내걸고 어쩌면 훨씬 더 복종적인 누군가를 가린의 자리에 주저 없이 앉힐 것이다.

법령 포고 사실이 홍콩에 알려지자마자 영국인들이 대극장에 집결했고 런던을 향해서 영국 군대의 파병을 요청하는 전보를 재차 보냈다. 그러나 전보로 도착한 회신에 따르면 영국 정부는 그 어떤 무력 개입에도 반대한다는 입장이다.

포로로 잡힌 영국 장교에 대한 심문 내용이 축음기 디스크에 녹음되었고 이 디스크가 수많은 지부에 전달됐다. 하지만 장교들이 하나같이 영국 정부 명령으로 우리와의 싸움에 가담했다는 걸 부인했기 때문에 일정 부분을 삭제해야 했다. 앞으로는 훨씬 더 교육적인 디스크를 만들어야 할 것이다. 가린은 사람들이 신문 사설에는 이러쿵저러쿵 반론을 제기하면서 영상이나 소리에는 그러지 않기 때문에 축음기나 영화를 통한 선전에 맞서려면 우리 역시도 축음기나 영화를 통해야만 할 것이라고 말한다. 이 부분에 있어서 우리 측은 적군에 대해서는 물론이고 심지어 영국의 선전 활동에 대해서도 여전히 무력한 상태이다.

오늘 아침 니콜라예프가 나에게 이런 말을 한다.
"떠나기 전에 그가 많은 일을 하는군."
'그'란 가린을 두고 하는 말이다.
"떠나기 전이라니?"
"그래, 이번에는 가린이 정말 떠날 것 같아."
"그렇다면 이번 주에는 출발해야 하는데."
"그래, 그래. 하지만 이번에는 정말 떠날 거야, 두고 보면 알 걸세. 그가 마음을 먹었다니까. 만일 영국이 군대를 파병했다면 그가 머물렀을 테지만 그도 런던에서 도착한 회신 내용을 잘 알지. 내 생각에 가린이 지금 기다리는 게 있다면 다음 전보 결과뿐이야……. 미로프는 가린이 실론까지도 도착하지 못할 거라고 하는군."

"아니, 왜?"

"이 사람아, 그거야 가린이 회복할 가망성이 없으니 그러는 거 아니겠나."

"그런 말이야 아무나 할 수 있는 거고……."

"아무나 그런 말을 하는 게 아니라고, 미로프가 그렇게 말했다니까."

"미로프가 실수할 수도 있는 거야."

"이질이나 말라리아 같은 게 아닌 거 같아. 열대병이란 거, 자네 아나? 그리 만만한 게 아니라고, 이 친구야. 일단 병에 걸리면 누구든 치료를 받아야 하는 거고, 그렇지 않으면 애석하게도…… 그런데, 뭐 어차피……."

"가린은 예외야!"

"그의 시대는 끝났어. 그런 인물들이 필요했었지. 그랬지, 하지만 이제는 적위군이 준비된 상태이고 홍콩은 며칠 후면 완전히 쓰러질 게 분명해. 가린보다 훨씬 효율적으로 일에 전념할 만한 사람들이 필요한 거야. 가린에 대해서라면 나는 그 어떤 반감도 없어. 믿어 줘. 그와 일하건 다른 사람과 일하건……. 그렇지만 그는 편견이 좀 있는 편이지. 그를 비난하는 건 아니야. 여보게, 하지만 그가 좀 그렇다니까."

그러고는 눈꺼풀을 찡긋거리며 입술 한쪽으로 슬쩍 웃음을 짓는다.

"보로딘 말마따나 인간적이야, 너무 인간적이라고. 병을 제때 치료하지 못하면 다 그렇게 되는 거야……."

나는 링의 심문 그리고 니콜라예프가 편견이라고 부르는 가린의 호락호락하지 않는 태도, 그의 고집에 대해서 생각한다…….

그는 잠시 입을 다물고 있다가 이어서 자기 가슴 위로 손가락을 얹으며 말을 계속한다. "가린은 공산주의자가 아니야. 바로 그거야. 나야 뭐 신경 안 써. 하지만 어쨌건 보로딘 말이 논리적이라니까. 공산주의 안에는 말이지 무엇보다도 우선 자기 자신으로 있고 싶은 자…… 요컨대 다른 사람들로부터 떨어져서 혼자 있고 싶은 사람에겐 자리가 없다고……."

"공산주의가 개인주의적인 사고방식과는 대립된다는 말인가?"

"더 까다롭다고나 할까……. 아무튼 개인주의란 부르주아지의 병이야……."

"하지만 선전부에서 가린이 옳다는 걸 분명히 보지 않았나. 이제 와서 개인주의를 포기한다는 거, 그건 패배하려고 자포자기하는 거야. 그리고 우리와 함께 일하는 모든 사람들이 러시아 사람들이건 아니건(어쩌면 보로딘을 빼고 나면) 모두 다 그 못지않은 개인주의자 아닌가!"

"그들이 방금 전 심각하게 언쟁을 벌였다는 거 자네 아나? 그야말로 심각하게 보로딘과 가린이 말이야. 근데 보로딘이……."

그는 자기 두 손을 양 호주머니 안에 넣고 적의를 고스란히 드러내며 미소를 짓는다.

"보로딘에 대해서라면 할 말이 정말 많지…….'

"로마인 유형의 공산주의자들, 다시 말해 감히 비유하자면 모스크바에서 혁명의 전리품을 지키고 있는 자들은 그런 혁명가들을 인정하고 싶어 하지 않겠지……. 뭐라고 해야 할까? 그런 유형을 말이야, 정복자들이라고나 할까, 지금 자신들에게 중국을 넘겨 주고 있는 정복자들을 그들은…….'

"정복자들이라니? 자네 친구 가린은 그 단어를 달가워하지 않을 텐데…….'

"……아슬아슬하게 선을 그을 테지…….'

"하지만 뭐, 별로 중요하지 않아. 자넨 아무것도 이해를 못해. 옳건 그르건 지금 보로딘은 자신이 할 수 있는 한 이곳에서 프롤레타리아를 대표하는 역할을 맡고 있어. 그는 무엇보다 우선 프롤레타리아를 돕고 있지. 다시 말해서 계급적 자기 인식이 필요한 프롤레타리아, 이른바 핵심 세력이 힘을 키워서 권력을 쟁취할 수 있도록 돕는 거야. 보로딘은 이를테면 키잡이 같다고나 할까…….'

"가린도 마찬가지야. 그도 자기 혼자서 혁명을 해냈다고는 생각하지 않는다고!'

"하지만 보로딘은 자기 배를 잘 아는 데 반해 가린은 그러지 못해. 보로딘이 이렇게 말하지. '그자는 노선이 없어.''

"혁명은 제외야.'

"자네는 마치 어린애처럼 말하는군. 혁명은 완성되는 그날까지 그 오랜 시간 동안 오로지 노선일 뿐이야. 그게 아니라면 그건 혁명이 아니지. 그저 그런 쿠데타나 항명 선언에 불과해. 가린이 결국 무솔리니주의자나 되는 건 아닌지 하는 생각이 들 때가 이따금 있지……. 자네 파레토[66]라고 아나?"

"아니."

"가린이라면 알 텐데……."

"자네가 단 한 가지 잊고 있는 게 있지. 가린이 품고 있는 긍정적인 생각들이 자네가 말하는 대로라도(하기야 그것도 잘못된 거지만) 그가 지닌 부정적 생각들은 선명해. 부르주아지 그리고 부르주아지가 상징하는 그 모든 것에 대한 그의 증오심은 확고해. 더군다나 그 부정적인 생각이란 거, 그건 무시할 게 아니라고."

"맞아, 그렇긴 하지. 반혁명파의 장군이지, 물론 좌파에 속하는. 그가 모두의 적인 영국과 대결하는 한 괜찮을 거라고. 그가 국민당 선전부 소속이라는 것도 무시할 일은 아니지. 그래서 뭐? 그가 공산주의 편에 선다면 그는 보로딘과 비슷하게 되지 않을 수 없을 거야. 한데 그가 민주주의를 선택한다면(물론 그럴 리야 없지, 왜냐면 국민당의 높은 양반들은 그러면 질색이거든.) 그는 끝장나는 거라고. 그가 로비 정치나 하면서 중국에서 인생을 보내고 싶어 하지도 않을 테고, 그렇다고 독재를 시도할 수도 없을 거야. 하긴 성공하지도 못할 거고. 중국인이 아니니까. 그러니 유럽으로 돌아가서 영광스럽고 평화스

---

66) 빌프레도 파레토(1848~1923). 이탈리아 사회학자이자 경제학자.

럽게 죽는 편이 차라리 나을지도 몰라. 가린과 같은 인물들의 시대는 종말을 고하고 있어. 물론 공산주의가 그런 유형(한마디로 '전문가'라고 할 수 있는) 혁명가들을 활용할 수도 있을 테지. 하지만 그들을…… 사상이 확실한 체카 비밀경찰 둘이 양쪽에서 떠받쳐 줄 때뿐일 거야. 사상이 확실한 요원들 말이야. 한데 이렇게까지 제약이 많은 경찰이란 도대체 뭔가? 보로딘, 가린 모두 다……."

그는 액체 따위를 손으로 힘없이 뒤섞는 것 같다.

내가 가린을 알고 지낸 이후로 그의 앞날에 대해서 논리적이라고 자처하며 내다보는 사람들이 한둘이 아니다……. 니콜라예프가 말을 계속한다.

"보로딘 그자도 자네 친구 꼴이 날 거야.[67] 개인주의란말이지, 알겠나. 우두머리들의 질병이야. 이곳에서 가장 필요한 건 말이지, 진짜 체카라니까……."

10시.

찰랑거리는 물결, 정크가 서로 부딪히는 소리. 지붕에 가려져 달빛은 안 보이지만 안개 없이 미적지근한 공기가 활기를 되찾는다. 베란다 아래로 여행 가방 두 개가 벽 바로 옆에 놓여 있다. 가린이 내일 아침에 떠나기로 결심한 것이다. 한참 전부터 그는 가만히 앉아 멍한 시선으로 두 팔을 축 늘어뜨린

---

67) 니콜라예프의 예언은 적중한다. 소련에서 발행한 한 백과사전에는 1950년 쯤 보로딘이 숙청되어 1951년 시베리아 수용소에서 사망했다고 쓰여 있다.

채 곰곰이 생각한다. 방금 전에 다 읽은《광저우 신문》에 주를 달려고 빨간색 연필을 집으려 내가 일어서자 그가 멍하게 있다가 정신을 차린다.

"여태껏 '무슨 일이 있어서도 땅을 저버려서는 안 돼.'라는 아버지의 말씀을 생각하고 있었네. 말도 안 되는 세상에서 살든 그렇지 않은 다른 세상에서 살든…… 이 세상의 덧없음에 집착이나 확신이 없다면 의지도 없는 거고, 심지어 진정한 삶도 없는 거지."

그가 인생에 부여하는 의미가 바로 이런 생각에 달려 있으며 그의 의지가 부조리라는 뿌리 깊은 강렬한 감정에서 비롯됨을 나는 잘 안다. 만일 세상이 부조리하지 않다면 그의 인생 전체는 인생의 근본적인 덧없음(따지고 보면 그를 열광케 하는) 때문이 아니라 그 어떤 희망도 찾을 길이 없다는 허망함 때문에 산산이 흩어져 버릴 것이다. 바로 그렇기 때문에 가린은 자기 생각을 고집하고 있다. 그러나 오늘 밤에는 내 안에 모든 것이 그에게 반기를 든다. 내 마음속에 고개를 쳐드는 그의 진리에 맞서서, 그리고 언젠가 닥치고야 말 죽음 탓에 침울히 동의해 줄 수밖에 없는 이 사람에 맞서 나는 싸우고 있는 것이다. 내가 느끼는 건 항의라기보다는 반항이다……. 그는 마치 적을 대하듯 내 대답을 기다린다.

"자네가 하는 말이 아마 옳을 거야. 하지만 그걸 전하는 자네의 말투 때문에 틀리게 들리네, 완전히 틀린 것처럼 말이야. 만일 자네가 말한 그 진정한 삶이 대결하는…… 다른 삶이랄까, 그걸 그렇게 욕망과 원한에 가득 차서 말하는 건 안 된다는 거야!"

"무슨 원한?"

"이곳엔 말이지, 자네가 그러듯이 의지의 증거를 등 뒤에다 감추고 있는 인간을 잡아매는 무언가가 있어. 뭐랄까…….."

"의지의 증거를 가지고 있다니, 최악이군."

"평생토록 잡아매는 무엇인가……."

"나에게 한 수 가르치려거든 예를 좀 들기 바라네!"

악의가 느껴질 정도로 비아냥거리며 그가 대꾸했다. 우리 둘 다 입을 다물고 있다. 갑자기 아무 말이나 해서 어떻게든 우리 사이 간격을 좁혀 보고 싶다. 하지만 나는 무언가를 예감하고 두려워하는 아이처럼 이 우정이 이렇게 끝나 버리는 것을 그리고 그가 무슨 말을 하든지 그가 어떤 생각을 하든지 내가 좋아했고 지금도 여전히 좋아하는 이 사람, 죽어 가는 이 사람과 지금 이렇게 이별하는 것을 바라보고 있자니 두렵기만 하다. 하지만 이번에도 역시 그는 나보다 강하다. 그는 내 팔 위에 자기 오른손을 얹어 놓더니 우정 어린 목소리로 천천히 말한다.

"아니, 들어 봐. 내 말이 옳다는 건 아니야. 자네를 설득하려는 것도 아닐세. 그저 나 자신에게 충실한 것뿐이야. 난 너무나 많은 사람들이 고통 당하는 것을 보았지. 때로는 비열하게 때로는 끔찍하게 말이야. 내가 다정다감한 사람은 아니지만 마음속 깊숙이 동정심을 느끼고 목이 메어 올 때가 있었어. 한데 말이야, 홀로 나 자신과 마주하고 있을 때면 이런 동정심은 결국 언제나 무너지고 말았네. 고통으로 삶은 더욱더 부조리해지지. 고통이 삶을 공격하는 건 아니야. 고통은 삶을 그저 웃음거리밖에 안 되는 걸로 만들어 버린다고. 클라인의 인생이 내 안에 뭐랄까…… 흡사…….”

그가 머뭇거리는 이유는 적당한 말을 찾기 위해서가 아니다. 말하기가 왠지 거북한 것이다. 하지만 그는 내 두 눈을 똑바로 응시하면서 말을 계속 이어 간다. “흡사 웃음 같은 거라고. 자, 그만하지. 이해하나? 인생에 의미가 없다는 사람들에게 심오한 비교란 없는 거니까. 사방이 벽으로 둘러쳐진 인생인 게지. 그 안에서 일그러진 거울에 비춰 볼 때처럼 세상이 온통 뒤틀려 보이지. 어쩌면 세상은 거기에 진정한 제 모습을 내보이는지도 몰라. 하긴 뭐 그건 그렇게 중요하지 않아. 그런데 말이지, 그런 뒤틀린 모습을 견딜 사람은 이 세상 그 어디에도 없네. 알겠나! 부조리를 감내하고 살아갈 수야 있지. 하지만 부조리 안에서 살아갈 수는 없는 거야. ‘땅을 저버리고’ 싶은 사람들은 땅이 제 손가락 사이사이 들러붙어 있다는 걸 깨닫게 돼. 그걸 피해 도망갈 수 있는 것도 아니고 마음을 먹는다고 해서 그걸 찾아낼 수 있는 것도 아니지…….”

그리고 주먹으로 자신의 무릎을 내리치면서 그는 말을 계속한다.

“새로이 무언가를 만들어 냄으로써만 우리는 우리 자신을 입증하는 거야. 보로딘이 그러더군, 나 같은 사람들이 외롭게 혼자서 이룩한 건 오래가지 못한다고 말이야. 자기 같은 사람들이 이룩한 거라면 마치…… 아! 오 년 뒤 중국을 내가 얼마나 보고 싶은지! 지속된다는 거, 바로 그거 말이야!”

우리 둘 모두 말이 없다.

"어째서 좀 더 일찍 떠나지 않았나?"

"버틸 수 있는데 떠나긴 왜 떠나?"

"그래도 신중해야……."

그는 양어깨를 으쓱거리고 나서 잠시 말이 없다.

"생각대로 살 수 있는 건 아니지."

또다시 침묵.

"게다가 바보라서 붙들고 매달리는 거지, 뭐!"

그가 입을 다문다. 이상하고 뭔지 모를 분명치 않은 소리가 어딘지 모르는 곳에서 아득하고 희미하게 들려온다……. 그 역시 귀를 기울인다. 그러나 우리에게 들리는 건 자갈 위로 바람 빠진 타이어가 내는 소리뿐이다. 누군가 자전거를 타고 이제 막 건물 마당으로 들어온 것이다. 우리가 있는 곳을 향해 올라오는 선명한 발자국 소리. 사환 뒤로 전령이 서신 두 개를 가져온다.

가린이 첫 번째 것을 열어 나에게 건넨다.

전선에 도착한 적위군의 전 부대가 천중밍의 모든 병력을 상대로 교전 중.

결전이 시작된 것이다.

내가 편지를 읽고 있는 동안 그는 두 번째 서신을 열고 어깨를 한 번 으쓱하더니 편지를 동그랗게 뭉쳐서 던져 버린다.

"상관 안 해. 이젠 상관 안 한다고. 저들끼리 알아서 하라지.

이게 다…….”

비서가 나간다. 우리 귀에 그의 발자국 소리에 이어서 철문 닫히는 소리가 들린다. 가린이 냉정을 되찾더니 창가로 가서 비서를 부른다.

문 소리가 다시 나고 비서가 돌아온다. 창문 아래로 와서 가린에게 뭐라 말을 하는데 그가 기침을 하는 바람에 무슨 소리인지 알아들을 수가 없다.

비서가 다시 가 버린다. 가린은 이제 화가 단단히 나서 방안을 이리저리 서성거린다.

“무슨 일이지?”

“아무것도 아니야.”

물론 무슨 일인지 훤히 보인다. 그는 뭉쳐서 버렸던 종이를 되찾아서는 잘 접어 가며 오른손으로 구겨진 부분을 힘들게 펴고 있는데 왼손을 못쓰기 때문이다. 곧이어 그는 나를 향해 몸을 돌린다.

“내려가세!”

그가 나한테 하는 말인지(혼잣말인지) 중얼거리며 방을 나선다. “장정 만 명을 해치울 한 방이라!” 내가 더 이상 질문을 하지 않자 그는 계단을 내려가며 덧붙인다.

“우리 편 둘, 그러니까 선전부 소속 첩자 놈 둘이 아군의 우물에 접근하려다가 붙잡혔는데 그자들 주머니에 청산가리가 있었다는군. 이중 첩자야. 현행범인 거지. 한데 아무것도 불지 않고 자백도 않고 있다는 거야. 그래서 니콜라예프 말이 자기가 내일 심문을 다시 할 거라는군.”

그가 직접 차를 몬다. 전속력이다. 운전병이 자고 있었던 것이다. 그는 단 한 마디도 하지 않는다. 오른손으로만 핸들을 쥔 탓에 가옥을 두 차례나 덮쳐 버릴 뻔했지만 가까스로 피한다. 그가 속도를 줄인다. 그러고는 나에게로 핸들을 넘긴다. 이어서 고개를 어깨에 푹 파묻은 채 까딱도 하지 않는데 평소때보다 훨씬 깊이 파인 두 뺨의 반점들이 자동차가 불빛으로 환해질 때마다 확연히 드러났다가 이내 사라진다. 그는 내가 자기 곁에 있는 것조차 잊은 것 같다…….

경찰청 복도를 지나는데 큼직한 분홍색 포스터들이 눈에 들어온다. 좀 전에 거리에서 흔적처럼 언뜻언뜻 눈에 들어오던 것들이다. 우리가 공들여서 붙여 놓은 법령이다.

조용한 실내에 불안을 일으키다시피 하면서 호전적이고 급박한 걸음으로 사무실에 들어서자 니콜라예프라는 자는 책상 뒤편 등받이 의자에 몸을 기대고 앉아서 말 한 마디 없이 돼지같이 맹한 눈으로 포로 둘을 노려보고 있다. 둘 다 부두 하역 노동자들이 입는 푸른색 옷을 입고 있다. 하나는 양끝이 가느다란 검은 콧수염을 늘어뜨리고 있고 다른 하나는 짧게 잘라 머리카락이 삐쭉삐쭉 솟은 늙은이인데 동글동글한 얼굴에 번뜩이는 두 눈이 활기차 보인다.

야심한 밤의 선전부와 경찰청이 어떤 곳인지 나는 알아 가기 시작한다. 이곳의 침묵, 더운 밤의 달짝지근한 꽃 향기, 진흙과 석유 냄새 그리고 초췌하고 기진맥진한 우리 얼굴들, 자꾸만 들러붙는 눈꺼풀, 구부정한 등, 힘없는 입술 그리고 술취한 다음 날 같은 메스꺼운 입안까지…….

가린이 들어가며 묻는다.

"전투 소식은 있나?"

"전혀. 교전 중이라……."

"그런데 자네가 붙잡고 있는 이놈들은?"

"여보게, 보고서를 봤겠지. 나도 그 이상은 전혀 몰라. 적어도 아직은 아무것도 모른다고. 저자들에게서 단 한 마디라도 끄집어내기가 어려워. 곧 되겠지……."

"누가 저자들 신원 보증을 섰지?"

"보고서에 따르면 72번이야."

"확인해 봐! 확실한 거면 72번은 소환한 다음 특별 재판에 긴급 회부해서 처형해."

"자네도 알다시피 일급 요원이 아닌가."

가린이 고개를 든다.

"……나에게 여러 모로 도움도 자주 주었고…… 충성스러운 사람일세."

"이제부터는 애써 그럴 필요가 없겠군. 그자의 도움이라면 이젠 됐어. 알겠나?"

니콜라예프가 미소를 지으며 졸음기 가득한 얼굴을 끄덕이는데 우습게도 그가 책상 위에 올려놓은 오뚝이 사기 인형과 닮았다.

"자, 그럼 이젠 이놈들 차례로군."

나는 주머니에서 펜을 꺼낸다.

"아니, 적을 필요 없어. 길지 않을 거야. 그리고 니콜라예프가 대답을 적을 거야."

"누가 너희한테 독약을 건넸지?"

첫 번째 죄수, 그러니까 둘 중 젊은 놈이 말도 안 되는 해명을 시작한다. 자신이 어떤 사람에게 그 상자를 전해 줄 임무를 받았지만 이름은 모르며, 어떤 여자가 그가 손짓하면 그를 알아보기로 되어 있었다는 것이다. 그런데…….

가린이 거의 다 알아듣기는 하지만 나는 한 문장 한 문장 통역을 해 준다. 그 중국인은 버릇이라 어쩔 수 없다는 듯 붓처럼 길다란 콧수염에다 넙적한 손을 갖다 대는데 그 때문에 자기 말이 잘 안 들리는 것을 알자 질겁해서는 수염에서 손을 뗐다가는 또다시 손을 갖다 댄다. 니콜라예프는 하루살이에 에워싸인 전등을 바라보면서 피곤한지 담배를 피워 문다. 선풍기가 돌아가지 않는다. 담배 연기가 곧장 피어오른다.

"됐어!" 가린이 말한다.

그는 손을 허리띠에 걸치고 있다.

"좋아. 내가 그걸 잊었군."

그는 더 이상 아무 말도 하지 않은 채 성한 손으로 내 권총집을 열어서 권총을 끄집어내더니 책상 위에 올려놓는다. 각진 부분의 금속이 번뜩인다…….

"먼저 저놈에게 말해. 정확히 오 분 후에 우리가 필요로 하는 정보를 주지 않는다면 머리통에 총알 한 방을 박아 넣을 거라고, 내가 직접."

내가 통역을 한다. 니콜라예프는 보일 듯 말 듯 어깨를 으쓱했다. 첩자들이라면 누구든 제일 높은 '대장'은 가린이라는 것을 알 테고 더욱이 그의 수법이 어린애 같아 보인다는 것도 잘 알 거라는 식이다. 일 분…… 이 분…….

"자! 이제 됐어! 당장 말하라고!"

니콜라예프가 정중하면서도 빈정거리는 투로 말한다.

"자네가 오 분이라고 했잖아."

"넌 잠자코 있어, 알았어!"

그가 책상 위에서 권총을 집어 든다. 오른손은 권총 무게 때문에 끄떡없는데 하얀 붕대 밖으로 나온 왼손은 열이 나는지 떨고 있다. 한 번 더 나는 중국인에게 대답하라고 말한다. 그자는 어쩔 수 없다는 듯 움직인다.

총성. 중국인의 몸은 꿈쩍도 않고 그의 얼굴 위로는 경악한 표정이 역력하다. 니콜라예프가 자리에서 벌떡 일어나 벽에 몸을 기댄다.

일 초…… 이 초…… 그 중국인은 다리가 반으로 접히면서 힘없이 풀썩 주저앉는다. 이어 피가 흐르기 시작한다.

"아니, 아니!" 니콜라예프가 말을 더듬는다.

"잠자코 있으라니까!"

말투가 어찌나 강한지 뚱보는 즉시 입을 다문다. 더 이상 웃지도 않는다. 그의 입술은 축 처져 늘어진 볼살 탓에 한결 더 불룩해 보인다. 그는 큼직한 자기 두 손을 노파처럼 깍지 낀 채 가슴 위에 얹어 놓고 있다. 가린은 정면 벽을 응시하고 있다. 반쯤 기울어진 총구에서 피어오르는 맑고 선명한 한 줄기 연기.

"이번엔 또 다른 놈 차례야. 다시 통역해."

그럴 필요 없다. 공포에 떨고 있는 늙은이는 벌써부터 떠들

어 대고 그자의 작은 두 눈은 불안으로 흔들린다……. 니콜라
예프가 연필을 쥐고 적는데 그자의 연필 쥔 손이 부들부들 떨
린다.

"닥쳐."

가린이 광둥어로 말한다. 이어서 나를 향해 몸을 돌리며 말
한다.

"계속해서 지껄여 대기 전에 지금부터 단단히 저자에게 경
고해 둬. 쓸데없는 소리 지껄여 대다간 불행을 피할 수 없을
거라고……."

"저자도 그걸 잘 알아."

"필요하다면 사형 방법도 더욱 완벽해지지."

"내가 저자에게 어떻게 전하면 좋겠나?"

"원하는 대로 하게!"

한데 저자는 알아들은 듯하다…….

죄수가 헐떡거리는 목소리로 떠들어 대는 동안 니콜라예프
는 자신이 받아 적는 종이 위로 떨어지는 죽은 하루살이들을
입으로 연신 불어 가며 내쫓고…….

그자는 천중밍 첩자에게 매수당했으며 그 점에는 의심의
여지가 없다. 처음에 그자는 서둘러 떠들어 댔지만 정작 중요
한 건 전혀 말하지 않았다. 바다을 향한 총구를 보자 주저하기
시작했던 것이다. 갑자기 그자는 입을 다문다. 가린은 분을 가
까스로 삭이며 그자를 바라본다.

"한데…… 만약…… 만약 죄다 털어놓는다면 나에겐 무슨
보상이……."

곧이어 그자가 자빠지는데 양팔을 늘어뜨리며 1미터쯤 굴러떨어진다. 단단히 화가 난 가린이 그자 턱에 주먹을 한 방 날린 것이다. 그는 여전히 주먹을 불끈 쥔 채로 눈살을 찌푸리고 입술을 잘근잘근 깨물며 책상 모서리 쪽에 앉는다. "상처가 다시 터졌어." 땅바닥에 나가떨어진 죄수가 죽은 체한다. "향 피우기에 대해서 들어 봤는지 물어봐." 한 번 더 나는 통역한다. 놈은 천천히 두 눈을 뜨더니 자빠진 그대로 우리를 바라보지도 않으면서 우리들 중 누구에게라고 할 것도 없이 말한다.

"셋이었소. 둘이 잡혔는데 둘 중 하나가 여기 죽어 있고 다른 하나는 여기 나요. 세 번째 놈은 어쩌면 우물 근처에 있을지도요."

가린과 나는 니콜라예프를 바라본다. 그러면 취조를 분명 내일로 미뤘을 것이다. 그는 어떤 감정도 드러내지 않으려고 애를 쓴다. 그의 입, 그의 눈썹이 꿈쩍도 않는다. 하지만 그의 두 뺨 근육은 전율하듯 순식간에 수축됐다가 풀어지기를 반복한다. 죄수가 또박또박 말하는 동안 그는 받아 적는다.

"그게 단가?"

"그렇소."

"만에 하나 전부 말하지 않았다면……."

"전부 말했소."

이제는 아무래도 상관없다는 말투다.

니콜라예프가 벨을 누르고 우리에게 종이 한 장을 보여 주고 난 다음 그것을 전령에게 준다.

"자전거를 타고 전신국 특별 부서에 전달해. 즉시 실행."

그는 우리를 향해 몸을 돌린다.

"이런 상황에서는…… 상황이 이렇다면…… 아마 다른 놈들이 있을지도. 어쨌거나…… 그러니 가린…… 손을 좀 써 봐야 할 거라고…… 생각지 않나…… 만일을 생각해서……?"

심문을 내일로 미루고 싶었던 이자가 이제는 엄청난 부주의를 만회하고자 '만일을 생각해서' 저자를 고문할 준비가 됐다는 것이다…….

"제 버릇 남 줘." 가린이 입안으로 웅얼거린다.

이어서 큰 소리로 말한다.

"저자가 헛소리나 지껄여 대고 우리에게 거짓 정보나 흘리게 놔두라고? ……저놈은 총괄적인 정보를 가질 수가 없어. 어떤 경우에도 우물 공작에 첩자들이 셋 이상이나 동원되지는 않아. 셋이라고, 자네 알아들었나? 둘이 아니야!"

이번에는 가린이 벨을 (네 차례나) 누른다. 병사들이 들어와 죄수를 데리고 나간다. 니콜라예프는 대답 한 마디 없이 책상 위로 떨어지는 하루살이를 손으로 가만히 치운다. 그런 모습이 마치 얌전한 아이가 종이로 책상에 윤을 내기라도 하는 것 같다.

우리는 복도에서 군사 위원회에서 도착한 전령과 마주친다. 그가 가져온 정보에 따르면 천중밍 군대가 후퇴하기 시작했다.

가린 집 계단이 깜깜하다. 그곳을 밝히던 전등이 깨진 것이다. 밖이건 온통 곤두세운 내 신경 속이건 밤이 계속된다…….

내 눈꺼풀은 타는 듯 화끈거리지만 잠이 오지 않는다. 마치 취하기 시작한 것처럼 가벼운 전율이 내 몸을 가로지른다. 나는 층계 하나하나를 엄지발가락으로 더듬은 다음 발을 무겁게 내딛는데, 그러는 동안 내 눈꺼풀들이 저절로 감기면서 일그러진 영상들이 흐릿하게 때로는 이상하리만치 또렷하게 떠오른다. 죄수 둘, 바닥에 죽어 나자빠진 죄수, 니콜라예프, 가린이 말했던 기기한 결혼식, 길거리 불빛들이 만들어 내는 줄무늬, 난도질당한 클라인 얼굴, 얼룩처럼 보이던 장밋빛 포스터들……. 갑자기 나는 잠에서 깨어나기라도 한 듯이 소스라치게 놀란다. 가린의 말이 들렸기 때문이다.

"난 이렇게 깜깜한 것엔 익숙해질 수가 없다니까. 언제나 장님이 된 것 같아……."

하지만 이제는 빛이다. 우리는 다시 작은 방 안에 있다. 여행 가방 두 개가 여전히 그곳에 있다.

"자네가 가져갈 건 이게 단가?"

"고작 몇 달인데 뭐, 그걸로 충분해……."

그는 내 말을 제대로 듣지 않았다. 집 안 전체에 퍼지는 들릴 듯 말 듯 한 소리, 그렇지 않아도 우리가 출발하기 전부터 마음에 걸렸던 소리에 그는 귀를 기울인다.

"자네 들리나?"

"응…… 아까 우리가 나가기 전부터 들렸어……."

"어디서 나는 것 같은가?"

"잘 들어 봐……."

기계 소리인 듯 멀리서 아득하게 들려오는 소음엔 무언가

신비스러운 데가 있다. 쥐들이 무언가 갉아먹듯 희미하지만 규칙적인 소리다. 그리고 그 소리 사이사이로 탁한 물에 거품이 일고 나무가 우지끈거리는 듯한 소리가 간헐적으로 더해지더니, 어둠 속 온갖 소리와 함께 잠시 이어지고 곧이어 지하 창고에서 나는 것도 같고 동시에 저 멀리 수평선에서 들려오는 것도 같은 쉼 없이 삐걱거리는 소리 속에 서서히 묻힌다. 가린은 제자리에 멈춰 서서 불안한 듯 숨을 죽인 채 어깨를 움츠리고 가능한 한 소리를 내지 않으려 애쓴다. 그의 신발이 부딪히는 소리에 갑작스레 웅성거리는 소리가 사라지는가 싶었으나 몇 초 지나지 않아 웅성거림은 아주 희미한 빛처럼 되살아나 점점 커지면서 아득하고도 설명할 길 없는 제 힘을 되찾는다. 가린은 결국 몸의 긴장을 풀고 신경을 쓰지 않는다는 듯 움직이며 나무 침대에 들어눕는다.

"그건 그렇고, 커피라도 하겠나?"

"아니, 괜찮아. 자네는 키니네를 좀 먹고 붕대도 가는 게 좋을 것 같은데."

"때가 되면……."

그가 여행 가방을 바라본다.

"세 달 아니, 어쩌면 여섯 달……"

여전히 걱정스러운 듯 그는 자기 뺨 안쪽을 이빨로 씹고 있다.

"결국 뭐, 제때 떠나지 못하고 이곳에 계속 남는 것도 그리 현명한 처사는 아닐 거야……."

'남는다'라는 말을 하면서 그가 전하고 싶었던 말은 '머물러 있다'가 아니라 '죽는다'이다.

"내 오랜 친구 니콜라예프는 이미 상당히 늦었다는 암시를 하더군……."

이제까지 가린은 혼잣말을 했다. 그가 자기 목소리 톤을 바꾼다. 그는 오른쪽 어깨를 한 번 더 으쓱한다.

"멍청한 놈 같으니……! 만일 오늘 밤 내가 거기 가지 않았더라면…… 보로딘이 나 대신에 누구를 임명할 수 있을까? 지부들을 맡는 선전부 업무는 첸이 맡는다 하더라도 다른 일들은? 니콜라예프같이(규율을 지키는, 그걸 잘도 지키는) 몇몇 놈들과는 일이 제대로 되지 않을 수도 있어……. 클라인은 죽었고…… 내가 다시 돌아왔을 때 이 모든 게 어떤 상태에 있을까……? 경찰청에서 실수 하나만 해도 나를 광저우로 다시 불러들이겠지. 내게 저고리를 입히듯이. 한데 이제 난 내가 마치 이미 떠나고 없는 사람 같아. 하기야 뭐! 만일 내가 배를 타고 가다가 바다에서 죽는다면 나를 담은 자루에 멋진 명찰 하나를 붙여 줄 수는 있겠지……!"

그의 입술은 잠시 전보다 훨씬 얇아하게 보이고 두 눈은 감겨져 있다. 그래서 튀어나와 보이는 코의 그림자가 거무스름한 왼쪽 눈 아랫부분 위에 겹쳐진다. 얼굴이 말이 아니다. 죽어 가는 사람들이 평안을 되찾기 직전 보이기 마련인 두려움과 고통으로 까칠해진 흉측한 얼굴이다.

"랑베르가 있던 시절 이곳에 내가 왔을 때는 말이지. 광저우가 무슨 코미디 공화국 같았다니까! 그리고 이제는 영국이 그렇지! 도시를 무너뜨리고 도시를 초토화하는 거지. 하지만 도시란 세상에서 가장 사회적인 공간이야. 사회의 상징 그 자체이기도 하지. 광저우 빈민들이 꼴좋게 망가트리고 있는 게 적어도 하나는 있는 셈이야! 그 법령이…… 홍콩을 투쟁 수단으로 삼았던 모든 사람들의 노력이 이제 드디어…….”

그는 발을 내리고 무언가를 짓이기듯이 천천히 무겁게 앞으로 몸을 기울인다. 상체를 일으키는 동시에 그는 제 주머니에서 뒤판에 붙어 있던 셀룰로이드를 떼 낸 작고 둥근 거울을 들여다본다.(처음 있는 일이다.)

“내 생각엔 그 때가…….

그렇고 그런 소작농으로 죽는다는 건 정말이지 너무 한심할 것 같아. 나 같은 사람이 남의 손에 죽지 않는다면 과연 누가 그럴 수 있겠어?”

그가 하는 말에 담긴 무언가가 나를 불편하고 불안하게 한다……. 그가 말을 잇는다.

“유럽에 가서 도대체 무엇을 할 수 있을까? 모스크바에 간들 별수 있을까……? 어쨌든 보로딘과 같이 있는 상황에서라면…… 나는 인터내셔널 방식을 신뢰하지 않지만 두고 봐야겠지……. 엿새 후면 상하이, 그리고 나서 노르웨이 배, 그러니 문지기 신세로 추락하는 심정이라고. 내가 돌아왔을 때 내가 이룩해 놓은 모든 게 산산이 조각나 흩어져 있지 않기만을 바랄 뿐이네! 보로딘은 추진력이 대단하지만 이따금 너무 어이없는 실수를 저질러……. 아! 인간이란 가고 싶은 곳으로는 결코 가지 못해…….”

“자네가 가고 싶은 곳은 도대체 어딘가?”

"영국. 이제는 제국이란 무엇인지 알았지. 집요하고도 변함없는 폭력. 앞에서 이끌고 결정하며 그 결정을 강요하는 것. 삶은 거기에 있어……."

불현듯 내가 왜 그의 말에 이렇듯 당황하게 되는지를 깨닫는다. 그가 설득하고자 하는 사람은 내가 아니다. 신념을 가지고 하는 말이 아나라 온 신경을 곤두세워 가며 스스로를 설득하려고 애쓰는 것이다……. 자기 패배를 감지한 걸까 아니면 그럴 것 같아 두려워하는 걸까, 그도 아니라면 아무것도 모르는 걸까? 피할 수 없는 죽음 앞에서 그가 하는 긍정과 희망의 말을 듣자니 침통한 분노가 내 안에서 치민다. 나는 그에게 "됐어, 됐다고! 자넨 죽을 거야!"라고 소리치고 싶다. 격렬한 유혹이 일어나지만 지금 이렇게 서서 입도 뻥끗 못하자 이내 사라져 버린다. 그의 얼굴에 병색이 어찌나 깊은지 별다른 노력을 하지 않아도 죽은 그의 모습이 떠오를 지경이다. 그래서 죽음에 대해서 말을 꺼낸다면 내가 머릿속에서 떨쳐 버리지 못하는 이 얼굴, 초췌하기 그지없는 이 얼굴을 어쩔 수 없이 그의 눈앞에 들이대는 결과를 초래할 거라는 느낌이 든다. 뿐만 아니라 내 말 속에 무언가 위험한 게 있어서 그도 이미 아는 그의 죽음이 내 탓에 확고부동해질 것만 같다……. 조금 전부터 그는 말이 없다. 그러자 침묵이 또다시 흐르는 가운데 잠시 전 우리를 성가시게 했던 그 이상한 소리가 들려온다. 더 이상은 웅성거리는 소리가 아니다. 아주 아득하고 귀를 멍멍하게 하는 소리, 마치 꿈속에서 들리듯 계속 이어지는 진동 소리다. 멀리서 누군가가 펠트로 둘러싸인 육중한 물체를 바닥에 내려치고 있는 것 같다. 그리고 이어서 좀 더 선명한 소리, 잠시 전 우지끈거리는 나무 소리와 유사한 소리가 쇳소리로 변해서 마치 율동감 있는 선명한 망치질 소리가 대장간에서 울려 퍼지는 광경을 떠올리게 한다…….

다시 한 번 이런저런 소리가 뒤엉켜 들리는 가운데 자갈밭 위로 고무 타이어가 튀어 오르는 소리가 합쳐진다. 사관생도 하나가 사환을 앞세우고 올라온다. 그는 통신 장교의 회답을 가져왔다. 멀리서 들려오는 소음이 방을 가득 채우는데…….

"자네는 들리나?"

가린이 사환에게 묻는다.

"예, 위원 동지."

"무슨 일인가?"

"모릅니다, 위원 동지."

사관생도가 머리를 끄덕이며 말한다.

"군대입니다, 가린 동무…….."

가린이 눈을 치켜뜬다.

"적위군 후위 부대가 전선으로 이동 중입니다…….."

가린이 깊이 숨을 내쉰다. 그러고는 전보를 읽더니 나에게로 건넨다.

세 번째 첩자 체포. 청산가리 600그램 소지.

적군 퇴각. 선전부 산하 수 개 연대가 우리와 합류. 군수 식량과 대포는 수중에 있음. 사령부 해체. 기병대가 도주 중인 천중밍을 추격 중.

그가 수취인 확인서에 서명을 하고 사관생도에게 전하자 생도는 방으로 들어올 때처럼 사환을 앞세우고 나간다.

"앞으로 얼마간은 내 서명을 보지 못할 거야……. 천중밍 부대도 산산조각이 났으니…… 일 년 안에 상하이가……."

이제는 희미해진 부대의 진격 소리가 후덥지근한 바람에 실려 다가오기도 하고 멀어지기도 한다. 트랙터가 내는 소리, 남자들 군홧발이 땅을 울리는 진동 소리 그리고 이따금씩 숨 막힐 듯한 연기 속 말발굽 소리, 대포 차축이 울려 퍼지는 소리가 이제 또렷이 들린다…… 이렇듯 아득한 소란이 막연한 흥분과 함께 그의 가슴속을 파고드는 듯하다. 기뻐서인가?

"내일 아침 나를 배웅한다며 멍청이들 한 무리가 몰려올 테고 그럼 그 와중에 자네는 거의 보이지도 않을 걸세……."

아랫입술을 깨물며 그는 상처 난 팔을 붕대에서 천천히 빼낸다. 우리는 서로 부둥켜안는다. 깊고 절망적이며 여기 있는 헛된 모든 것과 다가오는 죽음이 불러일으키는 알 수 없는 슬픔이 내 안에 치밀어 오른다……. 다시 한 번 불빛이 우리 얼굴을 비추자 그가 나를 바라본다. 나는 그의 눈 속에서 잠시 전 보았던 것 같은 그 기쁨을 찾는다. 그러나 아까와 비슷한 거라곤 전혀 없이 단호하지만 동시에 우정 어린 엄숙함만이 거기 있을 뿐이다.

작품 해설

　인도차이나와 중국에서의 경험을 바탕으로 앙드레 말로가
쓴 소설은 발표된 순서에 따라『정복자들』,『왕도』그리고『인
간의 조건』세 편으로 흔히 말로의 아시아 3부작이라 불린다.
이 가운데 그의 나이 27세이던 1928년 출판된『정복자들』은
그의 첫 소설이면서도 이미 대가의 원숙한 경지가 유감없이
발휘된 작품으로, 원제목은 프랑스어로 Les Conquérants이다.
'힘으로 정복하다', '무력으로 굴복시키다', '투쟁을 벌여 쟁
취하다', 그리고 비유적 표현으로는 '누군가에게 강력한 영향
력을 행사하다', '존경심이나 애정을 획득하다', '누군가의 마
음을 사로잡다' 등의 의미로 사용되는 동사 conquérir에서 파
생된 conquérant은 '무력으로 쟁취하는 사람' 또는 '힘으로 장
악하는 사람'을 가리키며 그 쓰임은 한국 독자들에게도 크게
낯설지 않다. 기원전 그리스 북부에서 중앙아시아와 인도 북

서부에 이르는 광활한 대제국을 건설했던 '정복자' 알렉산드로스 대왕이라든가 11세기 중엽 잉글랜드를 침략한 노르망디 공 윌리엄(프랑스 이름은 기욤이다.)의 별칭 '정복 왕', 혹은 '완전 정복'을 상징하는 프랑스 황제 나폴레옹 1세 등이 우리 기억에 선명하기 때문이다. 말로의 소설 제목이 정복자들, 즉 복수형이라는 점에 잠시 주목해 본다면, 소설을 읽기 전부터라도 주요 등장인물 모두가 '무력을 불사하며 투쟁'해서 '강력한 영향력을 행사'하고 결국 '원하는 바를 쟁취'하(려)는 사람들일 거라는 예상은 충분히 가능하며 이는 소설에 대한 정확한 접근이기도 하다. 물론 순서는 달라질 수도 있다. 그들은 무력을 불사하며 투쟁하고 원하는 바를 쟁취해서 결국 강력한 영향력을 행사하(려)는 사람들, 즉 '정복자들'인 것이다.

『정복자들』의 배경이 1925년 중국 혁명 당시라는 사실에서도 등장인물들이 벌이는 투쟁의 핵심에는 이념이 자리하며, 그들에게 정복이란 새로운 사회 체제의 건설을 목표로 하는 정치 활동에 다름 아닐 것이라는 생각이 제일 먼저 떠오른다. 실제 말로는 20세기 인류의 역사를 말할 때 가장 중요한 쟁점인 이념의 문제, 그리고 거기에서 초래되는 갈등과 투쟁의 또 다른 이름인 정치를 자신의 소설 전면에 내세우고 있다. 그러나 권력을 장악하는 과정에서 치우치기 쉬운 영웅 심리라든가 상처뿐인 영광 뒤에 찾아오는 허무와 회한을 토로하는 데 말로가 소설 집필의 목적을 두었다고 생각한다면 출판된 지 한 세기가 가까워 오는 이 소설이 시간과 공간을 초월해 독자들에게 던지는 크나큰 울림을 간과하는 것이리라. 『정복자들』은 중국 혁명의 아버지 쑨원이 세운 국민당이 중국 남방에 위치한 광둥 성의 수도 광저우를 근거지로 삼아 베이징 거점의 북방 군벌 정권과 제국주의 열강에 대항할 목적으로 1923년 수립한 3차 광둥 정부를 주요 무대로 삼고 있다. 당시 국민당은 1921년 7월 결성된 중국 공산당과의 연합 전선(국공 합작)[68]을 공고히 하는 한편, 소비에트로부터 군사 원조를 받고 있었다. 그러나 1925년 3월 12일 쑨원의 사망으로 지도력의 공백은 피할 수 없었으며, 광둥 정부의 기반이 되는 국민당 내부에서부터 권력 투쟁의 조짐이 싹트기 시작했다. 따라서 말로는 혁명의 대의에 투신했으나 이념과 목적이 서로 다른 여러 '정복자들', 예를 들어 테러리스트들의 우두머리이자 급진 좌파에 속하는 중국 청년 홍, 소비에트와의 긴밀한 협력 아래 활동하는 사업가 유형의 관료적 공산주의자 보로딘, 민족주의 운동의 정신적 지도자이자 우파 진영을 대표하는 중국의 간디 쩡다이 그리고 소설의 주인공이자 야심만만한 개인주의 전략가 가린 등을 등장시켜 적과 동지를 구별할 수 없는 냉엄한 현실이 만들어 내는 팽팽한 긴장감을 단 한 순간도 풀어 헤치지 않으면서 동시에 시간과 공간을 초월해 시련과 시험의

---

68) 1923년 쑨원과 소비에트의 정치가이자 외교관인 이오페 사이의 선언을 거쳐 중국 공산당과 국민당 간의 연합 전선이 공식적으로 형성된다. 이어 국민당은 1924년 1기 전국 대표 대회에서 '연소(聯蘇)·용공(容共)·농공 부조(農工扶助)'의 삼대 정책을 채택함으로써 1차 국공 합작을 공식화하는데, 공산당원은 당적을 유지한 채 개인 자격으로 국민당에 입당할 수 있었으며, 리다자오 등 세 명이 중앙 집행 위원에, 마오쩌둥 등 네 명이 위원 후보에 선출되었다.

연속인 인생에서 삶의 의미를 찾으려는 사람이라면 피할 수 없을 근본적인 물음(산다는 것은 무엇인가, 어떻게 살아야 하는가.)에 대한 답을 찾고 있다.

1901년 출생한 앙드레 말로는 유년 시절 부모의 이혼으로 외할머니와 이모가 사는 외가에서 어머니와 함께 생활했다. 파리 북부 근교 소도시 봉디에서 작은 식료품 가게를 운영하던 외가는 어린 말로에게 노동과 근면으로 대표되는 '현실'을 경험시켰을 것이다. 아버지와는 주말마다 만났는데 특히 방학은 친할아버지 댁에서 보내기도 했다. 프랑스 북부 항구 도시 됭케르크에서 부유한 선주 집안이던 말로 가문은 사업이 기울어 조락의 기운이 역력했다. 쇠퇴와 몰락이 가져온 우울한 분위기, 다가오는 현실에 맞서지 못하는 무력감, 고상하고 우아한 배경 속에 내버려진 인간들. 어린 말로가 친할아버지 저택에는 서커스단이 머문 적도 있고 온갖 동물들이 안마당을 어슬렁거리며 돌아다녔다는 어처구니없는 거짓말을 떠벌린 것이나 친할아버지의 죽음을 자살이라고 이야기한 것, 이후 말로 아버지가 실제 자살로 생을 마감했다는 사실 등에서 말로의 친가가 '현실'을 대표하는 외가와 얼마나 다른 세계였는지 짐작할 수 있다. 어머니, 이모 그리고 외할머니가 상징하는 너무 많은 어머니들의 세계, 남자들로부터 버림받고 체념한 여자들에게 둘러싸인 초라하고 옹색한 삶 그리고 저 멀리 바다 너머 미지의 세계에 뛰어들었다가 장엄하게 파국을 맞아 한 편의 비극과도 같이 끝나는 아버지들의 삶, 서로 다른 두 세계가 빚어내는 괴리, 공존은커녕 양립마저 불가능한 두 세계의 거리는 조숙한 소년 말로에게 상처이자 두려움의 대상이었으며 불안인 동시에 탈출의 자극제였다. 상처받은 자존심은 허구의 이야기를 지어냄으로써 치유의 가능성을 모색하게 된다. 상상을 하고, 그래서 상상의 세계가 어느덧 지겹고 지루한 일상을 온통 차지하게 되면 또 다른 현실, 현실보다 더욱 강렬한 현실, 바로 이 상상의 현실이 삶의 원동력으로 작용한다. 말로가 학교 수업을 등한시하고 영화관, 극장, 박물관, 도서관 그리고 서점을 드나들며 세상이라는 학교에 몰두했던 이유는 자신이 동경하는 더 넓고 더욱 변화무쌍한 세계에서 문학과 예술에 대한 열정을 키우는 일이 인생에 의미를 부여하며 진정 그의 가슴을 뛰게 했기 때문이다. 그것은 일탈을 바라면서도 두려움 또한 마음 한구석을 차지한 열등생의 위태로운 탈출이 아니라, 경험하고 깨달아 스스로 배워 가려는 독학자의 진지한 모험이 된다.

유년 시절이 지나 성인이 되고 시간이 흘러 인생의 황혼기에 이르기까지 앙드레 말로의 인생은 무엇보다도 우선 모험의 연속이라는 단어로 요약될 수 있을 것이다. 위험도 불사하며 야심만만한 '정복자'와도 같이 지칠 줄 모르고 과감하게 그가 시도했던 수많은 '정복'은 서점들을 뒤지고 다니며 희귀본과 고문서를 수집하던 파리의 골목길들을 시작으로 인도차이나 반도 어딘가의 정글 속 탐험이었고, 전설 속 시바 여왕의 고대 도시 발굴을 위한 아라비아 반도 상공 비행이었으며 스페인 내전 당시 비행기 조종사로 참여한 전투 그리고 2차 세계대전의 포화 속에서 나치 정권에 맞선 저항 운동이었다. 이 모험의 스펙트럼은 프랑스 제5공화국 초대 대통령이던 드골 정권의 문화부 장관으로서 1959년부터 십여 년간 행한 공무에 이르기까지 실로 다양하다. 그러나 그가 일흔 살이 되던 1971년 동파키스탄 벵골 애국주의자들이 독립된 방글라데시 공화국을 선포함에 따라 서파키스탄이 즉시 군대를 투입하며 벌어졌던 전쟁에서 방글라데시 벵골 군대의 지휘관 자격으로 전투에 참여하고자 노력했다는 사실을 떠올린다면 청년기를 지나 말년에 이르기까지 그가 얼마나 일관되게 거대한 공동체의 모험에 자신을 내던짐으로써 그 운명과 함께하고자 했는가를 알 수 있다. 상상의 세계를 꿈꾸며 '현실'의 울타리를 넘으려던 조숙하고 감수성 풍부한 소년은 어느덧 노년의 나이에 이르러 고독한 노인이기를 단호히 거부하고 허무주의를 강요하는 인간의 유한한 운명에 필사적으로 대항한다. 누군가는 과대망상, 영웅주의 혹은 위대함에의 도취라 비난할지도 모른다. 하지만 말로는 이미 약관의 나이에 혁명의 긴박하고 혼란한 상황에서 심지어 병으로 죽어 가는『정복자들』의 주인공 가린의 입을 빌려 이렇게 고백했다.

> 말도 안 되는 세상에서 살든 그렇지 않은 다른 세상에서 살든…… 이 세상의 덧없음에 집착이나 확신이 없다면 의지도 없는 거고, 심지어 진정한 삶도 없는 거지. (『정복자들』261쪽)

『정복자들』의 등장인물들에게 있어 인생이란 의미가 없는 것이라기보다 부조리하다. "단 하나인 인생, 단 한 번뿐인 삶"을 사는 유한한 인간에게 주어진 세상이란 덧없는 것이나, 저버릴 수도, 그렇다고 피할 수도 없는 곳이기 때문이다. 이렇듯 자명한 현실의 땅속 깊은 곳에 단단히 뿌리를 내린 부조리는 『정복자들』의 등장인물들을 혁명으로 이끌어 낸 근원이며 그들의 의지에 끊임없이 양분을 공급할 뿐 아니라, 말로가 평생에 걸쳐서 자신의 모든 가능성을 내걸고 무언가를 만들어 세상에 자신을 입증하려 했던 이유이기도 하다. 실제로도 『정복자들』의 공간적 배경, 역사적 상황, 등장인물들의 경험 등에서 우리는 이 소설을 말로의 자전 소설로 볼 수 있는 여러 가지 근거를 발견한다. 1923년 인도차이나 반도 앙코르 사원을 도굴한 죄로 말로가 캄보디아에서 체포된 뒤 약 일 년간 구금 상태로 지내다 재판을 받았다는 일화는 너무나 유명하다. 그는 결국 집행 유예 판결을 받고 풀려나 파리로 돌아왔지만 자신이 겪은 식민지 체제의 부당함에 맞서 싸우고자 1925년 또다시 인도차이나 반도로 떠나 베트남 사이공에 머물면서 민족주의 단체를 조직하고 제국주의와 식민 체제를 비판하는 신문을 발행하기도 했다. 『정복자들』의 주인공 가린이 혁명가로 성장하는 데 있어서 결정적인 계기가 되었던 부조리한 재판 과정이라든지 서술자가 광저우에 도착하기 전 잠시 경유하는 사이공의 이국적인 풍경, 그곳에서 만나는 국민당 당원들 그리고 그들과의 대화 등은 말로의 경험이 반영된 부분이라 보기에 의심의 여지가 없다. 또한 사이공에서 만들었던 신문이 강제 폐간됨에 따라 인쇄에 필요한 장비를 구입하기 위해서 말로가 짧은 시간이나마 머물었던 홍콩은 시위와 파업으로 경제 활동이 끊어져 긴장감이 감도는 거리의 모습, 불안한 미래를 암시하는 어두운 분위기 그리고 중국인들의 증오에 찬 시선 등을 통해 『정복자들』에 생생히 재현된다.

그러나 말로는 20세기 초엽 유럽인에게(뿐만 아니라 21세기를 사는 우리에게도) 이국적인 공간임에 분명한 당시 중국을 여행자의 시각으로 소개하거나, 자신이 현장에서 체험했을 정치적 상황을 설명하는 데는 관심이 전혀 없다. 그는 실존 인물을 등장시키거나 허구의 인물을 새로이 탄생시켜 그들을 갈등 구조 속에 배치하고, 자신의 경험과 역사적 사실을 소설의 적재적소에 분배하면서 이야기를 전략적으로 구조화하는데, 이 과정에 있어서 소설의 전통적 서술 방식은 철저히 배제돼 있다. 예를 들어 『정복자들』의 등장인물이자 서술자는 작가로부터 전지적 작가 시점을 위임받지 못한 관찰자일 뿐이다. 따라서 그는 등장인물들이 처해 있는 상황과 그들의 심리적 갈등을 독자에게 알려 주는 독서의 길잡이가 될 수 없다. 더욱이 『정복자들』의 배경이 역사적 사실이니만큼 소설의 이해를 위한 최소한의 담보로서 당시 정치 상황에 대한 개괄적인 정보를 기대했을 독자라면 소설을 읽는 내내 등장인물들의 주관적 의견, 부분적 사실, 무선 전보로 전해지는 파편화된 정보들에 당황하지 않을 수 없다. 독자는 모호하면서도 긴장감을 유발하는 상황, 심지어 긴박하고 강압적이기까지 한 혁명의 한복판에 단번에 뛰어들게 되는데, 이는 등장인물들이 겪고 있는 폭력적이고도 한 치 앞을 내다볼 수 없는 불안한 현실에 다름 아니다. 말로는 소설의 구성뿐 아니라 문체에 있어서도 1928년 출판된 소설이라고는 보기 어려울 정도의 과감한 시도로써 『정복자들』의 예술적 효과를 극대화하고 있다. 그는 사건의 추이가 확산되지 못하도록, 다시 말해서 부조리라는 뿌리에서 자라난 나뭇가지들이 사방으로 퍼져 나가지 못하도록 냉혹할 정도로 가차 없이 가지치기를 감행하며 소설을 철저히 통제한다. 단순함과 강력함이 동맹 체제를 맺고 있는 이 소설을 보다 정확히 이해하기 위해서는 간략하게나마 역사적 사실을 바탕으로 말로의 의도를 짚어 가며 소설의 줄거리를 살펴볼 필요가 있을 것이다.

총 3부로 이루어져 있는 『정복자들』은 익명의 프랑스인 서술자가 광저우를 향해 배를 타고 여행하는 1925년 6월 25일을 시작점으로 약 두 달 뒤인 8월 18일 병에 걸려 죽어 가는 주인공 가린이 광저우를 떠나기 하루 전 끝난다. 1부는 서술자가 광저우에 도착하기 직전인 7월 6일까지 약 이 주간의 여정에 해당하며 '접근'이라는 부제를 달고 있다. '접근'이란 서술자가 국민당 선전부에서 활동하는 옛 친구 가린을 만나기 위해서 혁명의 무대 광저우로 서서히 다가가는 과정이자 경유지인 사이공과 홍콩에서 국민당 활동가들을 만나고 경찰의 비밀 보고서를 접하면서 국민당 내부 상황과 주요 인물들, 즉 가린, 보로딘, 쩡다이 그리고 홍에게로 자신의 시야를 구체적으로 좁혀 가는 과정을 의미한다. 또한 앞서 언급했듯이 서술자의 역할이 관찰자 수준으로 한정됨으로써 마치 탐정 소설과도 같이 독자를 이야기 전개에 긴밀히 접근하도록 유인하는 과정이기도 하다. '접근' 단계에서 우선 말로는 국민당 소속 육군 사관 학교인 황푸 군관 학교의 활약상과 광저우와 홍콩에서 국민당 주도 아래 성공적으로 벌어지는 파업에 대해 언급한다. 그러나 혁명 자금 모금 책임자 제라르, 국민당 홍콩 부위원장 뫼니에 그리고 파업 전문가 클라인이 차례차례 등장하면서 소설은 광둥 정부의 지도력 부재와 국민당 내부의 갈등을 서서히 부각한다. 그런데 말로는 쑨원이 사망한 지 약 세 달 뒤인 7월 1일 당내 중도 우파인 후한민을 대통령으로, 당내 좌파인 랴오중카이를 재무부 장관으로 해서 외관상 응집력과 협조 체제를 갖춘 중화민국 국민 정부가 결성된 사실에 대해서는 침묵한다. 말로는 쑨원 사후 국민당 중심의 광둥 정부를 계승하는 법적 권한을 지닌 권력 기구로서 '정부'가 존재함을 부인하지 않으면서도, 중화민국 국민 정부라는 역사적 권력 기구를 언급하는 대신에 의사 결정 협의체의 성격을 지닌 '7인 위원회'를 내세운다. 말로는 '정부'의 권한과 의미를 의도적으로 축소해서 그것을 무대 뒤의 배경으로 밀어냄으로써 소설의 중심 무대를 국민당 내부로 더욱더 좁혀 가는 한편, 이어서 벌어질 국민당 내 우파와 좌파 간의 투쟁이 불가피함을 예고한다.

'권력'이라는 부제가 달린 2부는 서술자가 광저우에 도착한 날부터 7월 말까지 약 삼 주간에 해당하며, 당 내부의 갈등이 표출돼 권력 투쟁이 격화되는 과정을 담고 있다. 역사적으로 쑨원 사후 국민당 내부는 이념이 서로 다른 여러 세력들, 즉 군사력의 중요성을 자각한 우파를 필두로, 쑨원의 아들 쑨커, 후한민 등을 중심으로 불안정한 상태에 머물던 중도 우파, 마지막으로 보로딘의 전폭적인 신뢰를 받던 랴오중카이를 비롯 소비에트의 개입으로 부상하던 좌파로 크게 나뉘어 있었다. 말로는 우파와 중도 우파를 아우르는 쩡다이라는 허구의 인물을 만들어 주인공 가린의 적수로 등장시킨다. 나이 든 노학자이자 중국의 간디로 추앙받는 그는 가린과 보로딘으로 대표되는 당내 좌파 세력과 대립각을 세우며 자신의 주위로 보수적 민족주의 세력을 결집하는 인물이다. 광둥 정부를 상대로 쿠데타를 일으켜서 국민당 내 좌파 세력을 제거하고 쩡다이를 대통령으로 추대하려는 탕지야오 장군이 바로 그 세력들 가운데 하나인데, 그는 광둥 정부를 상대로 전쟁을 일으켰던 실존 인물이기도 하다. 1921년 쑨원과 연립해 2차 광둥 정부를 수립했던 또 다른 실존 인물 천중밍이 영국의 지원에 힘입어 광둥 정부를 공격한다는 소식이 전해진다. 말로는 광둥 정부를 분열하려는 군사 도발이 영국의 지원과 쩡다이의 암묵적 동의 아래 벌어지고 있음을 암시한다. 가린은 국면 타개책으로 국민당 좌파 수뇌부가 전술적으로 우위에 설 수 있도록 홍콩 항구의 고립을 골자로 하는 법령의 공포를 정부에 요구하는 한편 영국을 상대로 군사력을 동원한 투쟁을 불사한다. 쩡다이는 무고한 희생을 원치 않는다는 이유로 중국이 전쟁의 소굴이 되기를 거부하는데, 또 다른 허구의 인물이자 무정부주의 경향의 급진 좌파 테러리스트 홍은 쩡다이에게서 자신의 증오심과 복수가 실현되지 못하도록 막으려는 위선적인 의도를 볼 뿐이다. 반면 가린에게 이 둘 모두는 엄청난 힘으로 성장하는 대중적 열의를 순식간에 물거품처럼 흩뜨릴 혁명의 방해 요인이다.

　말로는 홍과 쩡다이, 쩡다이와 가린, 가린과 홍이라는 세 개 대립 구도를 통해 당 내부의 투쟁을 고조한다. 그러나 쩡다이는 자살인지 타살인지 알 수 없는 죽음을 당하고, 가린은 노련한 전략가답게 쩡다이의 죽음을 제국주의에 대한 투쟁에 신속히 이용하는 한편, 홍을 비롯한 극좌 무정부주의 테러리스트들을 암살범으로 몰아 제거한다. 그러자 테러리스트들은 인질로 잡은 클라인을 잔인하게 보복 살해 하고, 이어서 광둥 군대가 천중밍에게 패배했다는 소식이 들려오며 급기야 가린은 자신을 표적으로 한 기습 공격에서 부상을 입는다.

　3부에 해당하는 8월 초부터 소설의 마지막인 8월 18일까지 약 이 주간 이렇듯 급박한 사건들이 연이어 벌어진다. 그러나 8월 14일 드디어 법령[69]이 공포되고, 광둥 정부 산하 갈렌 장군이 이끄는 적위군이 천중밍 부대를 상대로 승리를 거두면서 내부 불안 요인들이 일단락되는 듯 보인다. 말로는 '인간'이라는 부제가 달린 3부의 마지막 순간까지 연이어 숨 가쁘게 벌어지는 사건들과 나란히 가린과 보로딘 사이의 결별 그리고 가린의 성찰과 고백을 겹쳐 놓으면서 주인공 가린의 결단

___
69) 광둥 정부는 1925년 8월 12일 외국 선박을 상대로 제한적인 항해 규정을 새로이 발표했다. 소설 내내 가린이 주장하던 "법령"이란 바로 그것이다.

력, 단호함, 의지 등 최후의 순간까지 자신과 자신의 일에 충실한 가린의 인간적 면모를 드러낸다. 허구의 인물 가린은 쑨원이 살아 있을 당시 도박하듯 중국 땅에 도착한 사람으로 인생에서 뭔가 의미 있는 일을 하기 위해 혁명에 종사하기로 마음먹은 무정부주의 성향의 혁명가다. 반면 보로딘은 직업 혁명가로 1922년 1월 23일 쑨원과 소비에트 사이의 상호 우호 협력 협정에 따라 소비에트가 광저우에 파견한 실존 인물이다. 말로는 둘 사이의 대립을 쩡다이나 홍과의 갈등 상황처럼 대화나 논쟁을 통해 표출하지는 않지만, 소설의 도입 부분에서부터 뛰어난 전술가이자 선동가인 가린을 보로딘식 관료적 공산주의자와는 전혀 다른 '인간'으로 부각한다. 무엇보다도 가린은 "공산주의자가 아니다." 그러나 뒷전에 물러나 있는 듯 보이던 보로딘은 소비에트의 지원 아래 서서히 세력을 강화해 나가는 반면, 가린은 "그의 시대는 끝났다."라는 냉소적인 평가를 남긴 채 병에 걸려 광동 정부를 떠나게 된다. 마지막 인사로 가린과 서술자는 서로를 부둥켜안는다.

다시 한 번 불빛이 우리 얼굴을 비추자 그가 나를 바라본다. 나는 그의 눈 속에서 잠시 전 보았던 것 같은 그 기쁨을 찾는다. 그러나 아까와 비슷한 거라곤 전혀 없이 단호하지만 동시에 우정 어린 엄숙함만이 거기 있을 뿐이다. (『정복자들』 279쪽)

말로의 아시아 3부작 가운데 가장 정교하면서도 구성 면에서 매우 단단한 작품이라 할 수 있는 『정복자들』은 중국 혁명에 대한 말로의 통찰력이 유감없이 발휘된 소설이기도 하다. 소설 2부 마지막에서 노동조합 소유의 한 강당을 배경으로 벌어지는 '라 정크' 회합은 공산당을 포함한 국민당 내부 좌파의 갈등과 분열을 보여 주면서도 혁명을 향한 중국인들의 의지가 얼마나 강력한지를 독자들에게 각인한다. 특히 보로딘이 지명했다는 "국민당 내 탁월한 연설가" 마오링우는 허구의 인물임에 분명하나 당시 국민당 선전부 부장 대리이던 마오쩌둥을 연상시킨다. 아울러 보로딘은 물론 가린도 병으로 쓰러져 이 회합에 참석하지 못한다는 상황에서 말로가 중국 혁명의 미래를 어떻게 전망하고 있는지 엿볼 수 있다. 정복자들의 시대는 이미 끝났고 서양은 늙고 병들었으며 중국은 거칠지만 새로운 세상을 만들려는 싸움을 이제 막 시작한 것이다. 그러나 혁명을 통해 이상적인 사회가 건설되리라는 환상은 『정복자들』 어디에서도 찾아볼 수 없다. 오히려 말로는 가린의 눈을 빌어서 과거의 관료주의가 어떤 식으로든 악용되고 부르주아지들이 혁명의 대열에 자리를 차지하는 씁쓸한 현실을 놓치지 않는다. 또한 관료주의적 공산주의자 보로딘이 권력의 중심에 서고 가린이 광저우를 떠나는 결말을 통해서 말로는 모든 체제란 그것이 형성되던 과정에서의 이상을 잃어버리고 결국 관료 중심의 사회로 변질돼 동료인 인간을 잊어버리고 만다는 뼈아픈 충고를 남긴다. 그런 점에서 『정복자들』의 서술자 '나'가 지니는 의미는 특별하다. 등장인물 가운데 하나로 주관적인 한계를 지닌 서술자는 소설을 읽어 가는 과정에서 유연하고 유동적인 구성 요소로 전환된다. 그는 저자 말로와의 동일시 가능성을 배제할 수 없는 등장인물이면서도, 동시에 누구인지 이름, 외모, 개성, 심지어 역할이 분명치 않음으로 인해 독자가 동일시할 수 있는 가능성을 열어 주는 영역이다. 또한 소설의 마지막 순간 가린과 우정을 나누는 유일한 인물이기도 하다. 혁명의 무대에 남게 된 그는 두 달간의 여행을 잊지 않을 증인이 되는 것이다.

2014년 12월

최윤주

작가 연보

1901년   11월 3일 파리 18구 담레몽 거리에서 아버지 페르낭 조르주 말로(Fernand Georges Malraux, 1875~1930) 와 어머니 베르트 펠리시 말로라미(Berthe Félicie Malraux-Lamy, 1877~1932)의 장자 조르주 앙드 레 말로(Georges André Malraux) 출생.

1902년   12월 동생 레몽 페르낭 말로(Raymond Fernand Malraux) 출생. 세 달 후 사망.

1905년   부모의 이혼으로 어머니와 함께 파리 북부 센생드 니의 소도시 봉디에 위치한 가르 거리 16번지로 이 주. 그곳에서 식료품 가게를 하던 외조모 아드리엔 라미로마냐(Adrienne Lamy-Romagna), 이모 마리 (Marie)와 함께 생활. 아버지와는 일주일에 한 번 씩 만남.

1906년	봉디에 있는 초등학교 입학.
1909년	프랑스 북부 노르의 항구 도시 됭케르크에서 선주이던 친조부 에밀 알퐁스 말로(Émile Alphonse Malraux, 1832~1909) 사망.
1912년	아버지 재혼. 이복동생 롤랑 말로(Roland Malraux, 1912~1945) 출생.
1915년	파리 3구 튀르비고 거리 튀르고 고등학교 입학. 이 시기 학교 공부에 관심을 기울이기보다 센 강변의 고서적 상인들과 교류하며 영화관, 극장, 도서관, 서점, 전시장, 공연장 등을 드나들며 문학과 예술에 대한 열정을 키움.
1918년	파리 9구 아브르 거리 콩도르세 고등학교에 지원했으나 입학하지 못하고 학업 포기. 프랑스 고등학교 졸업 자격시험이자 대학 진학의 관문이 되는 국가시험 바칼로레아에 미응시. 그러나 문학과 예술에 대한 열정은 버리지 않았으며, 파리 국립 동양미술관 기메에서 인도 경전과 불전 등을 접함. 특히 힌두교 샹카르의 철학에 심취.
1919년	출판 및 서점 운영과 희귀 서적 상인이기도 하던 르네루이 두아용(René-Louis Doyon)에게 채용됨. 당시 파리에서 활동하던 막스 자코브(Max Jacob), 프랑수아 모리아크(François Mauriac), 장 콕토(Jean Cocteau), 레몽 라디게(Raymond Radiguet) 등 예술가들과 교류. 이 당시부터 몇 년간 고전 및 현대 예

술 작품 독학. 루브르 박물관 산하 루브르 학교에
서 청강.

1920년　《코네상스》에 「큐비즘 시의 기원(Des origins de la
poésie cubiste」 발표. 《악시옹》에 시인 로트레아몽
(le Comte de Lautréamont)에 대한 평론 발표. 이복
동생 클로드 말로(Claude Malraux, 1920~1944)
출생.

1921년　초현실주의 경향 처녀작 『종이 달(Lune en papier)』
출판. 큐비즘을 대표하는 프랑스 화가 페르낭 레제
(Fernand Léger)가 삽화를 그림. 《악시옹》에서 번역
담당하던 독일 여성으로 프랑스에서 자란 클라라
골드슈미트(Clara Goldschmidt, 1897~1982)를 만
나 10월 26일 결혼. 부부는 유복한 집안 출신 클라
라의 재산을 기반으로 주식 투자 등으로 생활.

1922년　당시 프랑스에서 의무이던 군 입대를 연기하기 위
해서 유년 시절부터 앓던 틱 장애 외에도 몇 가지
병을 거짓으로 지어냄. 그러나 이후 스페인 내전과
프랑스 항독 투쟁에 참가했으며 틱 장애 고통은 실
제로 그를 평생 괴롭힘.

1923년　주식 투자 실패로 파산. 아내 클라라, 죽마고우 루
이 슈바송(Louis Chevasson)과 함께 캄보디아로 출
발. 유적지 조사는 대외적으로 내세운 여행 목적
이고 실제는 모험과 예술에 대한 열정으로 캄보디
아 서북부 앙코르 유적지의 유물을 가져가 미국이

나 독일의 수집가들에게 선보이려 했음. 유적 조사
임무를 허가받기 위해서 그들은 프랑스 파리 소재
국립 고등 교육 기관인 동양어 학교에서 수강했다
고 주장했으며, 당시 베트남의 수도 하노이에서 극
동 지역 문화, 학문 관련 공무를 수행하던 극동 프
랑스 학교(EFEO)에 기부금을 약속하며 환심을 사
려 애씀. 노력의 결실로 9월 당시 프랑스 정부 식민
지부로부터 임무 수행 허가를 받아, 1923년 마르
세유에서 하노이로 출발. 같은 해 10월 13일 앙코
르 와트 유적지 인근 시엠레아프 도착. 12월 중순
앙코르 유적 중 가장 아름다운 사원으로 꼽히는 반
티스레이 사원에서 제단 하부의 거대한 부조 장식
물 네 개와 엄청난 양의 돌로 된 조각상들을 톱으
로 절단하여 탈취. 12월 23일 캄보디아의 수도 프
놈펜에 있는 호텔 마놀리에서 경찰에게 체포되어
구금.

1924년　　7월 21일 도굴 죄로 말로는 삼 년, 슈바송은 일 년
육 개월의 실형을 선고받음. 남편을 따라왔을 뿐
이라고 참작되어 재판을 받지 않은 아내 클라라는
같은 해 7월 파리로 돌아와 당시 프랑스 문단, 지
식층을 상대로 구명 운동을 펼쳤는데, 이때 앙드레
브르통(André Breton), 프랑수아 모리아크, 앙드레
지드(André Gide) 등이 참여. 그 덕분으로 10월 28
일 말로와 슈바송은 집행 유예형으로 석방. 11월

말 프랑스로 돌아옴.

1925년 1월 14일 식민지 체제의 부당함에 맞서 투쟁할 목적으로 아내 클라라와 함께 인도차이나로 다시 떠남. 진보적 변호사 폴 모냉(Paul Monin)과 6월 17일 '안남 청년회' 운동 소속 신문《랭도신》발간. 식민 당국의 부당한 처사와 부패를 고발하는 내용으로 식민 당국으로부터 8월 14일 강제 폐간당함. 이에 굴하지 않고 홍콩에서 인쇄기를 구입해 11월 4일부터《랭도신 앙셰네》발간. 국민당 소속 임시 위원으로 선전부에서 활동. 12월 30일 건강 악화로 클라라와 함께 프랑스로 출발.

1926년 파리 16구 뮈라 대로 122번지 정착. 아시아 여행 중인 프랑스인 A. D.와 중국인 청년 랭 사이의 편지 형식을 빌린 에세이『서양의 유혹(La Tentation de l'Occident)』 7월 출간. 프랑스에서 극동 지역 전문가로 평가받음.

1928년 9월 중국 혁명 당시 국민당의 모습을 그린 소설『정복자들(Les Conquérants)』출간으로 대중적 성공을 얻음. 11월『엉터리 왕국(Royaume farfelu)』출간.

1929년 6월 지난해 출판된 소설『정복자들』을 둘러싼 논쟁에 참여. 6월 중순 클라라와 함께 마르세유를 거쳐 나폴리, 이스탄불, 테헤란, 이스파한, 이라크, 시리아, 레바논 등지 여행.

1930년	6월 클라라와 함께 마르세유를 거쳐 터키, 페르시아, 아프가니스탄 등지 여행. 10월 자신의 앙코르 와트 유적지 탐험에서 영감을 얻어 집필한 소설 『왕도(La voie royale)』 출간. 앵테랄리예상(賞) 수상. 12월 20일 아버지 자살.
1931년	4월 문학잡지《누벨 르뷔 프랑세즈》4월 호에『정복자들』에 대한 레옹 트로츠키(Léon Trotski)의 비평「목 조인 혁명(La Révolution étranglée)」과 말로의「트로츠키에게 답하다(Réponse à Trotski)」가 실림. 5월 갈리마르 출판사의 후원으로 클라라와 함께 세계 일주 시작. 모스크바, 이스파한, 뉴델리, 콜카타 등지에 이어서 10월 홍콩, 광저우, 상하이, 베이징, 한국 여행. 같은 해 12월 고베, 교토, 나라 등지를 지나 밴쿠버, 시카고, 뉴욕을 경유하고 파리로 돌아옴.
1932년	3월 22일 어머니 사망. 문학잡지《마리안》의 기자이자 작가 조제트 클로티(Josette Clotis, 1910~1944) 만남. 파리 7구 바크 거리 44번지로 아내 클라라와 함께 이사.
1933년	1월 독일에서 히틀러가 수상으로 임명되자 전체주의와 나치즘에 반대하는 투쟁에 적극 참여. 3월 28일 장녀 플로랑스 출생. 4월 공산주의자들과 노동자들 수천 명이 1927년 4월 12일 상하이에서 학살당한 사건을 배경으로 하는 소설『인간의 조건

(La Condition humaine)』출간. 이 책으로 12월 공쿠르상(賞) 수상. 여성 작가 루이즈 드 빌모랭(Louise de Vilmorin, 1902~1969)과 교유.

1934년   1월 독일 의사당 방화 사건에 연루되었다는 혐의를 받고 구속 중이던 불가리아 공산주의자 디미트로프(Georgi Mikhailov Dimitrov) 등의 석방을 주장하는 진정서를 가지고 지드와 함께 독일에 감. 히틀러는 물론 나치 정권의 선전부 장관이던 괴벨스(Paul Joseph Goebbels)도 그들을 만나 주지 않음. 2월 26일 이탈리아, 리비아, 카이로 등지로 출발. 3월 시바 여왕의 도시로 알려진 예멘의 마리브를 여행하는 한편, 전체주의에 반대하는 지식인들의 감시 위원회에 가입하고 반유대주의 저항 세계 연맹 설립에 참여. 6월부터 9월까지 아내 클라라와 함께 소비에트 연방 방문.《프라우다》측과 대담. 작가 보리스 파스테르나크(Boris Pasternak) 만남. 8월 소비에트 작가 총회의에 참석하여 연설.

1935년   5월 소설『모멸의 시대(Le Temps du mépris)』출간. 6월 문화 수호를 위한 국제 작가 총회에 지드와 참석.

1936년   3월 동생 롤랑과 소비에트 연방 여행. 6월 런던에서 거행된 문화 수호를 위한 국제 작가 총회에 재참석하여 '문화 유산에 관하여(Sur l'héritage culturel)'란 제목으로 연설. 7월 스페인 내전이 일

어나자 공군 조종사들을 모집하여 스페인 공화주
의자 지원. 군 복무를 수행한 적도, 무기를 제대로
다룰 줄도 몰랐던 말로는 항공 부대 사령관으로서
뛰어난 용기와 지략을 발휘해 대원들로부터 존경
받음. 마드리드, 톨레도, 과달라하라, 테루엘 등지
에서 직접 전투를 지휘. 두 차례 부상당함.

1937년　　스페인을 떠나 2월부터 조제트 클로티와 함께 미
국과 캐나다에서 스페인 공화국을 위한 의연금 모
집을 위한 강연을 벌임. 12월 소설 『희망(L'Espoir)』
출간. 아내 클라라의 이혼 거부로 별거에 들어감.

1938년　　7월 『희망』 일부를 각색한 영화 「테루엘의 산
(Espoir, sierra de Teruel L'Espoir)」 공동 감독.

1940년　　2차 세계대전이 발발하자 군 복무를 수행하지 않
았던 말로는 전투 부대에 자원입대. 4월 파리 남동
부 센에마른의 프로뱅에서 전차 부대 이등병으로
참전. 6월 경미한 부상을 입고 독일군 포로가 되었
다가 11월 탈출. 드골(Charles André Joseph Marie de
Gaulle) 장군에게 프랑스 공군 소속으로 전투에 참
여하고 싶다는 서신을 보냈으나 전달되지 못함. 회
신이 없자 자신이 항독 투쟁에서 제외되었다고 오
해한 말로는 이후 한동안 투쟁에 참여하지 않음. 프
랑스 남부 자유 지역에서 조제트 클로티 재회. 11월
5일 조제트 클로티와의 사이에서 장남 피에르고티
에 말로(Pierre-Gauthier Malraux, 1940~1961) 출생.

1941년   조제트 클로티와 프랑스 남부 알프마리팀의 소도
시 로크브륀카프마르탱 등 프랑스 남부 자유 지역
에 정착. 이후 프랑스 남부 코트 다쥐르 등지로 이
주한 지드, 로제 마르탱 뒤 가르(Roger Martin Du
Gard) 등 작가들과 만남.

1943년   자전 소설 원고 일부가 '천사와의 투쟁(La lutte
avec l'ange)'이라는 제목으로 스위스 로잔에
서 출간.(1948년 완성본 『알텐부르그의 호두나무
(Les Noyers de l'Altenbourg)』 출간.) 3월 11일 조제
트 클로티와의 사이에서 차남 뱅상 말로(Vincent
Malraux, 1943∼1961) 출생.

1944년   3월 말 클로드와 롤랑이 독일군에게 차례로 체포되
자, 항독 투쟁에 참여하기로 결정. '베르제 대령'이
라는 가명으로 프랑스 남서부 지역에서 활동. 4월
18일 클로드는 고문으로 사망. 7월 22일 프랑스 남
서부 로트의 소도시 그라마에서 게슈타포에게 체
포됨. 오트 가론의 도시 툴루즈로 이송되어, 수감되
었다가 8월 19일 독일군의 퇴각으로 자유를 되찾
음. 11월 12일 조제트 클로티가 기차 사고로 사망.

1945년   5월 3일 롤랑이 독일 대형 여객선 케이프 아르코나
호 폭격으로 사망. 이후 롤랑의 아내 마들렌 말로
(Madeleine Malraux, 1914∼2014) 그리고 롤랑과
마들렌 사이의 아들 알랭 말로(Alain Malraux)와
함께 파리 7구 로베르슈만 대로 18번지에 정착.

클라라와 장녀 플로랑스는 파리 5구 베르톨레 거리 17번지 정착. 드골 장군과 만남. 드골 임시 정부에서 공보부 장관 역임.

1946년   1월 클라라와 이혼. 1월 20일 드골의 실권으로 정치 일선에서 물러남.『영화 심리학 소고(L'Esquisse d'une psychologie du cinéma)』출간.

1947년   4월 드골이 창립한 공화국 연합당(RPF) 선전부에서 활동. 플레이아드 총서로『정복자들』,『인간의 조건』,『희망』한데 모아져 출판.(1976년『왕도』가 더해져 재출판.)『예술 심리학(Psychologie de l'art)』 1권『상상 박물관(Le Musée imaginaire)』출간.

1948년   3월 13일 프랑스 북동부 오랭 리크위르에서 이복 동생의 미망인이자 피아니스트이던 마들렌과 재혼. 조카 알랭 말로 입양.『예술 심리학』 2권『예술 창조(La Création artistique)』출간.

1949년   『예술 심리학』 3권『절대 화폐(La Monnaie de l'absolu)』출간.

1950년   『사투르누스, 고야론(Saturne, essai sur Goya)』,『레오나르도 다 빈치(Léonarde da Vinci)』출간.

1951년   『예술 심리학』전 3권에 대한 증보 수정판으로『침묵의 소리(Les Voix du silence)』출간.

1952년   마들렌과 그리스, 이집트, 인도, 이란 등지 여행. 12월 『세계 조각의 상상 박물관(Le Musée imaginaire de la sculpture mondiale)』전 3권 중에서 1권 출간.

1954년   『세계 조각의 상상 박물관』 2, 3권 출간.

1957년   11월 『신들의 변신(La Métamorphose des dieux)』 첫
         출간.

1958년   당시 대통령이던 르네 코티(René Coty)에게 장폴
         사르트르(Jean-Paul Sartre), 프랑수아 모리아크 등
         동료 소설가들과 함께 알제리에서 행해지는 고문
         에 반대한다는 내용의 편지를 보냄. 제4공화국의
         혼란을 수습하기 위해 헌법 개정의 임무를 띠고 드
         골 장군이 6월 1일 다시 정권을 잡게 되면서 말로
         는 공보부 장관에 임명됨. 12월 21일 대통령 선거
         에서 드골 당선.

1959년   1월 8일 제5공화국 초대 대통령으로 드골이 정식
         임명 되자, 말로는 1969년까지 문화부 장관 역임.

1961년   5월 23일 조제트 클로티와의 사이에서 태어난 두
         아들 자동차 사고로 사망.

1962년   2월 7일 파리 서쪽 오드센의 도시 불로뉴 소재 자
         택이 알제리 독립을 반대하는 프랑스 식민주의 옹
         호 극우 단체인 군사 비밀 조직(Organisation Armée
         Secrète)에 피습.

1963년   문화부 장관으로서 프랑스 남서부 도르도뉴의 라
         스코 동굴 일반인 공개 금지 결정.

1964년   12월 19일 항독 투쟁의 영웅 장 물랭(Jean Moulin,
         1899~1943) 유해 팡테옹 이장식에서 추도문 낭독.

1965년   건강 약화를 이유로 드골로부터 여행을 겸한 휴식

을 권고받고 마지막으로 중국 여행. 8월 3일 마오쩌둥 만남. 9월『상상 박물관』출간.

1966년   3월 이집트, 세네갈 여행. 두 번째 아내 마들렌 말로와 정식 이혼 없이 별거.

1967년   프랑스 여성 작가 루이즈 드 빌모랭 재회. 9월『반회고록(Antimémoires)』1권 출간. 문단은 물론 대중적으로 호응 얻음.

1969년   4월 28일 드골이 대통령직을 사임하자 6월 24일 문화부 장관직에서 물러남. 파리 남부 에손의 베리에르르뷔송 마을 소재 루이즈 드 빌모랭의 저택에서 생활. 12월 26일 루이즈 드 빌모랭 사망.

1970년   『검은 삼각형(La Triangle noir)』출간. 11월 9일 드골 사망.

1971년   동파키스탄 벵골 애국주의자들이 조직한 방글라데시 해방군 자원입대 선언. 정계에서 물러난 드골과의 대화를 골자로 하는『쓰러진 거목(Les Chênes qu'on abat)』출간.『반회고록』2권 1부 출간.

1972년   2월 중국 방문을 앞두고 있던 미국 대통령 리처드 닉슨의 초청으로 워싱턴 방문.

1973년   4월 말로 인생의 마지막 동반자 소피 드 빌모랭(Sophie de Vilmorin, 1931~2009)과 함께 인도, 방글라데시, 네팔 등지 여행.

1974년   3월『흑요석 초상(La tête d'obsidienne)』출간. 6월『신들의 변신(La Métamorphose des dieux)』2권『비

현실성(L'Irréel)』출간. 10월『라자르(Lazare)』출간.

1976년 4월『동아줄과 생쥐들(La Corde et les souris)』출간. 6월『신들의 변신』 3권『영원성(L'Intemporel)』출간. 10월『고성소의 거울(Le Miroir des limbes)』플레이아드 판본으로 출간. 11월 파리 남동부 발드마른의 크레테유 소재 앙리몽도르 병원에 폐울혈로 입원. 11월 23일 사망. 다음 날 파리 남부 에손의 베리에르르뷔송 공동묘지에 안장. 11월 27일 루브르 박물관에서 국가 차원의 추모 예식 엄수.

1977년 2월『덧없는 인간과 문학(L'Homme précaire et la littérature)』출간. 5월『신들의 변신』 1권『초자연성(Le Surnaturel)』출간.

1978년 여름『사투르누스, 운명, 예술 그리고 고야(Saturne, le destin, l'art et Goya)』출간.

1989년 플레이아드 총서 앙드레 말로 전집 1권 출간.

1996년 플레이아드 총서 앙드레 말로 전집 2, 3권 출간. 말로의 연설문 26편, 기사 13편, 인터뷰 2편을 모은 『정치, 문화(La Politique, la culture)』출간. 11월 23일 서거 20주기에 팡테옹으로 유해 이장.

2004년 플레이아드 총서 앙드레 말로 전집 4, 5권 출간.

2010년 플레이아드 총서 앙드레 말로 전집 마지막 권(6권) 출간.

세계문학전집 **328**

정복자들

1판 1쇄 펴냄 2014년 12월 5일
1판 6쇄 펴냄 2023년 6월 12일

지은이 앙드레 말로
옮긴이 최윤주
발행인 박근섭, 박상준
펴낸곳 (주)민음사

출판등록 1966. 5. 19. (제 16-490호)
서울특별시 강남구 도산대로1길 62(신사동) 강남출판문화센터 5층 (우편번호 06027)
대표전화 02-515-2000 팩시밀리 02-515-2007
www.minumsa.com

ISBN 978-89-374-6328-0 04800
ISBN 978-89-374-6000-5 (세트)

* 잘못 만들어진 책은 구입처에서 교환해 드립니다.

세계문학전집 목록

세계문학전집은 계속 간행됩니다.